クリスティー文庫
87

ねじれた家

アガサ・クリスティー
田村隆一訳

CROOKED HOUSE
by
Agatha Christie

Translated by
Ryuichi Tamura
Published in 2004 in Japan by
Hayakawa Publishing, Inc.
This book is published in Japan by
arrangement with
Agatha Christie Ltd, a Chorion group company
through Timo Associates, Inc.

ねじれた家

登場人物

チャールズ・ヘイワード……………………外交官
ソフィア・レオニデス………………………チャールズの恋人
アリスタイド・レオニデス…………………ソフィアの祖父。大富豪
ブレンダ………………………………………アリスタイドの後妻
ロジャー………………………………………アリスタイドの長男
クレメンシイ…………………………………ロジャーの妻
フィリップ……………………………………アリスタイドの次男。ソフィアの父
マグダ…………………………………………フィリップの妻
ユースティス…………………………………フィリップの長男
ジョセフィン…………………………………フィリップの次女
エディス・デ・ハヴィランド………………アリスタイドの義姉
ローレンス・ブラウン………………………家庭教師
ジャネット・ロウ……………………………レオニデス家の使用人
ゲイツキル……………………………………弁護士
タヴァナー……………………………………主任警部
ヘイワード……………………………………チャールズの父。ロンドン警視庁の副総監

1

私がはじめてエジプトにいたソフィア・レオニデスと知り合いになったのは、大戦も終わりに近いころだった。彼女は、外務省の出先機関の役人で、かなり高い地位にあった。私は公用ではじめて彼女を知ったわけだが、すぐに有能な人であることがわかった。年が若い（当時わずか二十二歳）のに、高い地位を占めていたのは、それだけの実力があったからである。

彼女は容姿端麗であっただけでなく、頭もよくて、さっぱりしたユーモアのセンスがあった。それが私には大いに快いものに感じられた。私たちは友だちになった。ソフィアはじつに話のしやすい人だったので、よく夕食をともにしたり、ときにはダンスをして愉しい時をすごした。

これが私のソフィアについて知ったすべてであった。大戦が終わりかけたころ、私は東洋勤務を命じられたが、そのときはじめて、ほかのこと――つまり、私がソフィアを愛し、彼女と結婚したがっていることに気がついた。

シェパード・ホテルで一緒に食事をしていたとき、私はこのことに気づいた。私には、それが思いがけないショックとは受けとれず、長いあいだ馴れ親しんできた事実を認めることになっただけの話だ、と思われた。私は新しい観点から彼女を見てみた――しかし、ずっと前から知っていたものが見えたにすぎなかった。私は、目に見える彼女のすがたのすべてが好きだった。額から誇らかに跳ねあがっている黒い巻き毛、いきいきとした青い眼、ちいさく角ばって挑むような顎、すっきりした鼻。上手な仕立てのライト・グレイの服、糊のきいた白いシャツも好きだった。彼女には、見ていて気持ちが爽やかになるほどのイギリス人らしさがあった。それが、三年も母国に帰っていない私の心を強く魅惑した。この人以上にイギリス人らしくしようったって無理だろうな、と私は思った――そして、まさしくそう考えているとき、不意に、彼女のイギリス人らしさは見かけだけのものでなく、実際に人柄がそうなのだろうか、そんなことがありうるだろうか、と思った。舞台に登場する人物そのままに完成された人なんて、現実に存在するのだろうか？

二人でいろいろな考えや嗜好や、将来のこと、またお互いの近しい友人知己などについて話しあったあとで、私は、そのことを強くはっきりと感じた――ソフィアは彼女の故郷や家庭のことを一言も話さなかったのである。彼女は、私についてすっかり知っている（まえに書いたように、ソフィアは聴き上手だった）のに、私のほうでは、彼女のことをなにひとつ知らないのだ。あたりまえの家庭だろうと思ったが、彼女はそんなことには全然ふれなかった。そのときになってはじめて、私は、彼女が家の話をしたことがない、という事実に気がついた。

ソフィアは、なにを考えていらっしゃるの、とたずねた。

私は正直に、「きみのことをさ」と答えた。

「わかったわ」と彼女は言った。本当にわかったような口調だった。

「二年ぐらい会えないかもしれないよ」と私は言った。「いつイギリスに帰れるかわからないな。しかし、帰国したらまっさきにすることは、きみに会って結婚を申し込むということだ」

彼女はまばたきもせず、私の言葉を受け取った。腰かけたまま、私の顔を見ずに煙草をふかしていた。

ふと私は、彼女が、私の言ったことがのみこめなかったのではないかと思って不安になった。

「ねえ」と私は言った。「ぼくは、いまきみに結婚を申し込みたくないんだ。どっちにしても、そんなことしたってなんにもならないだろうからね。まず、きみのほうで断るかもしれない。そうしたらぼくはみじめになり、自分の空しい誇りをとりもどそうというだけの理由で、つまらない女と一緒になるかもしれないよ。つぎに、きみがぼくの申し込みをしりぞけないとしたって、いったい、いま、どうすりゃいいんだい？　結婚して、すぐに別れるのかい？　婚約しといて、長いあいだじっと待ってるのかい？　ぼくはきみに、そうしてもらいたくないね。きみが、だれかほかの男の人に会って、ぼくとの約束に縛られているような感じを抱くことにならぬでもないしさ。ぼくらのいままで暮らしてきた世界っていうのは、奇妙に興奮した、せっかちなところだもの。結婚や恋愛が成立したかと思うとすぐ破綻というような例は、ごろごろしている。ぼくはきみに独り身で帰国し、周囲をよく見つめ、新しい戦後の世界を評価し、自分のしようと思うことを決めてもらいたいのだ。きみとぼくのあいだにあるものはね、ソフィア、永遠のものでなければいけないんだ。それがない結婚なんて、ぼくには用がないんだ」

「あたしもそうよ」とソフィアが言った。

「とは言ってもね」と私は言った。「ぼくは、その――つまりぼくの考えをきみに伝えるぐらいの資格はあると思うんだ」

「でも、あまり抒情的な表現を使わずに、おっしゃれて？」とソフィアが小声で言った。

「ねえ、きみ——そうじゃないんだよ。ぼくは、アイ・ラヴ・ユーって言わないでおこうとしたんだ——」

彼女は私の口をとめた。

「それはわかってるの、チャールズ。あたし、あなたのそういう変わったやり方、好きよ。イギリスへ帰っていらっしゃったら、あたしに会いにいらしてもかまわないわ——そのときになっても、やはり、そうしたいっておっしゃるなら——」

こんどは、ぼくが彼女の口をとめる番だった。

「そりゃあ、ぼくの心は決まってるさ」

「どんなことにだって、決まった、なんて言えないわ、チャールズ。なにか計算に入れてなかった要素が現われて計画を覆すなんて、いつでもあることじゃないかしら。たとえば、あなた、あたしのことあまりご存じじゃないでしょう？」

「きみがイギリスのどこに住んでいるかさえ知らないな」

「スウィンリ・ディーンに住んでるの」

私は、有名なロンドン市郊外の地名を聞いてうなずいた。シティの実業家用の高級なゴルフ・コースが三つあるというのが自慢のところだ。

彼女は考えにふけるような、やさしい声でつけ加えた。「ちいさな、ねじれた家に……」

きっと私は、少し驚いたような顔をしたにちがいない。つまり、彼女がおもしろがって、引用の労をとって説明したからだ。「そしてみんな一緒にちいさなねじれた家に住んでたよ。これ、あたしの家のことなの。ほんとは、そんなちいさな家じゃないんですけど。でも、ねじれてることはたしかよ――切妻《きりづま》や梁《はり》までね！」

「大家族なの？　兄妹は？」

「弟一人、妹一人、母、父、伯父、その妻、祖父、大伯母、継祖母」

「そりゃあ大変だね！」と、いささか圧倒されて私は言った。

彼女は笑った。

「もちろん、あたりまえなら一緒に住んでるわけないわ。戦争と空襲で、そうなっちゃったの――でも、そうでもないかもしれないわ――」と言って彼女は考えるように眉をしかめ、話をつづけた。「おそらく精神的には、うちの家族はいつも一緒に住んでいたんだわ――祖父の監督と保護を受けてね。ちょっとした人物よ、あたしの祖父は。八十歳を越えてるの。百五十センチぐらいしかないんだけれど、祖父の脇に寄ると、ほかの人、みんな霞んで見えちゃうわ」

「おもしろそうな人だな」と私は言った。

「おもしろいわ。スミルナ生まれのギリシャ人なの、アリスタイド・レオニデスは」そこで彼女はひとつウインクして言った。「たいへんなお金持ちよ」

「こんど会うときには、だれかお金持ちになってるかな？」

「やっぱり祖父ね」とソフィアは確信をもって言った。「金持ちからは巻きあげろ式の駆け引きなんて、おじいさんには何のききめもないの。巻きあげようとする人を、手ひどく痛めつけちゃうだけのことよ」と彼女はおしまいに言った。「あなたにうちの祖父が好きになれるかしらね？」

「きみはそう思うかい？」と私はたずねた。

「世界中でいちばん好き、というぐらいによ」とソフィアは言った。

2

二年と少し任地にいて、私はイギリスに帰った。それは容易ならぬ歳月であった。私はソフィアに手紙を書き、彼女からもかなり頻繁に手紙をもらった。彼女の手紙は、私のもそうであったが、ラヴ・レターではなかった。それは親友同士の手紙であった——いろいろな考え方とか、日々の世間の動きなどについての注釈が、手紙の内容だったのである。しかし、私に関するかぎり、また、ソフィアにとっても同じだと確信するが、私たちのお互いに対する感情は次第に強くなっていったと思う。

私は、九月のある静かな曇った日にイギリスに帰った。樹々の葉は夕日に輝いていた。ときどき、なぶるような突風が吹いた。私は空港からソフィアに電報を打った。

イマツイタ　九ジ　マリオノミセニテ　ユウショクイカガ　チャールズ

それから二時間ばかりして、私は椅子に坐り、タイムズを読んでいた。誕生、結婚、死亡欄を走り読みしていると、レオニデスという名前が眼に入った。

アリスタイド・レオニデス、九月十九日スウィンリ・ディーンのスリー・ゲイブルズにて死去、八十七歳

妻ブレンダ・レオニデス

そのすぐ下に、もう一つ死亡広告が出ていた。

アリスタイド・レオニデス、スウィンリ・ディーンの自宅スリー・ゲイブルズにて急逝。ご供花はスウィンリ・ディーンの聖エルドレッド教会へ。

遺児遺孫一同

死亡広告が二つあるなんて、ずいぶんおかしなことに思われた。きっとなにかの手違いで、だぶったのだろう。しかし、そんなことより、私の関心はソフィアにあった。私

は急いで彼女に第二の電報を打った。

シボウコウクハイケン　アイトウニタエズ　イツオメニカカレルヤ　ヘンマツ

チャールズ

ソフィアからの電報は、父の家にいた私のもとに六時ごろ届いた。

九ジ　マリオノミセニユク　ソフィア

ソフィアに再会するという思いが、私を不安にさせ、また興奮させた。時間は、信じがたいほど悠長にすぎていった。私は約束の時間より二十分も早くからマリオの店で待っていた。ソフィアは五分遅れただけであった。

長いあいだ会わず、しかもその間、いつも心の中にいた人に再会するというのは、一つのショックであるにちがいない。ようやく回転ドアからソフィアが入ってきたとき、私たちの出会いは、まったくこの世のこととは思われなかった。彼女は黒い服を着ていたが、そのことが、なにか妙に、私をびっくりさせた。ほかにも黒い服の婦人はたくさんいたし、彼女たちは喪に服しているのにちがいなかった——しかし、ソフィアのような女性が黒衣の姿になるなんて、私には驚くべきことに思われたのだ——たとえ近親のためにでも。

私たちはカクテルを飲んだ——それからテーブルについた。二人はかなり早口に、熱くなって話をした——カイロ時代の旧友の近況が話題であった。それは、とってつけたような会話であったが、おかげで、私たちはまず再会のきまり悪さを克服することができた。私は彼女の祖父の死にお悔みを言った。ソフィアは静かに、それが〝まったく思いがけない死〟であったと答えた。それからまた、私たちは思い出話に戻った。私は、なにかがある——つまり、再会のはじめに感じる自然なきまり悪さのほかになにかがあるような気がしはじめて、不安になった。ソフィア自身になにか具合のわるいこと、明らかに気まずいことがあった。私以上に気に入った男ができたと打ち明けるのであろうか？　私に対する感情が、〝まったく間違って〟いたというのであろうか？

どうも私には、そうとは思えなかった——どういうことか、よくわからなかったけれど。また、私たちは、とってつけたような話をつづけた。

それから、ボーイがテーブルにコーヒーを置き、一礼して引き下がると、まったく不意にあらゆるものが一揺れして焦点を結んだ。以前、どこかのレストランの小さなテーブルについたときのように、ソフィアと私は一緒に坐っている。まるで、二人が別れて生活していた歳月がなかったみたいに。

「ソフィア」と私は言った。

すぐに彼女が答えた。「チャールズ！」

私は、救われたように深い溜め息をついた。

「やれやれ、やっと終わったね」と私は言った。「ね、二人とも支障なく会えたろう？」

「あたしの負けね。ばかだったんだわ」

「でも、会えてよかったね？」

「ええ、会えてよかったわ」

私たちはお互いに、にっこり笑った。

「ねえ！」と私は言った。それから、ちょっと口をつぐんできいた。「いつ結婚してくれる？」

彼女の微笑が消えた。なにかしら得体の知れぬものが背後にあった。

「さあ」と彼女は言った。「あたしね、チャールズ、あなたと結婚できないかもしれないの」

「だって、ソフィア！　どうしてさ？　ぼくっていう人間がわからないっていうのかい？　まだ、ぼくをもっと知るための時間がほしいの？　ほかに、いい人がいるのかい？　いや――」私は話をとめた。「ぼくはどうかしてるな。いま言ったようなことじゃないんだね」

「ええ、そうじゃないの」彼女は頭を横に振った。私はつぎの言葉を待っていた。彼女は低い声で言った。

「祖父が死んだからよ」

「おじいさんが亡くなったから？　でも、なぜだい？　そのために、なぜ事情が変わるんだ？　まさか――きみがそんなこと考えないと思うけど――お金のことじゃないだろうね？　遺産がなかったっていうのかい？　でもね、きみ、そんなこと――」

「お金じゃないの」彼女はふと微笑を浮かべた。「あなたはきっと、昔の人がよく言うように〝からだ一つで来ればいい〟と思っていらっしゃるんでしょう。でも、祖父のお金はそっくり残っているのよ」

「じゃ、どういうことなんだい？」

「祖父の死が問題なの――つまり、あたしの考えだとね、チャールズ、祖父はただ――死んだんじゃないの。ひょっとしたら――殺されたんじゃないかと思うの……」

私は彼女の顔をじっと見つめた。

「そりゃあ——とほうもない考えだなあ。どうして、そんなこと考えたんだい？」

「あたしが思いついたわけじゃないの。医者が疑惑を持ちはじめたのよ。死亡証明書にサインしてくれないの。解剖するらしいわ。なにかあやしいところがあると思ってるにちがいないの」

私はその問題を彼女と論じ合うのを避けた。ソフィアは非常に頭がいい。いま、彼女がどんな結論を導きだしたにしても、それは信ずるに足るものだ。

私は熱心に別のことを喋った。

「医者の疑惑なんて、全然あたっていないかもしれないよ。でも、そうじゃなくて、かりに疑惑が正当と証明されたにしたって、きみとぼくの問題にどんな影響があるんだい？」

「ある場合には影響がないでもないわ。あなたは外交官よ。外交官っていうのは奥さんについてやかましいわ。いえ——お願いですから、あなたがいま言いたいことは言わないでおいてちょうだい。どうしてもおっしゃりたいでしょうし——きっと本気でそう思っていらっしゃるんでしょう——理論的には、あなたの考えは正しいと思うわ。でも、あたしにはプライドがあるの——とてもプライドが高いの。あたし、二人の結婚に、だれからも後ろ指をさされないようにしたいわ——恋のために、あなたと二人して犠牲になりたくないの！　また、さっき言ったように、なんでもないとしても……」

「つまり、医者の——間違いかもしれないっていうんだね？」

「医者の間違いじゃないとしたって、同じことよ——わけのある人が殺した以上は」

「どういう意味なの、ソフィア？」

「とても言いにくいの。でも、いっそのこと打ち明けた方がいいかもしれないわ」

彼女は先回りして私の口をとめた。

「やっぱりだめ、チャールズ。これ以上言わないことにするわ。もう、言い過ぎたくらいですもの。でもあたし、今晩あなたにお会いして——あたし自身あなたとお会いして、わかっていただこうと決心したの。この問題がはっきりするまで、あたしたちはどうすることもできないのよ」

「せめて、事件の話でもしてくれないか？」

彼女は頭を振った。

「話したくないの」

「だって——ソフィア——」

「だめよ、チャールズ。あたし、あなたにあたしの立場から家の人を見てもらいたくないわ。外部から、偏らない眼で見ていただきたいの」

「というと、どうすりゃいいのかな？」

彼女は私を見た。輝く青い眼に、奇妙な光があった。

「あなたのお父さまから情報が得られるわ」と彼女は言った。

私はカイロにいたとき、ソフィアに、私の父がロンドン警視庁の副総監であると話したことがあった。父はまだ同じ地位にあった。彼女の言葉を聞いて、私の心に、冷たく重いものが沈んでいった。

「それほど事態は悪化してるわけだね？」

「あたしはそう思うの。あのドアの横のテーブルに、一人で坐っている人がいるでしょ——無表情な復員兵士風の、ちょっとした男前の人」

「うん」

「あの人、あたしが今晩列車に乗ったとき、スウィンリ・ディーンのプラットフォームにいたわ」

「つまり、きみをここまでつけてきたっていうわけかい？」

「ええ。うちの人、きっと、みんな——なんて言ったらいいんでしょう？——監視されてるのよ。それとなく、みんな家から出て行ってはいけないって言ってたわ。でも、あたし、あなたに会う決心したの」彼女は、四角ばった小さな顎を、挑むように突き出してつづけた。「あたし、浴室の窓からはい出て、水道管につかまりながら下りたのよ」

「おやおや！」

「でも警察っていうのはとても敏感なものなのね。もちろん、あなたに電報を打ったこともあるけど。ええ――大丈夫よ――いまあたしたち、二人でいるんですもの……でも、これからは、お互いに知らぬふりをしなきゃいけないわ」

彼女はそこで言葉をとめ、またつけ加えた。

「あいにくね――あたしたち、たしかに愛しあっているのに」

「たしかどころじゃないさ」と私は言った。「それに、あいにく、なんて言わないでもらいたいな。ぼくたちは世界大戦を生きのびてきたんだぜ。奇禍にあって急死するところを命拾いしたことも随分あった――どうもわからないな、たかがといっては何だが、一人の老人の急死がなぜ――ところでおじいさんって、いくつだったっけ？」

「八十七よ」

「そうだったね。タイムズに出ていたよ。きっと老衰で亡くなったんだよ。どんなにがんこな医者だって、そう判断するさ」

「あなたがあたしの祖父を知っていたら」とソフィアが言った。「祖父がなにかの病気で死ぬなんて、きっと思いもよらないことだとお考えになるわ！」

3

私は父の仕事に、かねてからある程度興味は持っていた。しかし、直接、個人的な関心を抱かねばならなくなってみると、さて、なにも準備ができていなかった。

私はまだ父には会っていなかった。私が家に帰ったとき、父は留守だった。それで入浴し、顔をあたり、服を着替えてから、ソフィアに会いに出かけてしまったのであった。しかし、家にもどると、グラヴァーは父が書斎にいると知らせてくれた。

父は机に向かい、たくさんの書類を調べながら眉をしかめていた。私が部屋に入ると、父は椅子から跳び上がるように立ち上がった。

「チャールズ！　やあ、ずいぶんひさしぶりだなあ」

戦争で五年も国に帰らなかったあげくの再会としてはあっさりした挨拶で、フランス人なら落胆してしまうほどのものであったが、実際には再会の感慨は無量であった。父と私は、お互いに愛しあい、よく理解しあっている仲なのである。

「ウイスキーがあるぞ」と父は言った。「よかったらやってくれ。帰ってきたとき留守して悪かったな。いま大仕事なんだ。面倒な事件がちょうど起こってね」

私は椅子に背をもたせ、煙草に火をつけた。

「アリスタイド・レオニデス事件ですか？」

父はとたんに眉をしかめた。調べるような目つきで私の顔を一瞥し、丁寧な固い声でたずねた。

「どうして、そう思うのかね、チャールズ？」

「じゃあ、ぼくの言うとおりなんですね？」

「どうしてこの事件を知ってるのだ？」

「情報がありましてね」

父は黙って私のつぎの言葉を待っていた。

「ぼくの情報は」と私は言った。「厩舎からじかに仕入れたってやつですよ」

「おいおいチャールズ、あまり気を持たせるなよ」

「お父さんは、お気に召さぬかもしれませんが」と私は言った。「ぼくはカイロで、ソフィア・レオニデスに会ったんです。そして恋仲になりました。結婚するつもりなんですよ。今晩、会ってきました。一緒に食事しましてね」

「おまえと食事したって？　ロンドンでか？　どうして、そんなことができたのかね、その娘は？　あの家の者にはみんな、じっとしてるように言ってあったんだが――ごく丁寧に、そうお願いしたんだがな」

「そうらしいですね。あの人は浴室の水道管を伝って抜け出したんですよ」

父は唇をねじまげて、ちょっと微笑した。

「なかなか、臨機応変の才に富んでいる淑女らしいな」

「お父さんの警察こそ敏腕ぞろいですよ」と私は言った。「二枚目の軍人風の男が、マリオの店まであの人のあとをつけてきましたからね。いずれお父さんの受け取る報告書がぼくには想像できますよ。身長百八十センチ、茶色の髪、茶色の眼、ダーク・ブルーの縞のスーツ……」

父はじっと私の顔を見た。

「それは――本気なのかね？」と父はたずねた。

「ええ」と私は言った。「本気ですよ、お父さん」

ちょっとのあいだ二人とも黙っていた。

「気になりますか？」と私は訊いた。

「一週間前なら――気にもならなかったんだろうがね。かなり裕福な家庭だし――いずれその娘さんも財産を持つだろうしさ——それにおまえという人間を、わたしはよく知ってる。あっさり、のぼせるような男じゃないくらいのことはね。そういうわけだから——」

「そういうわけだから、なんです、お父さん?」

「万事いいんだが、ただ——」

「ただ——?」

「わけのある人が殺したとするとね」

これでこの言葉を、私は同じ夜に二度きいたわけであった。私は次第に興味をそそられてきた。

「わけのある人っていうのはだれです?」

父は私をじろっと見た。

「この事件について、どのくらいまで知ってるんだね、おまえは?」

「全然、知りません」

「全然?」父は驚いたようだった。「その娘さん、話さなかったのかね?」

「ええ……ぼくに、ぼく自身の眼ではじめから見てくれって言うんです——外部の者の立場から」

「どうして、そんなこと言ったのかな？」

「事件ははっきりしてるんじゃないんですか？」

「いや、チャールズ。そうは思えんね」

父は、むつかしい顔をして、部屋の中を行ったり来たりしていた。葉巻をくわえていたのだが、火は消えてしまっていた。その様子で、父の心労のほどが私にはよくわかった。

「向こうの家庭についておまえの知っているのはどの程度なんだ？」と、不意に父が言った。

「ほとんど知らないんです。老人とその息子、孫、親戚とたくさんいるのは知ってますが、こまかいことはさっぱり」私はちょっと口を切り、つづけて言った。「お父さんのほうで、ひとつ話してください」

「うん」父は腰を下ろした。「いいとも――はじめから話すことにしよう――アリスタイド・レオニデスからな。彼は二十四歳のときイギリスに来たんだ」

「スミルナ生まれのギリシャ人ですね」

「けっこう、知ってるじゃないか？」

「ええ、でも、それだけですよ」

ドアが開き、グラヴァーが入ってきて、タヴァナー主任警部が来たことを知らせた。「この事件を担当している男だ」と父が言った。「ここへ来てもらおうじゃないか。レオニデスの家庭の様子を調べていたはずだ。わたしよりよく知ってるよ」

私は、地方警察がロンドン警視庁に援助を求めたのか、とたずねた。

「うちの管轄さ。スウィンリ・ディーンは大ロンドン市に入ってるんだからな」

タヴァナー主任警部が入ってきた。私は会釈した。だいぶまえから彼のことは知っていた。彼はうれしそうに私に挨拶し、無事の帰国を祝ってくれた。

「いまチャールズに説明しているところだ」と父が言った。「わたしの言うことが違っていたら訂正してくれたまえ、タヴァナー。レオニデスは一八八四年、ロンドンに来た。ソーホー地区で小さなレストランを開業。これが成功した。もう一つ、店を建てた。そしてたちまち、七、八軒のレストランを経営することになったんだ。それがみんな、どんどん儲かっていった」

「手を出す仕事で、失敗するってことがなかったんですな」とタヴァナー警部が言った。「生まれつき商才があったのさ」と父が言った。「しまいには、ロンドンの有名なレストランがたくさん彼の手に入ってしまった。それから大がかりにケータリング業へ乗り出していったわけだ」

「同時に、ほかの商売もやりました」とタヴァナー。「古着屋、安宝石店、そのほか、たくさんの商売をね。もちろん」それから彼は考えぶかくつけ加えた。「いつも一筋縄でいかぬ男でしたよ」

「それは、悪党《クルック》だったという意味？」と私はたずねた。

タヴァナーは頭を振った。

「いや、そうじゃないんです。たしかに、心のねじれた男《クルッキッド》でしたが——悪党《クルック》だったのではありません。法律を破るようなことは絶対しない人ですな。法律にふれるすれすれの線でできることを考え抜いてやるというタイプの男ですよ。あの大戦中でさえ、しこたま儲けました。あんな年寄りのくせにね。非合法なことをするというんではないが——つまりね、彼がなにかに手を出すと、どうしてもそのことについての法律を作らなければならなくなるんですな。ところが、法律ができあがると、こんどはつぎのことに手を移しちゃうんですよ」

「じつに人好きのしない性格のようですね」と私は言った。

「それがおかしなことに、人好きがするんですよ。いわば人柄ですな。お会いになればわかったでしょう。見かけは全然よくない。小人《ノーム》みたいで——醜い顔で背は低いし——それなのに魅力があるんですね。女なんか、いつだって奴にころりですよ」

「奴の結婚には、みんなびっくりしたな」と父が言った。「ある大地主の娘と結婚したんだ――猟犬管理者《MFH》のね」

私は眉をあげてたずねた。「財産が目あてだったんですか？」

父は頭を振った。

「いや、恋愛結婚さ。娘が、友だちの結婚披露宴の準備をしていて、彼に会ったわけだ――そして彼に参ってしまったんだ。両親はかんかんになったが、彼をものにしようという娘の心は固くてね。つまり男に魅力があったんだな――レオニデスの周囲には、なにか異国的で精力的なものがあって、それが娘の心をひいたわけだ。自分と同じ人種に、娘はあきあきしていたのさ」

「それで、結婚は幸福だったんですか？」

「じつに幸福だったんだ、奇妙なことにな。もちろん、二人のお互いの友だちというのは一緒につきあわなかった（金の力で階級の差がなくせる時代じゃなかったのでね）。しかし、そんなことを夫婦は気にしなかった。友だちなしで、うまく暮らしてゆけたんだ。スウィンリ・ディーンにとてつもない家を建て、そこに住みついて八人の子供をもうけた」

「家族の年代記ですね、これは」

「老レオニデスがスウィンリ・ディーンを選んだのは賢明だったんだよ。あの土地に人気が出はじめたころだったんだ。第二、第三ゴルフ場はまだできていなかった。当時の住民は、庭に情熱的な愛着を抱き、レオニデス夫人と仲のいい、その土地の草分けの人たち、それにレオニデス家の人たちと一緒につきあってゆきたいというロンドンの金持ち連中、これらが混ざりあっていた。だから、だれとでも好きに交際できたわけさ。おそらく、細君が一九〇五年に肺炎で亡くなるまで、夫婦は申し分なく幸福だったろうね」

「子供を八人のこして亡くなったんですか？」

「一人は子供のとき死んだ。息子二人が、この大戦で戦死。娘が一人、結婚してオーストラリアへ行ったが、そこで客死。もう一人、自動車事故で死んだお嬢さんがひとりある。それから一、二年前に一人死んだ。生きているのは二人——長男のロジャー、これは結婚してるが子供なし。フィリップ、有名な女優と結婚、三人の子持ちだ。おまえのソフィア、弟のユースティス、妹のジョセフィン」

「そして、みんな——なんて言いましたっけ——スリー・ゲイブルズでしたか？——そこに住んでいるんですね？」

「うん。ロジャー・レオニデスは戦争の初期に空襲をうけた。フィリップの家族は一九三七年以来、そこに住みついている。それから伯母のミス・デ・ハヴィランド、これは先妻レオニデス夫人の姉だ。義理の弟の老レオニデスがきらいだと、いつもあからさまに言っていたんだ。ところが妹が死んだときに、義弟から、どうか同居して子供たちを育ててくれと頼まれたんだね。彼女は、それを引き受けるのが義務と思ってやってきたわけだよ」

「じつに熱心にその義務を果たしましたよ」とタヴァナー警部が言った。「もっとも、人を見る眼を変えるような女ではありませんからね。いつもレオニデスのことや、彼のやり方をよく思っていませんでした――」

「なるほど」と私は言った。「なんともすてきな一家のようですな。で、いったい犯人はだれなんです？」

タヴァナーは頭を横に振った。

「まだまだ」と彼は言った。「まだなんともいえませんよ」

「いいじゃないですか、タヴァナー警部」と私は言った。「賭けてもいいが、あなたには目星がついてるんだ。ここは法廷じゃないんですよ」

「ええ」とタヴァナーは暗い表情で言った。「法廷までは持ちこめないかもしれませんよ」

「老人は殺されたんじゃないという意味ですか、それは?」

「いや、たしかに殺されたんですがね。毒殺ですよ。でも、ご存じのとおり、こうした毒殺事件というのは厄介でね。証拠をあげるのがじつにむずかしいんですよ。じつにむずかしい。たとえすべての可能性が一つの方向を指しているとしたって——」

「その方向っていうのをぼくは知りたいんです。あなたの心の中じゃ、もうすっかり解決してるんじゃないですか?」

「蓋然《がいぜん》性はじつに強いっていう事件なんです。事情は、はっきりしてるんですよ。申し分ない仕組みになってる。そのくせどうもわからない。むずかしいですよ」

私は訴えるように父の顔を見た。

父はゆっくり口をひらいた。「知ってのようにな、チャールズ、殺人事件では、目立つことというのが大抵正しい手がかりになるんだ。レオニデス老人は十年前に再婚している」

「七十七歳のときにですか?」

「うん。二十四の若い女性とな」

私はヒューッと口笛を鳴らした。

「どんな人なんです?」

「軽食堂で働いていた若い婦人だよ。人品風采、まことに卑しからぬな——一見、貧血症の、表情をおもてにあらわさぬ美人さ」

「彼女が強い蓋然性というわけですね?」

「でないとすると、どうなんです?」とタヴァナーが言った。「夫人はまだ三十四歳ですー危険な年ごろですよ。無事安穏に暮らしたがっているが、そこに若い男の同居人がいる。孫たちの家庭教師です。戦争にも行かなかった——心臓病かなにかでね。こいつは離れられない仲になりますよ」

私は思いにふけりながら彼の顔を見た。なるほど、お決まりの型だ。月並な組み合わせだ。父が強調したところによると、レオニデスの後妻は非常に上品な人だという。上品の名において犯された殺人は数多くある。

「薬はなんですか?」と私はたずねた。「砒素?」

「いや。まだ解剖結果の報告は受けていませんが——医者の見解ではエゼリンだそうです」

「ちょっと変わってるな。それじゃあ、買い手を捜すんだってわけないでしょう」

「ところが、そうじゃないんです。老人の常用薬なんですよ。目薬なんです」

「レオニデスは糖尿病でね」と父が言った。「定期的にインシュリンの注射をしていた。

インシュリンはゴムの蓋をした小瓶に入れてある。皮下注射器の針を、このゴムの蓋に通して注射液を吸い上げるわけだ」

そのつぎは私にも想像がついた。

「瓶の中にインシュリンじゃなくて、エゼリンが入っていたというわけですね？」

「そのとおりだ」

「だれが注射したんです？」と私はたずねた。

「夫人さ」

私はソフィアが〝わけのある人〟という言葉で、どういうことを言おうとしたか、はじめてわかった。

私はたずねた。「一家とレオニデス氏の後妻は、うまくいっていたんですか？」

「いや。ほとんど口もきかなかったようだ」

事情は次第に明らかになってきたように思われた。しかしタヴァナー警部は見たところ浮かぬ顔をしている。

「どこが気に入らないんです？」と私はきいてみた。

「夫人が犯人とすればね、チャールズさん、あとで本物のインシュリンの瓶に変えておきますよ。夫人がやったとすれば、なぜそうしなかったか、わたしにはまったくわけがわかりませんな」

「なるほど。ご指摘のとおりだな。インシュリンはたくさんあったんですか？」

「ええ、たくさん詰まってるのや、空瓶やらね。夫人がやったとしたって、十中八、九は医者に怪しまれなかったでしょうよ。というのは、エゼリンは、解剖したって、ほとんど痕跡が残らない毒薬なんです。ところが、さっき申し上げたような具合になっていたから、医者がそのインシュリンの瓶を調べて（つまりインシュリンの量を誤ったか何かしたかと思ってですな）、もちろん、すぐに中に入っているのがインシュリンじゃないとわかったわけです」

「すると、こういうことかな」と私は考えながら言った。「レオニデス夫人はとてつもないばかものか──それとも非常に頭がいいか、どちらかだとね」

「とおっしゃると──」

「だれも、こんなばかなことをしない、と警察が結論づけるのを、夫人は賭けでもする気で待っているのかもしれないな。ほかに容疑者は？　どうなんです？」

父が静かに言った。

「やろうと思えば、家中のだれにでもやれたはずなんだ、実際のところね。いつもインシュリンのストックはたくさんあった──少なくとも二週間分ぐらいはな。しかるべく使われるということを知っていれば、薬瓶を一つこじ開けて中味を変えるぐらい、わけないさ」

「だれでも薬のある場所に近づいたことはあるんですね？」

「鍵はかかっていないんでね。老人の部屋の浴室にある薬戸棚の一定の場所に並べてあるんだ。家の者の出入りは自由さ」

「強い動機は？」

父は溜め息をついた。

「なあ、チャールズ。アリスタイド・レオニデスはたいへんな金持ちなんだよ！　たくさんの金を家族にくれてやってた。これは事実だよ。しかし、もっとほしがった奴がいたんだろうな」

「いちばんほしがったのはいまの奥さんでしょう。彼女と仲のいい青年のほうは金があるんですか？」

「いや。すかんぴんさ」

私の頭に、なにかひらめくものがあった。私はソフィアの引用した言葉を頭に浮かべた。そして不意に、その童謡をすっかり思い出した。

ねじれた男がいて、ねじれた道を歩いていった
ねじれた垣根で、ねじれた銀貨を拾った
男はねじれた鼠をつかまえるねじれた猫を持っていた
そしてみんな一緒にちいさなねじれた家に住んでたよ

私はタヴァナーに言った。

「どんな人です、レオニデス夫人は？　あなたの感想は？」

彼はゆっくり答えた。

「何と言ったらいいか——むずかしいな。一筋縄じゃいかない女です。じつに物静かな態度で——なにを考えてるのやら、さっぱりわからない。とにかく無事安穏な生活が好きです——それはたしかだ。わたしは夫人を見て、そうですな、猫を思い浮かべましたよ。ごろごろ咽喉を鳴らしている不精ものの大猫をね……猫がきらいというんじゃないんですよ、わたしは。猫はいいんですが……」

彼はひとつ溜め息を吐いた。

「わたしたちのほしいのは」と彼はつづけた。「証拠なんです」

そうだ、と私は思った。われわれはみな、レオニデス夫人が夫を毒殺したという証拠

をほしがっている。ソフィアも、私も、主任警部タヴァナーも、それをほしがっている。

それが手に入れば、花園は美しくなるだろう！

しかし、ソフィアには確信がなかった、私もそうだ。タヴァナー主任警部だって同じらしかった……。

4

つぎの日、私はタヴァナーとスリー・ゲイブルズへ行った。

私の立場は妙なものであった。控え目に言っても、まったく筋違いであった。もっとも、私の父は、筋違いだからといって目に角をたてる人間ではなかった。

私は、ある資格を与えられた。大戦初期に警視庁の特別保安部と連絡して働いたことがあったからである。

もちろん、そのことと、こんどの事件に介入することとは全然ちがうことだ——しかし、私が以前そうした役にあったために、いわば一種の資格が与えられたことになるのである。

父はこう言った。

「この事件を解決しようという気なら、まず内部情報を手に入れなきゃならんな。この家庭のことを、洗いざらい知らなきゃならん。それを内側から探るのだ——外部からでなくな。それができるのは、おまえだよ」

私にはその考えが気に入らなかった。煙草を炉床に投げて、私は言った。

「警察のスパイというわけですね？　そうでしょう？　ぼくが愛し、また、たしかにぼくを愛しも信じもしてくれるソフィアから、秘密情報をとれと言うわけですか？」

父はいやに怒りっぽい顔になり、きびしい声で言った。

「たのむから、そんな陳腐な見方をしないでくれ。だいいち、おまえにしたって、ソフィアが祖父を殺したとは思っていまい、え？」

「もちろんです。そいつは、まったくばかげた考えですよ」

「よろしい――われわれもそう思ってるさ。あの娘はずっと外国にいた。祖父との仲は申し分ないほどよかった。彼女の収入はかなりあるし、おそらく、おじいさんは、彼女がおまえと婚約するという話を聞けば喜んだことだろう。気のきいた新居を用意もしただろうさ。われわれは、あの娘を疑ってるんじゃない。どこに疑うわけがあるかね？　しかしな、ひとつ覚悟しておかなくてはならんことがあるぞ。というのは、この事件が解決しないかぎり、あの娘はおまえと結婚しないだろうということだ。いままでのおまえの話を総合すると、どうも、そう思われるな。いいかね、この事件は、絶対に解決はないという性質の犯罪かもしれないんだ。あの奥さんと若い恋人の二人が共謀したというわれわれの見込みはかなり筋の通ったものかもしれぬ――しかしな、その証明という段になると、また別問題なのさ。いままでのところでは、検事局へは持ち出せないよ。明確な証拠が得られぬかぎり、いつまでたっても奥さんには漠然たる疑惑がのこるだけさ。わかったかい?」

私は了解した。

父は口調を和らげて言った。

「どうして、そのことを打ち明けないんだい?」

「と言うと――ソフィアにぼくが――」私は言いよどんだ。

父は強くうなずいてみせた。

「そうさ、そうだよ……おまえの目的を知らせずに、あの娘に取り入れと頼んでいるわけじゃないんだ。この事件について、ソフィアにも言い分があろうから、それを聞いてみるのさ」

というわけで、私はつぎの日、タヴァナー主任警部、ラム部長刑事の車に同乗してスウィンリ・ディーンに向かった。

ゴルフ・コースを越えて少し行くと、道は曲がって入口に出た。戦前には堂々たる門があったのだろうと思った。愛国心からか、強制徴用からか知らないが、門はとり払われていた。両側にロウドデンドロン（しゃくなげ属の植物）の茂っている、長いカーヴした道を上り、車は家の前の砂利を敷いた車回しに出た。

信じられぬ光景だった！　私はスリー・ゲイブルズ（三つの切妻）と呼ばれているわけがわからなかった。イレヴン・ゲイブルズ（十一の切妻）といったほうが、ふさわしいのに！奇妙なことに、家は見なれない具合にねじれていた――そのわけはわかるような気がした。いってみれば、コテッジふうなのだ。それも、まったく釣り合いを無視して、ふくれあがったようなコテッジだ。大きな拡大鏡でのぞいて見た田舎の農家という感じであった。はすかいになった梁、木骨石積み造り、切妻――夜のうちに、キノコのように伸びてしまった〝ちいさなねじれた家〟だ！

しかし、私は、ははあ、なるほどと思った。この家は、ギリシャ出の料理店主の、いくらかイギリス的な思いつきなのだ。つまり、城の大きさに造られたイギリス人の家なのである。私は、レオニデス老人の先妻はこの家を見て、どう思っただろうかと考えた。おそらく、家については、なにも意見を求められたり、設計図を見せられたりしなかったのであろう。きっと、彼女の夫たる外国生まれのレオニデスは、ちょっと驚かすつもりだったのであろう。できあがった家を見て、彼女は、ぞっとしただろうか、それとも微笑してみせただろうか、私にはわからない。

先妻が、この家で、しごく幸福な一生を送ったことは、明らかであった。

「ちょっとすごいですな、この家は？」とタヴァナー警部はいった。「もちろん、老人は随分金をかけてますよ——この建物は三つの独立した家にわかれていて、それぞれ、いわば台所その他一切完備ですからね。中だって一流ですよ。豪華なホテル並みの設備です」

ソフィアが正面のドアから出てきた。帽子はかぶらず、緑のシャツとツイードのスカートを着ていた。

彼女は私を見ると、びっくりして足をとめた。

「どうしたの？」と彼女は叫んだ。

私は言った。

「ソフィア、きみに話があるんだ。どこへ行けばいいかな？」

ふと私は、彼女が抗弁するのではないかと思った。しかし彼女は回れ右して、「どうぞこちらへ」と言った。

二人は芝生を横切っていった。スウィンリ・ディーン第一ゴルフ場の美しい眺めがあった——はるか彼方に松の茂る丘、その向こうには靄《もや》のかかった田園がぼんやりと見えた。

ソフィアは、近ごろはあまり手入れをしていないように見えるロック・ガーデンに案内した。質素な木のベンチがあった。坐り心地はたいへん悪かったが、私たちは腰を下ろした。

「お話って？」

彼女の声には元気がなかった。

私はすべてを喋った。

彼女はそれにじっと耳をかたむけていた。表情からは、彼女がなにを考えているのかわからなかったが、やっと私の話がおわると、彼女は溜め息をついた。それは深い溜め息だった。

「あなたのお父さん、とても頭のいい方ね」

「オヤジには、オヤジの考え方がありますがね、つまらない思いつきですよ、でも――

――」

彼女は私の言葉をさえぎって、

「いいえ、つまらない思いつきだなんて、そんなことないわ。きっとなにかの役に立つかもしれない。あなたのお父さんはね、チャールズ、あたしの心の中のことが、すっかりおわかりなのよ。あなたよりおわかりになってるわ」

不意に彼女は、やけになったようなはげしさで、自分の手のひらにこぶしを打ちつけた。

「あたし、真相をつかまなければならない。つかまなければならないわ」

「ぼくたちのために？　でもね、きみ」

「あたしたちのためばかりじゃないの、チャールズ。真実をつかまなければ、あたしの心がやすまらないわ。ゆうべ、あなたにお話ししなかったけれど、ほんと言うと、あたしこわいの」

「こわいって？」

「こわいわ、とてもこわい。警察もあなたのお父さんもあなたも、みんながみんなブレンダだと思っている」

「だけど可能性が――」

「ええ、それはたしかにありそうなことよ。でもね、あたしが『ブレンダにちがいないわ』と言うわね。そんなとき、これは希望的観測にすぎないってことが、自分でもはっきりわかるの。なぜなら、ね、あたしがほんとうにそうは思っていないからなのよ」

「そうは思っていない？」私はゆっくり言った。

「さあわからないわ。あなたに知ってほしいと思ってたら、あなた、外部からみんな聞いてしまったのね。それじゃ、こんどは、あたしが内部からお話しするわ。ブレンダという人はね、あなたがたが考えているような女性じゃない、そういう感じがするの。そう、危ない目にあうようなことは一切しない。そんな人だとあたし思うの。自分のことにはとても用心深いのよ、あの人」

「若い男はどうなんだい？　ローレンス・ブラウンのこと」

「ローレンスときたら、ぜんぜん弱虫。とてもそんな度胸ないわ」

「そうかね」

「ほんとに、あたしたちって、なにも知らないんだわ。そうじゃない？　つまり、人間て他人をひどく意外に思わせることができるということなの。この人はこうだと思いこんでいる、と、それがとんでもない間違いだという場合が、ときたまあるわ。いつもじゃない、でもときにはね。それにしてもブレンダは――」と、彼女は頭を横に振って、「いかにもあの人らしくやってきたわ。そう、ハレム・タイプなのね。ただ坐ったきりで、おいしいものを食べたり、きれいなドレスや宝石を集めたり、三文小説や映画を見たりするのが好きなのよ。それに八十七歳という祖父の年を考えると、ほんとに妙ね。でも、あの人、祖父にすっかり参っていたと、あたし心から思っているの。祖父にはそんな力があった。そうなの、まるでサルタンの愛妾《あいしょう》――ことによったら、女王のようにさえ、女性に思いこませる力が祖父にあったんだと思うわ。祖父はブレンダに、自分が人の心をときめかすロマンチックな女性だと思いこませてしまったと思うの、いままでもずっとそうやってきたわ。祖父ときたら、死ぬまで女性にかけちゃ天才的だったの。ああなると、もう一種の芸術よ。人って、どんなに年をとっても変わらないものね」

私はブレンダの問題はそのくらいにして、私を心配させたソフィアのさっきの言葉にもどった。

「どうして、こわいなんて言ったんだい？」と私はたずねた。

ソフィアは、からだをふるわせながら、両手をにぎりしめた。

「ほんとなんですもの」と彼女は低い声で言って、「どうしてもあなたにわかっていただかなければならないし、とても大事なことなの。チャールズ、あたしたちの一家って、とても変なのよ。残忍なところがたくさんあって、それも、みんなちがうの。いろいろな残忍さ、これが大きな不安の種になるんだわ」

私の顔から、よくわからないといった表情を読みとったのにちがいない。彼女は勢いこんで話しはじめた。

「もっとはっきりするように、説明してみるわね。たとえば祖父のこと。いつか、祖父がスミルナの少年時代のことを話した時だったけど、人を二人も刺したなんて、ふと洩らしたことがあるの。なにかの喧嘩で——がまんできないような侮辱をうけたとか、よくわからないけど——それも、まるで日常茶飯事みたい。祖父は、そんなことをすっかり忘れていたのよ。だけど、このイギリスでね、なにかの拍子にそんなことを聞かされる身にとっては、なんだかとても変よ」

私はうなずいた。

「これが残忍性のひとつの見本よ」とソフィアはつづけて、「それから祖母のことね。祖母のことは、あたし、ただ記憶にしかないんだけど、ずいぶん、いろんなことを聞いているの。祖母の残忍性というのはね、想像力というものをひとかけらももっていなかった、そのせいだと思うの。狐狩りの先祖や、射ち殺せ式の昔の将軍たちの残忍性なのよ。清廉にして尊大、生死にかかわるような責任を負うことを恐れないようなタイプ」

「そりゃあ、ちょっと言いすぎじゃない？」

「そうね、でも、そんなタイプの人って、あたし、こわくてしようがないの。真正直だけど血も涙もないタイプ。それから母がいるわ。女優なの。とてもいい人、だけど調和の感覚がまるっきりないのよ。自分じゃぜんぜん気がつかないエゴイスト、彼女はそういう人なのよ。だから、損得をはなれて物事を見ることができないの。ときどき、びっくりさせられることがあるわ。それからロジャー伯父さんの妻のクレメンシイ、この人は科学者で、とても重要な研究をしているんだけど、まるで冷血動物みたいに残酷なのよ。ロジャー伯父ときたら、その正反対、とても親切で愛すべき好人物なの。でも、ものすごい癇癪持ちだわ。気にさわると血が逆流して、自分でなにをしているのかわからなくなってしまうの。それから、父――」

彼女は、しばらくのあいだ、言葉をつづけなかった。やがて、ゆっくりと、

「父はね、とても落ち着いた人なの。父がなにを考えているのか、さっぱりわからないわ。感情というものをぜんぜんあらわさないの。きっと、母のあのヒステリカルな感情に対する一種の無意識な自己防衛なのね。でも、ときどき、それが気になるわ」

「ねえきみ、きみはあまりこじつけすぎるんだよ。つまるところ、人間、だれだって人殺しはできるんだからねえ」

「そのとおりよ、だからあたしだって」

「きみはちがう！」

「いいえ、チャールズ、あたしだけ特別扱いにはできないわよ。あたしだって、だれかを殺すことぐらいできると思うわ……」ほんのちょっと、彼女は黙っていたが、「でも、ほんとに殺しがいがなくちゃ！」

私は笑った。思わず笑ってしまった。ソフィアもほほえんだ。

「あたしって、おばかさんね。でもあたしたち、祖父の死の真相をつきとめなくちゃ。そう、つきとめなくちゃならないわ。ああ犯人がブレンダだったらどんなに……」

なんだか私にはブレンダ・レオニデスが、急にかわいそうになってきた。

5

背の高い人物が、私たちに向かって、小道をきびきびと歩いてきた。型のくずれた古いフェルト帽をかぶり、恰好の悪いスカートとジャージーを着ていた。

「エディス伯母さんよ」とソフィア。

彼女は、花壇で一、二度立ち止まってかがみこんでから、私たちのほうに歩いてきた。

私は立ち上がった。

「伯母さん、チャールズ・ヘイワードさんよ。伯母のデ・ハヴィランドです」

エディス・デ・ハヴィランドは、七十歳くらいだった。彼女はバサバサした白髪、日に焼けた顔とするどい射抜くような目つきの持ち主だった。

「おや、こんにちは、あなたのことは聞いていますよ。東洋からおかえりになったのね。お父さんはいかが?」

ちょっとびっくりしたが、私は、とても元気だと答えた。

「お父さんのことは、子供の時分から知っているんですよ、お父さんのお母さんだって、よく知っている。あなたは、どっちかというと、おばあさん似ね。わたしたちを助けにいらっしゃったんでしょう？　それともなにか別のことで？」とデ・ハヴィランド。

「お役に立てばいいと思います」私は、なんだか居心地が悪かった。

彼女はうなずいた。

「まあ、助けてくださいな。ここは警官がうようよしてますよ。どこにいったって、ひょっこり出てくるんですからね、警官なんて、いやだね。ちゃんとした学校を出たんなら、警察なんか入るもんじゃありませんよ。こないだも、モイラ・キノウルさんの子が、マーブル・アーチで交通整理をしているのを見ましたけどね、ほんとに見られたもんじゃありませんよ」

そう言うと、彼女はソフィアのほうを向いて、

「ばあやがさがしてましたよ、ソフィア。お魚のことだよ」

「うるさいのね、電話してくるわ」

彼女は、家のほうにすたすた歩いていった。デ・ハヴィランドは向きをかえると、いま来たほうにゆっくりと引き返した。私も、それに歩調をあわせた。

「ばあやなしじゃ、なにもできないんだからね。たいていの家にはばあやがいますよ。

外から家に戻ってくると、洗濯、アイロンかけに雑用。よくやりますよ。数年前に、わたしが雇うことにしたんですよ」

彼女は立ち止まると、絡みついた草をいかにもにくにくしげにひっぱった。

「しゃくにさわるわね、このつる草のやつは。いちばんたちが悪い雑草ですよ。草を枯らすし、絡みつくし——とても根こそぎにできませんよ、なにしろ土の下で根をはっているんだから」

彼女は靴のかかとで、ひとにぎりの草をあらあらしく踏みにじった。

「まったく、いやだよ、チャールズさん」彼女は家のほうを眺めた。「いったい、警察じゃどう考えているんでしょうね？　そんなこと聞くもんじゃないかしら。アリスタイドが毒殺されたなんて、とても考えられませんよ。だいいち、あの人が死ぬなんてことが考えられませんもの。わたしは、よく思っていないよ、あの人のことは。ええ、よく思ってなんかいやしないよ！　でもあの人が死ぬなんて、どうしたって考えられるものじゃないわ。まるで家のなかが空っぽになってしまったみたい」

私はなにも言わなかった。口では、いかにも無愛想に言うものの、エディス・デ・ハヴィランドは、なにか思い出にふけっている様子だった。

「今朝もつくづく考えたんですよ——わたしは、ここにもう長いこと住んでいるんです。

四十年以上になりますよ。妹が死んだので、ここに来たんです。あの人がわたしに頼んだのですよ。七人の子供たち、しかも、いちばん小さいのが、やっと一つになったばかり。そんな子供たちの養育を外国人なんかにまかせられるもんですか。ええ、とんでもない結婚ですよ。マーシャにきっと魔がさしたんだと、わたしはいつも思ってたんだ。醜男で、ちんちくりんのあんなつまらない男なんかと！　あの人はわたしになにもかもまかせましたよ、ばあやから家庭教師、それから学校までね。それにちゃんと栄養があって、おいしいものを子供たちには食べさせましたよ。いつもあの人が食べている、なんだかわけのわからないスパイス入りのライスなんかじゃなくてね」

「じゃ、ずっとこの家にいらっしゃるんですね」と私はつぶやくように言った。

「そうなのよ、妙だけどね。子供たちが大きくなって結婚したら、この家から出ようと思っていたんだけど、だけどお庭がとても好きになってしまってね、それにフィリップがいますもの。女優なんかと結婚したら、ちゃんとした家庭生活なんか送れませんもの。どうして、女優になってまで子供をつくるのか、わたしにはわかりませんよ。子供が産まれたとたんに家をとび出して、エディンバラや、よりによって遠くのほうへ行ってしまって、芝居をやるんですからね。フィリップはほんとに頭がいいよ。蔵書を抱えてここへ移ってきたんですもの」

「フィリップ・レオニデスは、なにをなさっているんです？」

「本を書いてるんですよ。どういうわけだか知りませんがね。だれも、読みたいなんて人はいませんよ。みんな、知られざる歴史上のディテール、そんなものばかりなんですよ。あなた、聞いたこともないでしょう、そんなもの」

私はうなずいた。

「お金がありすぎるんですよ。そうですとも、世間の人は変わり者にでもなったら、ご飯も食べられませんよ」

「本は売れないんですか？」

「売れっこありませんよ。そりゃあ、ある時代については、たいしたものかもしれませんけど、ただそれだけですものね。もっとも、べつに本で稼ぐ必要はないんですよ。アリスタイドは、十万ポンドもの大金を——それもほんのきまぐれなんですよ——フィリップにやったんですよ。相続税をとられないために！　アリスタイドは、子供たちをみんな経済的に独立させました。ロジャーはレストラン・チェーンを経営し、ソフィアはとてもいい手当を貰っているんですよ。それに子供たちの分は信託されていますしね」

「じゃ、おじいさんが亡くなっても、とくに利益を得る人はないんですね？」

彼女は、意味ありげにジロッと私を見て、

「いいえ、みんな得をしますよ。もっとお金が入りますもの。でも、どっちみち、生前に欲しいといえば、お金は貰えたでしょうけど」

「だれが毒を盛ったか、心あたりはありませんか、デ・ハヴィランドさん？」

彼女の答えは、いかにも独特なものだった。

「そんなものはありませんよ。もうすっかりおどろいちゃって！　ボルジア家まがいの毒殺者が、この家の中にいるなんて、考えただけでもゾッとしないね。警察じゃ、かわいそうにブレンダに目をつけているらしいけど」

「じゃ、警察の目に狂いはないとお考えになっているわけじゃないんですね？」

「さあ、わからないね。あの女《ひと》は、ほんとにばかだよ、それにごく平凡な若い女――ありふれた女だよ。とても毒を盛るような人とは考えられませんよ。もっとも、二十四になったばかりの若い女が、八十に近い老人と結婚なんかすれば、お金だけが目当てで結婚したんだと一目でわかりますものね。まあ、あたりまえにゆけば、すぐにもお金持ちの未亡人になれるものと、あの女《ひと》は思っていただろうけれど、アリスタイドときたら、それはタフな男なんだからね。持病の糖尿病はちっとも悪くならないし、ほんとに百までで生きられそうだったもの。で、あの女《ひと》、すっかり待ちくたびれちゃって……」

「で、そうだとすると」私はそこで言葉を切った。

「そうだとすると」デ・ハヴィランドははっきり言った。「多少は、警察の考えもあたっているということになるわね。むろん、迷惑な評判になるけどね、でも、なんといおうと、あの女《ひと》は身内のものじゃありませんからね」

「ほかになにかありませんか？」

「ほかにって、いったいどんなことがあるの？」

私には信じられなかった。このすりきれたフェルト帽の下には、まだ私の知らないことが隠されているにちがいないと、私は思ったのだ。

このきまぐれで一見とりとめもない言葉のかげには、ものすごく鋭い頭脳が活発にはたらいているのだ、そんなふうに私には思えた。ほんのちょっとのあいだだけだったが、ひょっとしたらこのデ・ハヴィランド自身が、アリスタイド・レオニデスを毒殺したのじゃないかとさえ、私は疑った。

あながち、これはばかげた考えとは言い切れないように思える。私の心の底には、つる草を靴のかかとであらあらしく土の上で踏みにじっている彼女の姿が浮かんでいた。

私は、ソフィアが使った言葉を思い出した。あの残忍性という言葉を。

私はデ・ハヴィランドをぬすみ見た。

立派な動機さえあれば……だが、エディス・デ・ハヴィランドにとって、立派な動機となるものはなんだろう？

この答えを得るには、もっとよく彼女を知らなければならない。

6

正面玄関のドアがひらかれた。私たちは、ドアから、驚くほどひろびろとしたホールに入った。よく磨きこまれた黒ずんだ樫とピカピカ光っている真鍮とで、このホールは控え目につくられていた。奥のほうには、普通だと階段が見えるものだが、白い羽目板の壁になっていて、そこにドアがあった。

「義弟の住んでいる所ですよ」とデ・ハヴィランドは言って、「一階はフィリップとマグダがつかってますの」

私たちは、左側のドアから、大きな客間に入っていった。そこは、薄青い羽目板の壁で、どっしりした錦《ブロケード》でおおわれた家具があり、それに、テーブルと壁のいたるところに、俳優、ダンサー、舞台の写真、デザイン画などが飾ってあり、暖炉の上には、ドガの踊り子の絵がかかっていた。それから、おびただしい花、大輪の茶色の菊、それにカーネーションの大花瓶があった。

「フィリップに会いたいんでしょ?」とデ・ハヴィランドがたずねた。

フィリップに会いたい? そんなことはべつに考えてなかった。私の会いたかったのは、ソフィアだけだった。そして、私はもう会ってしまった。彼女は、父のプランによい激励をあたえてはくれたものの、これからどんな具合にすすめたらいいものか、なにも話さずに姿を消してしまった。おそらく魚のことでどこかへ電話をかけているのだ。いったい、フィリップ・レオニデスにどう近づいたらいいものか、その娘と結婚したがっている青年、それとも、偶然立ち寄ったほんの友だち(まさか、こんな時にやってくる奴もないな!)、あるいは警察のものとして会うべきか?

デ・ハヴィランドは、彼女の質問にどう答えていいものか考えるいとまも私にあたえなかった。実際、それは質問というよりも、断定と言ったほうがいい。このデ・ハヴィランドという女性は、質問するよりも、必ずそうするものと頭からきめてかかる癖があると、私は見てとった。

「さあ、書斎にまいりましょうか」と彼女が言った。

彼女は、客間から私を連れだして廊下をわたり、もう一つのドアに入っていった。

本のたくさんある大きな部屋だった。本棚は天井まで届いていたが、本はそこだけには入りきれず、椅子やテーブルや床の上にまであふれていた。しかし、それでいて、乱雑な感じはしなかった。

室内は冷えびえとしていた。私がひそかに予期していたある匂いが、そこにはなかった。古書のかびくさい匂いとかすかな蜜蠟の香りがするだけ。一、二秒して、なんの匂いがしないのか、私は気がついた。煙草の香りだ。フィリップ・レオニデスは煙草を吸わなかったのだ。

私たちが部屋に入って行くと、彼はテーブルの向こうから立ち上がった。年は五十歳前後で、長身の並外れた好男子である。みんなが口をそろえて、アリスタイド・レオニデスの醜悪さをさかんに強調するものだから、その息子もまた醜男にちがいないと私は決めてかかっていたのである。すっきりとした鼻、非のうちどころのない顎の線、形のいい額からうしろに梳《と》かされた白髪まじりの美しい髪の毛――このように整った容姿だとは、まったく思ってもみなかった。

「フィリップ、こちらはチャールズ・ヘイワードさん」とデ・ハヴィランド。

「やあ、よろしく」

彼がすでに私のことを知っているかどうかは、私にはわからない。握手したときの彼の手は冷たかった。彼の表情は、無関心を示していた。このことは、私をちょっと苛立たせた。彼はじっとしたまま、なんの興味もしめさずに立っていた。

「あのおそろしい警官たちはどこにいるんです？　ここへやってきまして？」とデ・ハヴィランドが問いつめるような調子で言った。

「主任警部の――ええと（彼は机の名刺に眼をやって）タヴァナーさんがまもなく話しにやってきますよ」

「いま、どこにいるんです？」

「わかりませんな、伯母さん。二階じゃないでしょうか」

「ブレンダのとこ？」

「ほんとに知らないのです」

フィリップ・レオニデスを眺めていると、彼の身辺で殺人があったとは、とても思われなかった。

「マグダはまだ起きません？」

「知りませんな。いつも十一時前には起きませんがね」

「あの音は彼女のようね」とデ・ハヴィランド。

フィリップ・レオニデス夫人を思わせるその物音は、高い調子で早口に喋りながら近づいてくる声だった。私のうしろのドアがパッと開くと、婦人が入ってきた。一人で入ってきたくせに、まるで三人の女が入ってきたような印象をどうしてあたえることができるものなのか、私にはわからない。

彼女は、長いホルダーで煙草を吸っていた。そして桃色のサテンのネグリジェを身にまとい、片手でそれを持ちあげるようにしていた。黄金色の髪の毛が、ちいさな滝のように背中までウェーヴをつくってたれていた。顔は、当節のご婦人がお化粧をぜんぜんしない時に見せる、ショッキングなほどの素顔だった。眼はブルーで大きく、ちょっと魅力的なしわがれ声で、彼女ははきはきと早口に話しだした。

「あなた、あたし、もうじっとしていられませんわ。ほんとにじっとしていられない。あの召喚状のこと、考えてごらんになって——まだ新聞には出ませんけど、むろん、出るに決まっているわ。それに検死審問のとき、なにを着ていったらいいものか、ほんとうにわからないの。うんと地味なのがいいかしら？　といって、黒じゃなんだし、濃い紫はどう？　もう衣料切符も残っちゃいないし、それを売ってくれたあの闇屋の住所も忘れちゃったし、たしかシャフツベリー・アヴェニューの近くのガレージだったわね。車で、そこまで行ったとしても、警官がつけてくるんでしょうし、なんのかのとうるさいことをあたしに訊くに決まってるわ、ね、そうじゃなくて？　いったい、どんなことが言えて？　だけど、あなたってどうして落ち着いていられるの？　ね、フィリップ！　ほんとに、どうしてそうなのかしら？　いまだったらこのいまいましい家から出てゆかれるのが、あなたにはわからないの？　自由——自由よ！　あの冷酷な——あわれな義《ち》父《ち》が生きているあいだは、むろん、一度だって父から離れたことはなくってよ。父はあたしたちに目がなかったんですもの、あの二階の女があたしたちの仲に水を差そうと、やっきになっていましたけどね。あたしたちがここから出て、あの女に父をまかせたら、父はあたしたちになんにも遺してくれなかったにちがいないわ。ほんとに恐ろしい女！　なんといっても、うちの父は、九十になるんでしょう。だから、どんな肉親愛も、すぐ身近にいる食えない女には敵《かな》わないわ。そうだわ、フィリップ、これは、エディス・トムスン（一九二二年十月、夫婦でロンドンの劇場から帰る途中、夫を刺殺した恋人フレデリック・バイウォーターと共に裁判にかけられて、処刑。多くの嘆願書が出されたが、その恋文に殺害をそそのかす内容があり共に有罪となり処刑された）の芝居を上演する絶好のチャンスよ。こんどの事件が、なんといっても宣伝になりますもの。ビルデンスタインは、悲劇役者を使いたいと言ってたけど——鉱山掘りをテーマにした、あの退屈な詩劇はもうすぐ終わってしまうし、——ほんとにすばらしい役よ。あたし、自分の鼻のおかげで、いつも喜劇をやるべきだなんて、みんなから言われているの、よく知ってるわ。でも、エディス・トムスンの芝居にだって、ずいぶん喜劇的な要素はありますものね——作者はそれに気がついてないと、あたし思ってるんだけど——喜劇というものは、サスペンスを高めるものなのよ。あたし、ちゃんとわかっている。どんなふうにやったらいいか——ごくさりげなく、無邪気に、そう、最後まで見せかけ――」

彼女は一方の腕を投げ出した。煙草がホルダーからはずれて、フィリップのよく磨かれているマホガニーの机の上に落ちて、ころがしだした。べつにあわてもせずに、フィリップは手をのばすと、煙草を屑籠におとした。

「そして」マグダ・レオニデスは、突然眼を大きく見ひらき、顔をこわばらせて、ささやくように言った。「恐ろしさだけが……」

二十秒ばかり、恐怖そのものが彼女の表情にはりついていたが、やがて、それがゆるむと、まるでなにかにとまどった子供がいまにもわっと泣き出しそうな顔になった。ちょうどスポンジで拭い去ったかのように、あらゆる感情が顔から消えると、彼女は私のほうを向いて、いかにも事務的な調子でたずねた。

「エディス・トムスンの芝居だったら、こういうふうに演《や》るものだとお思いになりません？」

私は、エディス・トムスンの劇を演《や》るなら、たしかにそのとおりだと思うと答えた。もっとも、エディス・トムスンというのはどんな人なのか、なにかで聞いたことがあるようだといった程度のものだったが、とにかくソフィアの母にはまずよい第一印象をあたえなければならないと、私は心をくだいていたのだ。

「そう言えば、ほんとにちょっとブレンダに似ているわ、そうじゃありません？　あたし、いままでぜんぜん気がつかなかった。おもしろいわ。警部にそのことを言ってみましょうか」

　机の向こう側にいる夫は、顔をちょっとしかめると、

「警部に会うなんて、マグダ、きみにはそんな必要はないよ。向こうで訊きたいことがあるんなら、わたしがなんでも話すからね」

「会っちゃいけないんですって？」彼女の声がうわずって、「いいえ、あたし、会わなくちゃならないわ。ね、あなた、あなたって、どうして想像力がないのかしら！　ほんのこまかいことがどんなに重要なものか、おわかりにならないのね。どんなことでも、それがいつどんなふうに起こったか、そのとき、変に思ったり気がついたりしたことならどんなちいさなことでも、警部は正確に知りたいんですよ」

「お母さま」ソフィアが、開いているドアから入ってくると言った。「警部に、ないことまで喋っちゃいけないわ」

「まあ、ソフィアったら……」

「ね、すっかりセットはととのったし、これからお母さまのすばらしいお芝居がはじまるんだって、あたしにもわかるわ。でもお母さまの演技は間違ってるわ。ほんとに間違

ってるのよ」

「なにを言うの！　あなたなんかにわからないわ」

「いいえ、わかってるわ。ねえ、ぜんぜん演技をかえてお演《や》りにならなくちゃ。まず落ち着いて――言葉数をすくなくするの――それからじっと抑制するのよ――用心してね――そしてあたしたち家族を護ってくださらなくちゃ」

マグダ・レオニデスの顔には、子供がよくする、あのナイーヴなとまどいの色が浮かんだ。

「ソフィア、あなた、ほんとにそう思うの」

「ええ、そうよ。どうかさりげなくね。そう、その調子」

マグダの顔に、ほんのかすかだが満足の微笑が浮かんだとき、ソフィアは言い足した。

「チョコレート、お母さまにおつくりしておいたの。客間にありますわ」

「まあ、よかった、おなかがへってたのよ」

夫人は戸口でちょっと立ち止まると、

「わからないでしょうね！　娘があるって、どんなにいいものか」と言ったが、それは私に言っているようでもあるし、また私のうしろの本棚に喋っているようにもとれた。

捨て台詞をのこして夫人は出て行った。

「おやおや、あの人ときたら、警察になにを言うやら！」とデ・ハヴィランド。

「お母さまは大丈夫よ」とソフィア。

「なんでも喋ってしまうかもしれないよ」

「心配しないで。お母さまならプロデューサーの言うとおり演《や》るわ。あたしがプロデューサーよ」

彼女は母親のあとから出て行ったが、さっと振り返ると、

「お父さま、タヴァナー主任警部が会いに見えたわ。チャールズがいてもかまわないでしょ？」

フィリップ・レオニデスの顔に、ほんのちょっと、当惑の色が浮かんだように思えた。もっともだ。が、彼の習性である無関心が、私に味方した。

「ああ、いいとも、かまわないよ」と口の中で呟いたが、それも聞きとれないくらい。

タヴァナー主任警部が入ってきた。がっしりとしていて、いかにも頼もしそうだ。そして、なんとなく人の心を静める、事務的なテキパキした態度だった。

〝あまり愉快なことじゃないですが〟とこんなふうに彼の態度は言っているようだ。〝用事がすんだら、さっさと退散しますよ。それがわたしたちにはなによりなんだ。べつに好きでうろついているわけじゃない。ええ、お約束してもいいですよ〟

どうして、一言も喋らずに、ただ椅子を机に引き寄せたぐらいのことで、そのような意図をこちらに伝えることが彼にできるものか、私には見当がつかない。しかも、ちゃんと伝わってくるのだ。私は邪魔にならないように、すこしはなれて腰を下ろした。

「なんでしょう、主任警部さん？」とフィリップ。

デ・ハヴィランドが、ぶっきらぼうに口を出した。

「わたしには用はないんですね？」

「いまのところはね、デ・ハヴィランドさん。あとで、ちょっとお話しができれば——」

「じゃ、わたしは二階にいますからね」

彼女はドアを閉めて出て行った。

「どうぞ、主任警部さん」とまたフィリップ。

「お忙しいことはよく存じてますから、長くはお邪魔しません。で、これは内々に申し上げるのですが、われわれの疑惑がはっきり確認されたのです。お父上は自然死ではありません。フィソスチグミン——通常エゼリンと呼ばれていますが——を適量以上にとられたためなのです」

フィリップは頭を下げただけで、これといった感情をおもてにあらわさなかった。

「このことが、あなたになにかを暗示するかどうか、わたしにはわかりませんが」とタヴァナー警部はつづけた。

「なにを暗示するというのです？　わたしの見たところでは、偶然、父が毒をとったのにちがいないのです」

「ほんとにそうお考えですか、レオニデスさん？」

「そうですよ。そういう可能性は十分にあると思いますな。父は九十に近かったですからね、それに視力もひどく弱っていましたからな」

「それで、お父上は目薬をインシュリンの瓶にあけたというんですね。これはどうですか？　レオニデスさん、信用できる暗示と考えられますか」

フィリップはなんとも答えなかった。彼の表情は、まえよりももっと冷たくなっていた。

タヴァナーはつづけた。

「目薬の瓶を見つけましたよ。空《から》になっていましたがね、ゴミ箱の中にあったのです。指紋はなかった。これは変ですよ。普通なら指紋があるはずですからね。どうしたってお父上のものか、ひょっとしたら夫人か、または付添人の指紋がね」

フィリップ・レオニデスは眼をあげた。

「付添人のことでなにか？　ジョンスンのことで？」

「ジョンスンが犯人かもしれないとおっしゃるんですか？　たしかに、犯行の機会はありましたね。しかし、動機から考えるとそうはまいりませんな。お父上は、毎年決まって彼にボーナスを与えていますからね。それも一年ごとに増額しているのですからな。このボーナスは、遺言で遺してやる金のかわりだということを、お父上はちゃんと彼に言ってあったのだし、七年間仕えた今は、一年でかなりの金額にのぼり、今後もあがってゆくのですからね。ですから、お父上ができるだけ長生きされることが、ジョンスンの利益になることは明らかです。その上、お父上とジョンスンの関係は、とてもうまくいっていたのですし、ジョンスンのこれまでの働きぶりも、まったく申し分ないものでした——いや、まったくよくできた忠実な付添人ですよ」ここで警部はちょっと言葉を切って、「警察としましても、ジョンスンに嫌疑はないのです」

フィリップはぼそっと答えた。「なるほど——」

「ところでですね、レオニデスさん、お父上のお亡くなりになった日のあなたの行動について、こまかくご説明いただきたいのですが」

「ああ、申しますよ、主任警部、わたしはここにいました、この部屋にね、一日中——むろん食事のときは別ですが」

「で、お父上にはお会いになったのですか」

「いつものように、朝食のあとで朝の挨拶をしましたよ」

「そのとき、あなただけでしたか」

「そう――義母《はは》がおりましたな」

「お父上に、これといっていつもと変わったところはなかったんですか」

ちょっと皮肉な調子で、フィリップはそれに答えた。

「父はべつに、その日殺されることになっているんだなんてことは、一言も言いませんでしたよ」

「お父上のお住まいは、ここと完全にわかれているのですか」

「そうです、ホールにあるドアを通る以外には行けません」

「そのドアには鍵がかかっているんですか」

「いや」

「かけたことがないんですか」

「鍵がかかっていたという覚えはありませんよ」

「それじゃ、ここととお父上の住まいのあいだを、だれでも自由に出入りできるわけですね」

「そのとおり。家事の便宜上、離れているだけですからな」

「はじめてお父上がお亡くなりになったのを知ったのは？」

「二階の西翼に住んでいる兄のロジャーがわたしのところへとんできましてね、父が突然発作を起こしたというのですよ。父は呼吸困難におちいって、危篤の様子でした」

「で、あなたはどうなさったのです？」

「医者に電話をかけましたよ。誰もそこまで気がまわらないようでしたから。医者は外出中だったので、帰ったらすぐ来てくれるよう言いおいて、わたしは二階へ行ったのです」

「それから？」

「父は危篤でした。医者は間に合いませんでしたよ」

フィリップの声には、なんの感情もなかった。ただ事実だけを述べているといった調子。

「あなたのご家族はどこにおられたんです？」

「妻はロンドンにいました。それからすぐ帰ってきましたよ。ソフィアもたしか外出中だったと思います。その下の二人、ユースティスとジョセフィンは家にいました」

「これはどうか誤解なさらないようにお願いしたいのですが、レオニデスさん、お父上の死去によって、あなたの経済的な面にどんな影響がおありですか」

「あなたがあらゆる事実をお知りになりたいということは、わたしにもよくわかります。父は、だいぶ前にわたしどもを経済的に独立させてくれました。まず兄ですが、父の持っている一番大きな会社であるレストラン・チェーンの責任者と最大の株主にして、その経営をすっかり委《まか》せたのです。わたしには、兄と同額ぐらいの金を——そうですね、いろいろな債券や有価証券などで十五万ポンドほど——自分の好きなものに使える資本として、父は譲ってくれたのです。それに、死んだ妹二人にも気前よく相当額を与えているのですよ」

「それでもなお、お父上はたいへんな財産家なのでしょう？」

「いや、父は、わたしたちにくらべたら、じつに控え目なくらいの収入を自分に残しておいただけですよ。まあ、そのほうが人生はおもしろいなどと言ってましたがね」はじめてフィリップの唇に小さな微笑があらわれて、「それからというもの、父はさまざまな事業に手をつけて、まえよりもかえって金持ちになったのです」

「お兄さんとあなたがこちらへ来て暮らすようになったのは、経済的な——その、困難からじゃなかったんですね？」

「そうですとも、ただ便利だったからですよ。つねづね父は、おまえたちとなら一緒に住んでもいいと言っていたのです。まあ、いろいろな家庭の事情から、こうするのが都合がよかったわけです。それにわたしは父がとても好きだったのです」とフィリップは抜け目なくつけ加えて、「一九三七年に、わたしは家族と一緒にここへ移ったのです。家賃は払っていませんが、地方税のわたしの分は払っていました」

「で、お兄さんは？」

「一九四三年にロンドンの家が空襲でやられたものですから、ここへ来たのです」

「それではと、レオニデスさん、お父上の遺言書の内容についてなにかご存じですか」

「よく知っていますよ。一九四六年、父は自分の遺言を書きあらためたのです。父は物事を秘密にしたがるたちの人じゃありませんでしたよ。なんといっても肉親的な感情の強い人でした。父は家族会議をひらいたことがありますが、父の弁護士もそれに出席して、彼は父の要望で、わたしたちに遺言書の条項を明らかにしてくれたのです。その条項については、もうご存じだとは思いますがね。むろん、ゲイツキル氏があなたにお話ししたでしょうが、義母《はは》には結婚のとき、とりきめられたかなりの額にのぼるもののほかに、ざっと手どり十万ポンドの金が遺されることになっていました。その残りの財産は三等分されて、わたしと兄が三分の一ずつ、それにあとの三分の一は三人の孫たちの分として信託されることになっていたのです。たしかに遺産は巨額なものですが、相続税もたいへんなものになるでしょうな」

「使用人や慈善事業にはどのくらい遺したのです？」

「そういったものには全然ありませんよ。使用人の給金は、ずっと働いているかぎり、年々あがっていましたしね」

「レオニデスさん、こんなことお訊きしてほんとに失礼なのですが――現在のところ、あなたはお金が別段入用であるわけではないのですね？」

「ご承知のように、所得税がかなりの負担になっていますがね。でもわたしの収入だったら、わたしや妻ぐらい十分まかなってゆけますからね。それに、父はよく、わたしたちに気前よく贈り物をしてくれましたし、またなにか急場のことが起こったときには、すぐ助けてくれたでしょうからね」

それから、フィリップは冷ややかに、そしてきっぱりとつけ加えた。

「警部さん、父の死を願うような、そんな経済的な理由は、わたしにはありませんな」

「いやどうも、わたしがそういう意味でおたずねしたようにおとりになったのでしたら、たいへん恐縮です、レオニデスさん。が、とにかく私たちは、あらゆる事実をつかまなければなりません。で、こんどは多少デリケートな問題についてお訊きしなければならんのですが――。つまり、お父上と奥さんとの間柄のことなのです。ご一緒になって、幸せだったのでしょうか」

「わたしの知っているかぎりでは、申し分ありませんでしたね」

「いさかいなどもなかったわけで？」

「そうだと思いますな」

「お年が――そうですね、ずいぶん違いますね」

「そうです」

「失礼ですが――お父上の再婚について、あなたは賛成だったのですか」

「わたしの意見は求められませんでしたよ」

「レオニデスさん、それはわたしの質問の答えになりませんが」

「そんなに言われるのならですね、賢明な結婚とは思わなかった――とでも申しましょうかな」

「じゃ、お父上の再婚について、あなたは反対なさったのですか」

「わたしがその話を耳にしたときは、もう手遅れだったのです」

「じゃあ、びっくりなさったわけですな？」

フィリップはそれに答えなかった。

「再婚のことで、なにか気まずくなるようなことは？」

「父ときたら、自分の好きなようになんでもできましたからね」

「あなたと新夫人との関係はうまくいってましたか」

「申し分なしです」

「じゃ、親しい間柄だったので？」

「めったに会いませんでしたよ」

タヴァナー主任警部は話題を変えた。

「ローレンス・ブラウン氏のことで、なにか話していただけますかな」

「さあ、たいしてお話しできるようなことはないでしょう。彼は父に雇われていたのですよ」

「しかし、あなたのお子さんの教育のために雇われたのでしょう、レオニデスさん？」

「そのとおりです。息子が小児麻痺だったので——まあ、さいわい軽くてすみましたが、パブリック・スクールへやるのはどうかと考えたのです。父が、その子と娘のジョセフィンに家庭教師をつけなさいというものですからね。当時は、家庭教師は兵役免除者でなければならなかったので、教師の選択も限られていたのです。この若い教師の信任状はちゃんとしたものだったし、父と伯母（彼女は子供たちの幸福に、しじゅう気をくばってきたのですよ）がすっかり気に入ってしまったので、わたしもまあ黙認したというわけです。彼の教え方には、べつに悪い点はなかったと言ってもいいでしょう。良心的で適切でしたよ」

「彼の私室は、お父上のところでしたね、こちらではなくて？」

「父のところのほうが、部屋数が多いものですからね」

「失礼ですが――お気づきになったことはありませんかな、その――ローレンス・ブラウンとお義母《かあ》さんとの間がとくに親しいといったような形跡に？」

「そういったことを観察する機会は、わたしにはありませんでしたな」

「その、ゴシップや雑談かなにかで、耳にされたようなことは？」

「だいたいゴシップなんかに、わたしは耳をかしませんからね、警部さん」

「いや、ご立派ですよ、つまり、見ざる聞かざる言わざる、というわけですな」とタヴァナー警部。

「どうぞお好きなように、警部さん」

タヴァナー警部は椅子から腰を上げて、

「どうも、いろいろとありがとうございました、レオニデスさん」

私はおとなしく警部について部屋から出た。

「やれやれ、なんという冷たい男だ！」とタヴァナーが洩らした。

7

「さてと、こんどはフィリップ夫人とちょっと話をしてきましょう。マグダ・ウェストというのが彼女の芸名でしてね」とタヴァナーが言った。

「あんな女《ひと》でなにかの役に立つでしょうかね？」と私は問いかけて、「ぼくは彼女の芸名なら知ってますよ。たしか、いろんなショウで彼女を見たことがあると思うけど、もっとも、いつどこでだったかは覚えてないんです」

「あの女《ひと》は、ニア・サクセシズ団のメンバーですよ。ウエスト・エンドで一、二度主役をつとめたこともあります。レパートリー（ロングランではなく、レパートリーの中の演目を上演する）ではずいぶん名を売ったものですよ——まあ、ちょっとしたハイ・ブラウな劇場やサンデー・クラブへたくさん出ていたんです。ほんとのところ、彼女のハンディキャップは、舞台でめしをくわないでもすむということじゃないですか。えり好みすることだってできたし、好きな所へ行くことも自由、ときには、自分がちょいとした役で出るショウの資金を出したりするといったわけでね――もっとも、その役というのが、いつだって彼女にあいっこないんですがね。で、結局、彼女は職業的な女優というより、アマチュアの部類に入るようになってしまったんです。たしかに、コメディでは、彼女はなかなかよかった――それでもマネージャーの受けはあまりよくない――つまり、あんまり独立精神があるものだから、騒ぎを起こしがちだというわけなんですよ。それに、自分で騒ぎを起こしておいて、そいつをおもしろがる風がいささかあるんですな。そいつがどのていどまで本当か、わたしにはわかりませんが――とにかく、仲間の俳優連中のあいだでは、彼女はあまり評判がよくないのですよ」

ソフィアが客間から出てきて言った。「母はこちらにおりますわ、警部さん」

私はタヴァナーについて客間に入った。私には、ちょっとのあいだ、錦織りの長椅子に腰をかけている婦人が目に入らなかった。

黄金色の髪の毛は、エドワード王朝風に高く梳き上げられ、うまく仕立てられたダーク・グレイの上着にスカート、ちいさなカメオのブローチで首のところをとめた、ひだのある薄い藤色のブラウスを身につけていた。私はまず、優雅につんと上向いた彼女の鼻の魅力に気づいた。それはアシーン・セイラーをかすかに思わせる――これが桃色のネグリジェを着ていた騒々しい女だとはとても信じられない。

「タヴァナー警部さん？　入ってお坐りになって。煙草、お吸いになります？　ほんとに恐ろしいことですのね。あのときは、あたくし、なにがなんだかわからないだけで」

彼女の声は低く、なんの感情もこめられてはいなかった。どうしても自制しなくてはいけないと心に決めた人の声だった。

彼女はつづけて、「なにかお手伝いできることが、ございましたら、おっしゃってくださいな」

「ありがとうございます、レオニデス夫人。ご不幸があったときは、どこにいらっしゃったのです？」

「たしか、あたくし、ロンドンから離れてドライブしてましたわ。あの日、アイヴィでお友だちとお昼をいただいて、それからファッション・ショウにまいりましたの。そのあと、ほかのお友だちとあたくしたち一緒にバークリイでお酒を飲んで、家へ帰りました。帰ったときは、家中ひっくりかえるような大騒ぎ。義父《ちち》が発作を起こしたようでしたわ。それから、父は亡くなったんですの」彼女の声はかすかにふるえた。

「お父さん、お好きでしたか」

「そりゃあ、とても」

彼女の声が高くなると、ソフィアがドガの画をそっとかけなおした。マグダはまたも

との調子に声をおとして、

「あたくし、父がとても好きでした」と彼女は静かに言った。「家中のものがだれも好きでしたわ。父はみんなにとてもよくしてくれましたもの」

「レオニデス夫人ともうまくいっていましたか」

「ブレンダのことって、あたくしたち、そんなに存じ上げていませんわ」

「なぜです？」

「そうですわね、あたくしたち、それほど親しくはなかったんですの。かわいそうなブレンダ、ときには、きっとこの世が辛くってたまらなかったのにちがいありませんわ」

また、ソフィアがドガの画にさわった。

「ほんとですか？　いったいどんなふうに？」

「ああ、あたくし存じません」マグダは悲しげな微笑をただよわせながら、首を振った。

「レオニデス夫人は、ご主人とうまくいってましたか」

「ええ、そう思いますわ」

「いさかいなどなかった？」

また、かすかにほほえんで、彼女は首を振った。

「あたくし、ほんとになにも存じませんの、警部さん。あの方たちのお住まいは、あたくしたちと切りはなされておりましたもの」

「夫人とローレンス・ブラウン氏とは親しかったんですかな、それとも?」

マグダ・レオニデスは、身をこわばらせた。その眼を大きくタヴァナーのほうへ見ひらいた。

「あたくし、そのようなことをきかれる筋あいはございません」彼女は威厳をもって、

「ブレンダはどなたとも親しゅうございました。あの人、とても親しみ深い人でしたわ」

「あなた、ローレンス・ブラウン氏はお好きですか」

「あの人、とても静かな方。とてもいい人ですわ、でも、ちょっとその存在に気づかないような人、そうね、ほんとのところ、あの人をよく拝見するようなことはほとんどありませんの」

「彼の教え方はお気に召しましたか」

「ええ、まあそう思ってますの。でもよくわかりませんわ。フィリップはたいへん満足しているようです」

タヴァナーは不意に急所にふれた。

「こんなこと申し上げてなんですが、いかがですかな、ブラウン氏とブレンダ・レオニ

デス夫人とのあいだに、なにか恋愛めいたものはなかったのですか」

マグダは立ち上がった。その仕草はまったく貴婦人そのものだった。

「あたくし、そのようなことはなに一つ存じません。警部さん、ほんとにそのようなことを訊かれるいわれはございませんのよ。あの人は、あたくしの義父《ちち》の妻でございます」

私はあやうく手をたたくところだった。

主任警部も立ち上がった。

「使用人たちについて、もうすこしおたずねしたいのですが」と彼は切り出した。

マグダは無言。

「どうも、いろいろありがとうございました、レオニデス夫人」と言って、警部は部屋から出て行った。

「まあすてきだったわ、お母さま」とソフィアは母親に心からあたたかく言った。

マグダは右耳の後ろのカールを反射的にかきあげて、鏡の中の自分に見入った。

「まあね、うまく演《や》ったと思うわ」

ソフィアは私のほうを見て、

「あなた、警部とご一緒に行かなくてもいいの？」

「ねえ、ソフィア、いったい、ぼくはどう思われて……」

私は言葉を切った。ソフィアの母親の前で、まさか私の役割がどう考えられているかなどと、あからさまに訊くわけにはいかないからだ。だいたい、マグダ・レオニデスはこの場にいる私というものに、娘たちに対する退場の台詞を受けてくれる便利な男ぐらいの興味しか抱いてはいないらしい。私は、新聞記者か娘の婚約者か、得体の知れない警察のまわしもの、さもなければ、葬儀屋——いずれにしたところでマグダ・レオニデスにとっては、こういった人間たちは、観客という総称のもとに一括されてしまうのだ。

自分の足を見つめながら、レオニデス夫人はおもしろくなさそうに言った。

「いやな靴、安っぽくて」

ソフィアが頭をつよく振って合図をしたので、私はあわててタヴァナーのあとを追った。私はやっとタヴァナーを玄関ホールでつかまえた。ちょうど階段へと抜けるドアを通りすぎるところだった。

「これから兄のほうに会ってみるところです」と彼は説明した。

私はスラスラと自分の悩みを彼に打ち明けてみた。

「ねえ、タヴァナー、いったい、ぼくはなんだと思われているのだろうか」

彼はちょっと驚いたらしい。

「あなたがなんだと思われているかって？」

「そうですよ、この家でぼくはなにをしてるんだってだれかがたずねたら、ぼく、どう返事すればいいんです？」

「ははあ、なるほど」彼はちょっと頭をひねったが、やがて、微笑して言った。「だれかが、そんなこと訊いたのですか」

「いや、まあ」

「それなら放っておくんですな。いっさい弁明するべからず。こいつが一番気のきいたモットーですよ。とくに、こうして家中が上を下への大騒ぎをしているような家の中ではね。みんな、自分の心配や恐怖にすっかり気をとられていて、ひとにものを質問する気になんかなっていないのですからな。あなたがちゃんとしてさえいれば、みんなは変に思やしませんよ。べつになにも言わなくていいのに、自分から喋りだすのが一番いけません。さてと、このドアを抜けて上へあがってみましょう。鍵はかかっていないのです。むろん、わたしがたずねたようなことは、みんなくだらないことだと思ってるでしょうね。あの日、家にはだれがいたか、いなかったのはだれか、彼らはいったいどこにいたのかなんてことは、なんの役にも立ちはしない」

「じゃ、なぜ――」

警部はつづけて言った。「そりゃ、彼らを観察する機会がつかめるし、どんな様子だか見当もつけられる。それに彼らの言い分もわかる。ひょっとすると、だれかがすてきなネタを割ってくれないでもないですからな」彼はしばらく黙って、それから呟くように、「マグダ・レオニデス夫人は、その気になれば重要なことを口にするかもしれませんよ」

「ほんと?」

「いや」とタヴァナーは言って、「たしかなことじゃありませんがね、調査の手がかりになる可能性はありますな。この呪われた家の連中ときたら、みんな、なにかしら手段と機会を持っているのです。ただわたしのほしいのは、動機です」

階段の一番上にはドアがあって、右手の廊下へ行けないようになっている。そのドアには真鍮のノッカーがついていた。警部はすぐにノックした。

ドアは、びっくりするくらい急にひらかれた。開けた男は、ドアのすぐ内側にいたのにちがいない。いかつい肩、もじゃもじゃに乱れた黒い髪、たいへん醜くはあったが、しかし、どことなく妙にはればれとした顔つきの、不恰好な大男だった。彼の眼は私たちを見つめていたが、ちょうど正直で内気な人たちがよくやるように、きまり悪そうに私たちに向けた眼を急いでそらした。

「これは、どうも」と彼は口をひらいて、「お入りください、さ、どうぞ。わたし、ちょっと出るつもりでしたが――いや、かまいません、どうぞ居間のほうへ。クレメンシイを呼びましょう――ああ、おまえ、そこにいたっけ。主任警部のタヴァナーさんだ。それから、この方は――ええと煙草あるかな？　ちょっとお待ちください、失礼ですが……」彼はついたてにぶつかると、「どうも失礼！」と思わずついたてにあやまって、あたふたと部屋から出て行った。

まるで熊ん蜂が飛び去った後のように、きわだった沈黙が残った。

ロジャー・レオニデス夫人は窓際に立ちつくしていた。私はすぐに、彼女の個性と私たちが立っているこの部屋の雰囲気に興味をそそられた。

この部屋は、まったく彼女そのものだった。壁は白く――真白に、室内装飾でよく言われるような、象牙色や淡いクリーム色を指すあの白色ではなくて、ほんとに白一色で塗られている。マントルピースの上に掲げてある、バトルシップ・ブルーとダーク・グレイの三角形をあしらった幾何学的な幻想風の絵をのぞいたら、壁にはなんの絵もかかっていない。それに家具も、ほとんどないといってもよかった――三、四脚の椅子、ガラス製のテーブル、それから小さな書棚というほんの当座の必要品だけで、なんの飾りもなく、あるものは光と空間ばかりだった。錦と花で飾られている階下の大きな客間にくらべれば、ここはチーズとチョークの違いほどにもへだたりがあった。そしてまた、ロジャー・レオニデス夫人は、どうやってみてもこれ以上違わないというくらい、フィリップ・レオニデス夫人とひどく対照的だった。たとえば、マグダ・レオニデスなら、自分を半ダースぐらい違ったタイプの女に見せようとすればできないことはないだろうし、実際、ときどきはそうなっているのだが、一方、このクレメンシイ・レオニデスときたら、自分以外の女には決してなれっこないのだ。彼女こそ、非常に鋭く、はっきりした性格をもっている女性なのだ。

五十ぐらいの年を思わせる彼女の髪は灰色で、イートン校の学生風に短くカットしてあったが、それが、彼女のちいさな品のいい頭によく似合っていて、短いカットと言うと私がいつも思い浮かべるあの奇妙な感じはすこしもなかった。容貌は、なにかを追求してやまぬ独特の強烈さを宿した明るい灰色の眼によって、一層知的で感受性豊かに見えた。そして、華奢なからだにピッタリあう、シンプルなダーク・レッドのウール地のドレスを着ていた。

私はすぐ、これは容易ならぬ女だと感じとった。つまり、彼女の処世術というものが、世間一般の女たちとは全然異なったものにちがいないと見きわめたからだ。ソフィアが彼女について〝冷血動物みたいに残酷〟という言葉をつかったのも、なぜかのみこめるような気がした。部屋は冷えびえとしていて、ちょっと身震いでもしそうな感じだった。

クレメンシイ・レオニデスは、静かな抑制のきいた声で言った。

「おかけくださって、警部さん。なにか、別のニュースがございまして？」

「死因はエゼリンによるものです、レオニデス夫人」

彼女は考えぶかげに、

「といたしますと、それは他殺ということになりますね。なにかの事故じゃございませんのね」

「そうです、レオニデス夫人」

「主人にはやさしくしてやってくださいましね、警部さん。きっとあの人には、大きなショックですわ。主人は、父をとても尊敬していましたし、物事に鋭敏で、とても興奮しやすいたちなんですの」

「お義父《とう》さまとはご円満でしたか、レオニデス夫人」

「ええ、それはほんとに円満でしたわ」夫人は静かに言い添えた。「わたくし、父のこと、とても好きだったとは申せませんけれど」

「それはまた、なぜです？」

「つまり、父の人生の目的と、それを達成する方法が気に入りませんでしたの」

「それでは、ブレンダ・レオニデス夫人はいかがです？」

「ブレンダ？　あの女《ひと》とはあまり会ったことがないのです」

「彼女とローレンス・ブラウン氏とのあいだに、なにかあったというようなことをお感じですか」

「それは――そう、なにか恋愛めいたものをという意味ですの？　そんなことあり得ないと、わたくし、思います。でも、ほんとのことはわかりませんわ」

彼女の声には、まったくなんの興味もなさそうだった。

ロジャー・レオニデスがあわただしく入ってきた。またまた熊ん蜂的なご入来だ。

「すみましたよ」と彼は言って、「電話をしてきましたよ、警部。なにかニュースがありますか？　父の死因はなんです？」

「エゼリンによる毒殺です」

「なんだって！　ちくしょう！　じゃ、あの女だ！　待ちきれなくてやったんだ！　父は、あの女を貧乏のどん底からとにかくひっぱりあげてやったのに、そのお礼がこいつなんだ。あの女が平然と父を殺《や》ったのだ！　ちくしょう！　そう思うと血がにえくりかえってくるぞ」

「そうだとお思いになるのには、なにか特別な理由でもあるのですか」とタヴァナーがたずねる。

ロジャーは両手で髪の毛をむしりながら、部屋の中を歩きまわった。

「理由？ いったい、あいつの他にだれがやるんです？ ぼくは決してあいつを信用してやしなかった——だいいち、はじめっから好きになんかなれなかったのだ。ぼくたちはだれ一人好きになれやしなかったんですよ。ぼくもフィリップも、おやじがある日帰ってきて、何をしたかってことをぼくたちに話したときぐらい、愕然としたことはありませんよ！ あの年で！ まったくどうかしている——どうかしているんだ、ぼくの父はね、警部、すばらしい男でしたよ、考えることといったら、まるで四十代の人間のように若々しくて新鮮だった。ぼくの持っている一切合財は、ぜんぶ父がくれたものですよ。父は、ぼくのためにあらゆることをしてくれたんです——決して、そうだ、ぼくを失望なんかさせなかった。ところが、父を失望させたのはぼくのほうなんだ——ぼくは、ぼくはそう思うと……」

彼は椅子の上にどさりと身を投げだした。彼の妻は静かに彼のそばにやってきて言った。

「ねえ、ロジャー、もういいのよ、そんなに興奮なさっちゃいけないわ」

「ああわかっているよ、おまえ——わかっているんだ」彼は妻の手をとって、「でもね、どうしたら気持ちが落ち着くんだ、この気持ちをどうしたらいいんだ」

「そう思っても、わたくしたち、強《し》いてでも気を落ち着けなくちゃね、ロジャー。主任警部のタヴァナーさんがわたくしたちにお手伝いしてほしいとおっしゃっているのよ」

「そのとおりです、奥さん」

ロジャーが叫んだ。

「ぼくがどうしてやりたいか、おまえにわかるかい？　ぼくはね、この手であの女を絞め殺してやりたいんだ。あのやさしい老人をもう少し生かしておきたかったよ。もし、ここにあの女がいてみろ――」彼はとび上がった。彼のからだは激怒でぶるぶる震えた。そして両手を痙攣させながら前にのばして、「そうとも、あいつの喉頸を絞めてやる。絞めてやるんだ――」

「ロジャー！」クレメンシイが鋭く叫んだ。

彼は妻のほうを見た、なにかいたたまれないように。

「悪かったよ、おまえ」彼は私たちのほうへ向きなおって、「どうも失礼しました。なんとしても感情というやつを抑えることができないたちでしてね。いや、申し訳ありません」

彼はまた部屋から出て行った。クレメンシイ・レオニデスは、ほんのかすかなほほえみをたたえながら言った。

「ほんとはね、おわかりでしょうけど、蠅一匹だって殺せないんですよ」

タヴァナーは丁寧にうなずいてみせた。

それから、彼のいわゆるお決まりの質問がはじまった。

クレメンシイ・レオニデスは、テキパキと要領よくそれに答えた。

父親の死んだ日に、ロジャー・レオニデスは、ケータリング・チェーンの本店があるロンドンのボックス・ハウスに行ったのだった。その午後、早いうちに帰ってくると、これはいつもの習慣になっているのだが、父親としばらく話をした。彼女自身のほうは、これもいつものように、彼女が働いているガウワー・ストリートのラムバート研究所へ行き、家に帰ってきたのは六時ちょっと前だった。

「で、お義父《とう》さんにはお目にかかったんですか」

「いいえ、わたくし、最後に義父《ちち》に会ったのは、あの前の日、夕食のあとコーヒーをご一緒した時ですの」

「すると、亡くなった日にはお目にかからなかったということですね」

「ええ、ほんとは義父《ちち》のお部屋へ行くことになっておりましたの。というのは、ロジャーがパイプを――とても大切にしているパイプですの――そこへ置き忘れたと思っていましたのよ。でも夫が、ホール・テーブルの上に忘れたんだってことに気がつきましたので、お邪魔する必要はなくなったんです。義父《ちち》は六時ごろ、よくいねむりしていることがありましたわ」

「お義父《とう》さんの具合がおかしいってことをお聞きになったのは？」

「ブレンダがとびこんでまいりまして、そう、六時半を一分か二分すぎたころでした」

こういった質問は、私の経験によればたいした意味はない。しかし、この質問に答える婦人に対して、タヴァナーの探偵眼がどんなに鋭く働いているかを、私はよく知っていた。彼はさらに、ロンドンで彼女がやっている仕事の性質について二、三の質問をした。それは核分裂の際の放射線を利用してやらなければならない仕事だと彼女は答えた。

「ほんとに、原子爆弾のお仕事をやっておられるんですか」

「わたくしの仕事は、そんな破壊的な性質はすこしもないんですの。研究所は、医療面における実験をすすめているのです」

帰る間際になって、タヴァナーは夫妻のお住まいの中をざっと拝見したいと申し出た。彼女はちょっとびっくりしたようだったが、すぐにこころよく案内して見せてくれた。ツイン・ベッド、純白の上掛け、それに簡単な化粧の設備しかない寝室は、私にもう一度、病院か修道院を思い起こさせた。浴室もまた、これといった贅沢な付属品や化粧道具などのないあっさりしたものだった。台所はなんの飾り気もなく、清潔で、実用一点ばりの労力節約をねらった器具がそなえつけてあった。やがて、私たちがひとつのドアのところまでくると、クレメンシイはそのドアを開けながらこう言った。「ここが夫のスペシャル・ルームになっておりますの」

「お入りください、どうぞ」ロジャーの声がした。

私は思わずほっと吐息をもらした。いままで見てきた部屋の、あの汚点《しみ》ひとつない重苦しさには、じつにうんざりしていたのだ。それにひきかえ、ここはじつに人間くさい部屋だった。大きなたたみ込み蓋つきの机があり、その上には、書類や古いパイプ、おまけに煙草の灰までがちらばっていた。それからゆったりとした古ぼけた安楽椅子があり、ペルシャ織りの敷物が床をおおっている。壁には、いろんな連中がうつっているいくらか色あせた写真がはってあった。学校の仲間、クリケット友だち、軍隊の仲間。それに、砂漠と回教寺院の尖塔、それから日没の海に浮かぶ数隻の帆船を描いた水彩のスケッチ。とにかく、ここは気持ちのいい部屋、気楽で親しみやすく、人付きのいい人物が住んでいる部屋だった。

ロジャーは不器用な手つきで酒瓶台から酒をつぐと、椅子の上の書物や書類などをはらいのけた。

「どうもゴタゴタしてましてね。すっかりさらけだしているところです。なにしろ古い書類の整理中で。ひとつ、いかがです」警部は酒を辞退したが、私はちょうだいすることにした。「さきほどはどうも失礼しました」とロジャーは言葉をつづけて、私に酒をもってきながら、頭をタヴァナーのほうに向けると、「すっかり感情に押し流されてしまいましたよ」

彼はいかにもバツが悪そうに、あたりを見まわした。しかし、クレメンシイ・レオニデスはこの部屋には入ってこなかった。

「彼女はすばらしいですよ、いや、妻のことですがね。こんどの事件のあいだじゅう、じつにあっぱれなものです――まったくすてきだ！　ぼくがどんなにあれを尊敬しているか、ちょっと口では言えないほどですよ。あれには、ずいぶん辛い時もあったんです。ひどい時がね。ぼくはそのことをあなた方に申し上げたい。ぼくたちが結婚する前のことですがね。あれのはじめの夫というのは、いい奴でしたよ――気持ちのいいっていうことなんですが、でも、おそろしく腺病質でしてね、ほんとのところ、結核だったのです。たしか、その男は結晶学について、そりゃたいへん貴重な研究をしていたのです。給料が少ない上に仕事は厄介でしたが、それでもやめようとはしなかったのです。あれは、その男によく仕えましてね。そのうちに死ぬと知りながら、ずうっと世話をしていたんですよ。愚痴の一つも言うじゃなし、ただの一度だって、疲れたなどと口に出したこともありませんでした。あれはしょっちゅう言ってたものです。わたしは幸福だってね。そのうちに、あの男は死にました。あれは、おそろしいほどげっそりしてしまいましたっけ。でも、とうとうぼくと一緒になると言ってくれました。ぼくはあれに幾分でも休息があたえられたら、それに幾分でも幸福にしてやれたらとつくづく思ったのです。で、仕事をやめたらと言ってみたんですが、あれはむろん、働くことが戦時中の義務と思っていたのですし、仕事をつづけるべきだと考えていたのです。ええ、彼女はすばらしい、世界中でいちばんすばらしい妻ですよ。ぼくは運がいいんだ！　あれのためなら、ぼくはどんなことだってするつもりです」

タヴァナーはあたりさわりのない相槌をうった。それから、またもや例のお決まりの質問に入った。お父さんのおかげんが悪いとお聞きになったのはいつのことです？

「ブレンダがぼくを呼びにとびこんで来ましてね。あれが言うには、父が病気だ、なにか発作を起こしたと、こうなのです。

ぼくはほんの三十分ばかり前におやじと喋ったばかりでした。その時は、べつにどうってこともなかったんです。ぼくは泡をくってとんで行きましたよ。もう父の顔は真っ青で、あえいでいるのです。ぼくはフィリップの所へかけおりました。彼は医者に電話をかけましたよ。ぼくは、いや、ぼくたちはどうしようもなかったんです。むろんその時にはいっぺんだって、こんなおかしなことになるとは思ってもみませんでしたよ。おかしな？　ぼくはそう言いましたか！　ああ、なんて言葉を使ったんだ」

タヴァナーと私はやっとのことで、ロジャー・レオニデスの部屋の感情的な雰囲気から解放されて、とにかくドアの外へ出た。そしてまた、階段の上に私たちは立った。

「ふうっ！」タヴァナーが口をひらいて、「弟と、なんという違いだ」それから、なんの脈絡もないことを言った。「部屋って、ずいぶん不思議なものですな。そこに住んでいる人間について、じつに多くのことを教えてくれるものだ」

私がうなずくと、彼はつづけて、

「夫婦の組み合わせもふるっている、どうです？」

私には、彼がクレメンシイとロジャーのことを指しているのか、それともフィリップとマグダのことを言っているのか、はっきりわからなかった。彼の言葉はどっちにもあてはまったからだ。でも、どっちの結婚にしても、私にはまず幸福と言えるのではないかと思われた。まあとにかく、ロジャーとクレメンシイは幸福にちがいないのだ。

「わたしは、彼が毒薬を使ったとは考えられないのですがね、どうです？」とタヴァナーがたずねた。「まあ、即座にそうとは言えませんがね、むろん、あなたはご存じないが。どちらかといえば、彼女のほうがやりそうなタイプですな。冷酷な感じの女性、ちょっと正気じゃなかったのかもしれませんね」

もう一度、私はうなずいて言った。「しかしですね、他人の生活態度や目的が気に入らないからといって、彼女が殺すとは思えませんね。まあかりに、彼女が老人を心から憎んでいたとしてもですよ——ただの憎悪だけで、人が殺せるものだろうか？」

「それは、きわめてまれですね、わたしはまだお目にかかったことはないのです。いや、ブレンダ夫人を、そういうケースにマークしているほうが、ずっと安全でしょうな。しかし、なにか証拠がつかめるかどうかは、神さまだけが知ってますよ」

8

メイドが反対側の翼のドアをあけた。彼女はタヴァナーを見ると、怖そうな、それでいて幾分軽蔑したような顔をした。

「奥さまにご面会ですの？」

「そうです」

メイドは、私たちを大きな客間に案内すると出て行った。

客間の広さは、階下の客間と同じくらいだった。目もさめるような華やかな更紗《さらさ》と縞模様の絹のカーテンが部屋を彩っていた。私の眼は、マントルピースの上にある肖像画に思わずひきつけられた。それは、見事なタッチのせいばかりではなくて、その人物の人目をひく容貌のせいだった。

それは人を射る暗い眼つきの小柄な老人の肖像画だった。黒いヴェルヴェットのふちなし帽をかぶり、両肩に頭をうずめている。しかし、老人の活力はキャンバスからあふれ出して四方に発散していた。キラキラと輝くその眼が、私をとらえてはなさないように思えた。

「あれだ！」タヴァナー主任警部は言葉にならないといった調子で言って、「オウガスタス・ジョンの作ですがね、なかなか個性をもっていますな、どうです？」

「そうですね」そう答えたものの、私は自分の返事がいかにもそっけないような気がした。

エディス・デ・ハヴィランドが、彼がいないとまるで家のなかが空っぽみたいだと言ったわけが、私にはいまやっとわかったのだ。これこそ、ねじれたちいさな家を建てた、ねじれた小男のご本尊さまなのだ――そして、彼のいないねじれたちいさな家には、もうなんの意味もありはしなかった。

「あそこにかかっているのが最初の奥方ですよ。サージェントの描いたものです」とタヴァナーが言った。

私は窓のあいだの壁にかかっている画に眼を向けた。サージェントの多くの画がそうだが、この画にもなにか残酷なにおいがたちこめている。顔の長さが誇張されすぎている――これは間違いなく、狩り好きの影響だ。それは典型的な――当世風ではない地方社交界の――英国婦人の肖像だった。美しくはあったが、生活力はなさそうだ。マントトルピースの上でにらみをきかしている権力的な小暴君には、およそ不似合いな細君だ。

ドアがあいて、部長刑事のラムが入ってきた。

「使用人たちのほうは終わりましたが、なにもつかめませんでした」

タヴァナーは溜め息をついた。

ラム部長刑事はノートをとりだすと、部屋の隅に下がって、目立たないように腰を下ろした。

またドアがあくと、アリスタイド・レオニデスの後妻が部屋に入ってきた。

彼女は、高価な最上質の服地で仕立てた喪服を着ていた。それが、彼女の首から手首にいたるまでをつつんでいる。ゆっくりとものうげに、彼女は身をうごかした。そして喪服はたしかに彼女によく似合っている。おとなしい美しさのある顔立ちだが、茶色のきれいな髪の毛は、少しつくりすぎた感じのスタイルでととのえられていた。ほどよく化粧をし、口紅も頬紅もつけてはいるものの、いままで泣いていたことが一目でわかる。大粒の真珠の首飾りをつけ、片手には大きなエメラルドの指環を、もう一方の手には、大きなルビーをつけていた。

もうひとつ、私の注意をひいたものがある。それは、彼女が、なにかにおびえている様子だ。

「おはようございます、レオニデス夫人」タヴァナーは気軽に切りだした。「またお邪魔しなければならないので、どうも恐縮なんですが」

「いたしかたございませんわ」彼女の声には、なんの抑揚もなかった。

「おわかりとは存じますが、レオニデス夫人。弁護士の同席がお望みでしたら、それがいちばんいいのですが」

はたして彼女にその言葉の意味がわかったものか、あやしいものだと私は思った。いや、見たところ、どうもわかってやしない。彼女はただ不機嫌にこう言った。

「あたくし、ゲイッキルさんは好きじゃありません。結構ですわ」

「あなたはご自身の弁護士をお呼びになれるんですよ、奥さん」

「そうしなければなりませんの？　弁護士なんて、あたくし嫌いなんです。ただ、あたくしをまごつかせるだけですもの」

「お決めになるのは、まったくのところ、あなた次第なんですよ」とタヴァナーは言って、「では、そろそろはじめましょうか」

ラム部長刑事は鉛筆の先をなめた。ブレンダ・レオニデスはタヴァナーに向かいあって、ソファに腰を下ろした。

「なにか手がかりがございまして？」と夫人。

彼女の指が、ドレスの縁飾りの襞をいらいらとよりあわせたりほどいたりしているのに、私は気がついた。

「ご主人はエゼリンで毒殺されたと、現在でははっきり申し上げられます」

「それでは、あの目薬で殺されたとおっしゃるんですの」

「あなたがご主人に最後の注射をなさったとき、それがインシュリンではなくエゼリンだったということは、確かだと思われるのです」

「でも、そんなこと知りませんわ。あたくし、ほんとにそんなことをするつもりはなかったのです。ほんとです、警部さん！」

「それでは、だれかがわざとインシュリンのかわりにエゼリンを入れておいたのにちがいありません」

「なんておそろしいことを！」

「そうです、レオニデス夫人」

「だれかが故意にそんなことをしたんでしょうか？　それとも事故なのかしら？　まさか、まさか冗談なんてことございませんわね？」

タヴァナーはよどみなく答えた。

「冗談だとは考えられません、レオニデス夫人」

「きっと、だれか使用人の一人ですわ」

タヴァナーは答えなかった。

「きっとそうよ。ほかの人がやったとは、あたくし、考えられませんもの」

「ほんとにそうでしょうか？　考えてください、レオニデス夫人、なにかほかに思いあたることはありませんか？　どこかで悪感情を感じたことはありませんかな？　いさかい、ねたみ、そういったものはどうです？」

夫人は、挑戦的な大きな眼差しをタヴァナーに向けた。

「さあ、思いあたることはありません」

「あの日の午後、あなたは映画にいらっしゃってた、そうでしたね？」

「ええ――六時半に帰ってまいりました――インシュリンを注射する時間でしたから――あたくし――そう、あたくし、いつものように主人に注射して、それから主人は――主人はおかしくなったのです。あたくし、とてもこわくなって――ええ、ロジャーのところへ走って行きました――前にもそうお話ししましたわね。いったい、何度お話しすればいいんですの？」夫人の声は、ヒステリックに高くなった。

「いや失礼しました。レオニデス夫人、こんどはブラウン氏とお話ししたいのですが」

「ローレンスと？　またなぜですの？　あの人はそのことについてはなにも知りません

わ」

「でも、やっぱりお話だけはうかがいたいのです」

彼女は疑わしそうに彼を見つめた。

「いま、ユースティスが勉強部屋でラテン語を習っておりますわ。こちらへお呼びになります？」

「いや、私たちのほうからまいりましょう」

タヴァナーはさっさと部屋から出て行ってしまった。部長刑事と私はそれを追った。

「夫人を驚かせましたね、警部」とラム部長刑事。

タヴァナーは口の中でブツブツ言っただけだった。彼は小走りに階段をかけ上がり、廊下にそって行くと、庭を見渡せる大きな部屋に入って行った。その部屋には、三十ぐらいの金髪の青年と十六ばかりの色の黒い美少年がテーブルに向かいあっていた。

二人は私たちが入って行くと、眼をあげた。ソフィアの弟ユースティスは私を見、ローレンス・ブラウンは苦しげな瞳をタヴァナー警部にじっと注いだ。

私は、これほどまでに恐怖にうちのめされた男を見たことはなかった。彼は立ち上がったかと思うと、また腰を下ろしてしまった。彼は口をひらいたが、その声はキイキイ声に近かった。

「おはようございます、警部さん」

「おはよう」タヴァナーの声はそっけなかった。「ちょっとお話しできますか」

「ええ、それはもう、よろこんで。そう、すくなくとも――」

ユースティスが立ち上がった。

「ぼく、外にいたほうがいいんでしょう、警部さん？」彼の声は、ちょっとばかり甲高いところがあったが、明るくひびいた。

「ぼくたち――そう、ぼくたち、またあとで勉強のつづきをやろうね」と家庭教師が言った。

ユースティスは、いかにも気がないようにぶらぶらとドアに向かって歩いて行った、なにかぎこちない感じで。彼はちょうどドアから出ようとしたとき、私の眼をとらえると、人差指で自分の喉を掻き切る真似をしてクスッと笑ってみせた。それから後ろ手にドアをピシャッと閉めた。

「さてと、ブラウンさん」とタヴァナーが口をひらいて、「解剖の結果はきわめてはっきりしました。レオニデス氏の死因はエゼリンでした」

「ぼく、いや、ええと、レオニデスさんはほんとに毒殺されたんだと言われるんですね？　ぼくはそんなことがないようにと思っていたんですけれど――」

「彼は毒殺されたのです」ごくそっけないタヴァナーの言い方だった。「だれかがインシュリンの瓶にエゼリンの目薬を入れておいたのです」

「そんなことは信じられない……想像もできませんよ」

「問題は、動機を持っているのはだれかということです」

「だれでもない、そんな人は一人だっていませんよ！」青年の声は、興奮してうわずった。

「あなたの弁護士の同席をお望みにならんですか？　どうです？」とタヴァナーがたずねた。

「ぼく、弁護士なんていないんです。そんなもの、いりゃしない。隠すことなんかなにもないんですから、ええ何ひとつだって……」

「で、あなたのおっしゃることはみんな書きとめられるってことも、よくご承知ですな」

「ぼくは潔白です。誓って言いますが、ぼくは潔白なんですよ」

「べつにわたしはなにも言ってやしませんよ」とタヴァナーは呟いて、「レオニデス夫人はご主人よりうんと若かった。そうでしたな？」

「そう——そうですね、そう思いますよ、たしかに」

「きっと夫人は、ときどき淋しくなったんじゃないかな？」

ローレンス・ブラウンは答えなかった。彼は乾いた唇をしきりになめた。

「この家に住んでいる人で、自分とほぼ同じ年ごろの友人を持ちたいと思ったのも、彼女にとっては無理のないことです、そうでしょう？」

「ぼくは――いや、その結局――つまり、ぼくにはわかりませんね」

「なんらかの愛情があなたとのあいだに起きたとしても、なんの不思議もないとわたしは思うんですよ」

青年ははげしい抗議の叫びをあげた。

「そんなことはない！　ありえないことです！　そんなことあるもんですか！　ぼくには、あなたがどう考えているのか、ちゃんとわかってますよ。でも、そんなことはなかったんだ！　レオニデス夫人は、そりゃあいつもぼくに親切にしてくれました。だからぼくは絶大な――夫人に絶大な尊敬を抱いていたのです――でも、それだけなんだ――それ以上のことはありません。たしかです。そんなことを想像するなんて恐ろしい。ほんとに恐ろしいことだ！　ぼくはだれも殺しゃしません――それに瓶にだって、指一本ふれやしませんよ。そういったことは、何一つやった覚えはないんです。ぼくはとても神経質で、すぐ興奮するんですよ。ですから人殺しなんて、ただ考えてみただけでも、それは悪夢を見ているようなものなんです――そうですとも、徴兵審査局でだって、そのことをよく納得してくれたんです――ぼくは宗教的にも、殺人には反対なんですよ。ですからそのかわりに病院の仕事をしたんです――ええ、ボイラーをたいたり――ええ、ひどい重労働でした――ぼくにはとてもたえられそうもなかったんです――でも、徴兵審査局のほうで、ぼくを教育関係の仕事にかえてくれたのです。ぼくはこちらで、ユースティスとジョセフィンの教育に全力をつくしました――とても頭のいい子供たちですが、それだけに扱いにくいのです。みなさん、ぼくにはとても親切にしてくださいました――レオニデス氏、夫人、それにデ・ハヴィランドさん。それから、こんどの恐ろしいことが起こって……あなたはぼくに嫌疑をかけているのだ……殺人の！」

　タヴァナー警部は、おもむろに値ぶみするような興味にみちた視線を彼に向けた。

「そうは言いませんでしたがね」と警部。

「でも、そう思っているんだ！　ぼくにはわかっています！　みんな、そう思っているんだ！　みんな、そんな顔をしてぼくを見ているんです。ぼくは、ぼくはもう、これ以上お話しできませんよ、なんだか気分がよくないんです」

　そう言って、青年は急いで部屋から出て行ってしまった。タヴァナーはゆっくりと首をまわして、私のほうを見た。

「どうです、あなた、彼のことをどう思いますかね？」

「すっかりおびえきってますね」

「そう、そのとおりですがね、で、彼は犯人ですか」

「わたしだったら」とラム部長刑事が口を出して、「彼には、そんな度胸なんかこれっぽっちもないと答えますね」

「まあ、人の頭をはりたおしたこともなけりゃ、ピストルを撃ったこともないだろうね」とタヴァナー主任警部は相槌をうって、「しかし、こうした特殊な犯罪ではどうかな？　二つの瓶をいたずらして……比較的苦痛のない方法で、よぼよぼのじいさんをこの世からお陀仏させるだけならな」

「事実上の安楽死というところですな」と部長刑事。「それから、そうですね、まあほとぼりのさめるのを待って、ひとりの女と結婚しますよ。手どりで十万ポンドを遺産として貰った女とね。しかも、とっくにそれぐらいの金を結婚のときせしめていて、卵ほどの大きさがあるエメラルド、それにルビーや真珠をためこんだ女性とね！」

「そうだな」とタヴァナーは溜め息をついて、「だが、みんな推理と臆測にすぎない！　わたしは、うまく彼をこわがらせてみたものの、何一つつかめたわけじゃない。たとえ無実だとしても、彼だったら、やっぱりおびえてしまうだろうし、まあ、いずれにせよ、彼が下手人かどうかは疑わしいな。まだ、あの女のほうがクサイくらいだ。しかし、なんだってあの女は、インシュリンの瓶を捨てちゃうか洗ってしまうかしなかったのだろうね？」そう言って、警部は部長刑事のほうに向くと、「使用人たちから、なにかネタは上がらなかったかね？」

「メイドの話では、二人は相思相愛の仲だというのですがね」

「どうしてわかるんだ？」

「夫人があの青年のためにコーヒーを注いでやるとき、彼女を見つめる彼の眼つきだというんですがね」

「やれやれ、そいつは、法廷でたいした証拠になるよ！　なにか、もっとはっきりしたものはないのかね？」

「だれもそのほかには見ていないのです」

「もしなにか二人のあいだにあったのなら、そりゃ使用人たちにだって気づかれてしまうだろうね。どうも、こうなると、二人のあいだにはなんにもなかったような気がしてきますな」警部は私のほうを見て、「どうです、夫人のところへもどって、なにか話しかけてみてください。あなたの印象が聞きたいのですよ」

私はしぶしぶ出かけていったが、しかし興味はあった。

9

ブレンダ・レオニデスは、さっき私が出ていったときとおなじところに、まだ腰を下ろしていた。私が入っていくと、彼女は鋭い眼差しを向けてきた。

「タヴァナー警部はどこにいらっしゃいますの？　こちらへもどってらっしゃる？」

「いや、まだでしょう」

「あなたはどなたたなの？」

とうとう、朝から心配していた質問にぶつかってしまった。

私は、いかにももっともらしくそれに答えて、

「ぼくは警察に関係している者なのです。しかし、ご家族の方にとっては友人でもあるんですが」

「家族ですって？　けだものよ！　あたし、みんな、大嫌い！」

彼女は私を見つめた。口もとを痙攣させたままだ。すっかり不機嫌になり、なにかに

おびえ、怒っているようだ。

「あの人たちは、いつだってあたしに辛くあたるんだわ。まるでけだものみたい。はじめっからそうなの。どうしてこのあたしが、あの人たちの大事な大事なお父さまと結婚してはいけなかったのかしら？　それがあの人たちにとって、どうだっていうの？　あの人たちだって、たいへんなお金を手に入れたんですよ。それも主人があげたお金じゃないの。自分でお金を稼ぐ頭なんか、てんでありゃしないんです！」

夫人はなおもつづけて言った。

「どうして、男の人が二度結婚しちゃいけないんです？――たとえその人が少々年をとっていたとしても？　ほんとうは、あの人、そんなに年寄りじゃなかったわ――心の中は若いのよ。あたし、あの人が大好きだった。ほんとに大好きだったのです」彼女は、まるで挑戦するかのように私を見すえた。

「わかります、わかりますよ」

「あなたには信じられないかもしれません――でも真実よ。あたし、男の人に愛してほしかった。家庭がほしかったんです――あたしにうつつをぬかしてくれるような人、あたしにすてきなことをささやいてくれる人がほしかった。アリスタイドは、とてもすばらしいことを言ってくれたわ――それに、あの人、人を笑わせたりすることができるの

――あの人、とても頭のいい人よ。ばかげた取り締まりの網の目をうまい具合に切り抜ける、ありとあらゆる方法を考え出すんですものね。――ずばぬけて頭の切れる人、あたし、あの人が死んだのをよろこんでなんかいやしませんわ。悲しいの」

彼女はソファによりかかった。夫人の口は、心もち大きかった。それが、なにか眠たげな微笑を見せながら、奇妙な形にゆがんでいる。

「あたし、この家ではとても幸せでしたわ。なんの苦労もなかった。一流の洋服屋さんへも行きました――よく雑誌やなにかに出ているようなお店。だれに対してでも、あたし、ひけをとらなかったわ。それから、アリスタイドはとてもすてきなものをたくさんくれましたわ」彼女はルビーを見つめながら、その手をひろげた。

一瞬、彼女の手や腕が、まるで猫ののびをした手のように、私には見えた。そして、彼女の声は、猫のゴロゴロいう声によく似ていた。あいもかわらず彼女は、あのほほえみをただよわせている。

「それが悪いことかしら」夫人は呟いて、「あたし、主人にはよくつくしたつもりです。幸福にしてあげましたわ」彼女はからだをまえに乗りだした。「どんなことから、主人と知りあいになったか、ご存じ？」

私の返事も待たずに、彼女はつづけた。

「出会いはゲイ・シャムロックでした。あの人はいり卵をのせたトーストを注文しました。あたし、それを運んでいくとき、泣いていたんです。『お坐り』って、あの人は言いました。『なにかあったのかね、話してごらん』『いいえ、お話しできませんわ、そんなことしたら、やめさせられます』そう言ったら、あの人、『そんなことはないさ。わたしはここの持ち主なんだからね』で、あたし、あの人をつくづく眺めましたの。この人、なんて変わった小男だろうって、はじめのうちはそう思いました——でも、あの人は一種の力を持っていますの。あたし、あの人にすっかり打ち明けたんです……あなたは、あの人たちから全部、そのことをお聞きになったでしょう。きっと、あたしのこと、とんでもなく悪く言ったのにちがいないわ——でもあたし、そんな女じゃありませんのよ。あたしだって、とても大事に育てられたんだから。あたしのうちは、お店を持っていましたの、とても高級な美術刺繍のお店。あたし、ボーイ・フレンドをたくさんつくって、自分を安く売るような、そんな女じゃありませんでした。でもテリイは別だった。その人はアイルランド人で——ちょうど外国へ行くところだったの……それからというもの、手紙ひとつよこさなかったんです——あたし、ほんとにばかだったと思うわ。ね、そうなのよ、あたし、苦しんでいましたの——まるでいやしいメイドみたいにね……」

彼女の声は、上品ぶっているのが鼻につく。

「アリスタイドは、とてもすばらしい人。あの人、みんなうまくいくさ、と言ってくれましたの。わたしは淋しいんだ、今すぐ結婚しようじゃないかって、ほんとに夢みたいだったわ。それから、あの人がお金持ちのレオニデスだってことがわかったんです。あの人は、たくさんのお店やレストラン、それにナイト・クラブを持ってました。まるでお伽噺みたい。そうじゃなくて？」

「一種のお伽噺ですね」と私はそっけなく言った。

「あたしたち、ロンドンの小さな教会で式をあげました――それから外国へ行ったんです」

夫人は、はるか遠くのほうを見つめていた眼を、私のほうに向けた。

「結局、子供はできなかった。それが間違いだったのよ」

彼女は微笑した。それはひきつるようにねじれて見えた。

「あたし、きっといい奥さんになってみせる、と誓いましたの。そして、いい奥さんになったわ。あの人の好物はどんなものでも手に入れましたし、あの人の気に入るドレスなら、必ずあたし着ましたわ。主人のよろこんでもらえることなら、あたし、なんでもしたのです。だから、あの人、幸福でしたわ。でも、あたしたち、あの家族を追い払うわけにはいかなかった。年じゅうやってきちゃ主人のお金を食いものにして暮らしていましたのよ。あのオールド・ミスのデ・ハヴィランドだって――この人、主人があたしと結婚した時には出て行くべきだったと、あたし思うの。あたし、そう言ってやりましたわ。そうしたら、アリスタイドはこう言うんです。『あれは、ここにずいぶん長いこと住んでいるんだよ。で、いまじゃ、ここがあれのホームなんだ』ほんとのところは、主人という人は、あの連中を抱えて自分の足下に住まわせておくのが好きだったんです。あの連中ときたら、このあたしには、まるでけものみたいに辛くあたりました。でも主人は、そんなことに気づいたり気にかけるなんてことは、ただの一ぺんだってありませんでしたわ。ロジャーはあたしを憎んでました――ロジャーにお会いになって？　あの男は、いつだってあたしを目の仇にしていたんです。嫉妬深いのね。フィリップときたら、高慢ちきで、あたしに口もろくにききませんでした。そして、いまじゃ、みんな、よってたかって、あたしが主人を殺したんだと思わせようとしている――でも、あたし、そんなことをするもんですか。あたしじゃない！」夫人は私のほうに乗りだしてきて、「ね、信じてくださいね、あたしじゃないって！」

いまや夫人は見る目にもいたましかった。あのさげすんだ口調で、レオニデスの家族たちは、夫人のことを喋りまくっていた。やっきになって、彼女が罪を犯したものと信じさせようとしていたのだ——この瞬間にいたって、こうしたことのすべてがいかに非人間的な行為であるかが、私にもわかってきた。彼女はひとりぼっち、あらがう力もなく、ただ追いつめられているのだ。

「そして、あたしがやったのでなければローレンスがやったのにちがいないと、あの連中は思いこんでいるんだわ」

「ローレンスはどうなんです？」と私はたずねた。

「ローレンスには、とても悪いと思ってますわ。あの人はデリケートで、自分から進んで戦う気力がないんです。あの人が卑怯だからじゃありません。ただ感受性が強すぎるからなの。あたし、あの人の気を引きたたせて幸福にしてあげたいと思っているんです。あの人は、あの手の焼ける子供たちを教えなくちゃなりません。ユースティスは、いつもあの人を小ばかにしていますし、ジョセフィンは——ジョセフィンをごらんになって？——あの子がどんなふうだかご存じですわね」

私は、ジョセフィンには会ったことがないと言った。

「ときどき、あの子がまともじゃないと思うことがありましてよ。あの子には、なにか執念深いところがあるんです。変な子ですわ……ときどき、あたしをぞっとさせることがあるんですの」

私はジョセフィンの話は聞きたくなかった。で、ローレンス・ブラウンに話をもどして、

「いったい、彼はどういう人なんです？　どこから来たんですか」

私がぎこちなくこう切り出すと、夫人はぱっと顔をあからめて、

「なにも彼だって、特別な人間じゃありませんわ。ちょうどあたしと同じような立場の人……この家族に対して、あたしたち二人に、どんな勝ち目があるって言うの？」

「すこし、興奮なさっているんじゃないですか」

「いいえ、ちっとも。あの人たちは、ローレンスが手を下したものと、そう思わせたがっているんですよ。でなきゃ、このあたしがね。あの人たちは、警官を自分たちの味方にしてしまったんだわ。あたしたち、いったいどうすればいいの？」

「そう興奮なさっちゃいけません」

「どうして、あの人たちのだれかが主人を殺したと考えちゃいけないのです？　外部の人間だってことも考えられないんですの？　使用人の一人かもしれないじゃありませんか」

「たしかな動機が欠けていますんでね」

「まあ！　動機ですって？　それじゃ、あたしにどんな動機がありますの？　それから、

ローレンスには？」

私は自分で言いだしながら、いささかげんなりした。

「あの人たちはですね、つまりあなたと、そのローレンスが――お互いに愛しあっていると思っているんじゃないか、その――結婚したがっていると思ってるんじゃないかと、ぼくは思うんです」

夫人はシャンとからだを起こして、

「とんでもないお話！　ちがいます！　あたしたち、そんなこと、一度だってささやきあったことなんかありません。あたしは、ただ彼にすまなく思って、あの人の気を引きたててやろうと思っているだけなんですよ、たんなるお友だちなんです。ただそれだけですわ。あなたは信じてくださいますわね、どう？」

そう、私は信じた。そうなんだ。夫人とローレンスは、彼女が言うようにたんなる友だちにすぎないんだ。しかし、私はまた、ひそかに思った――たぶん、彼女自身は気づいていないだろうが、夫人は実際にあの青年を愛しているのだ、と。

その考えは、私がソフィアを探しに階下へ降りて行くときに、ふと私の心にひらめいたのだ。

私がちょうど客間に入ろうとしたら、ソフィアが廊下の向こう側のドアから首を出した。

「チャールズ、あたし、お昼の仕度でばあやのお手伝いをしているところなの」

私はそこへ行こうとしたが、彼女が廊下に出てきてうしろ手にドアを閉めると、私の腕をとって客間にひきずりこんだ。そこにはだれもいなかった。

「ね、ブレンダに会って？　あの女《ひと》のこと、あなた、どう思う？」

「率直に言って、とてもかわいそうになったよ」

ソフィアは、これはこれはといった表情。

「わかったわ、彼女はあなたをうまく手なずけたのね」

私はちょっといらいらして言った。

「つまりだね、ぼくにはあの女《ひと》の言い分もわかるということなんだ。きみにはできない相談だろうけどね」

「あの女《ひと》の言い分ですって？」

「ねえ、正直なところ、この家へあの女《ひと》がきてからというもの、一度だってきみたち家族があの女《ひと》にやさしくしてやったことがあるかい？」

「そうね、いっぺんもないわね。でも、どうしてやさしくしなくちゃいけないの？」

「どうってことはないけど、ただクリスチャンなら親切にするのはあたりまえじゃないか」

「まあ、ずいぶんお道徳的なことですこと、チャールズ。きっとブレンダは、あなたにとてもよくしたんだわ」

「ねえ、ソフィア、きみがどうしてそんなことを言うのか、ぼくにはさっぱりわからない」

「あたしはただ生地のままなのよ、お上手なんか言わないだけ。ブレンダの言い分を聞いたって、あなた、おっしゃったわね。それじゃこんどは、あたしの言い分だって聞いていただきたいわ。あたしは、自分のことをお涙頂戴の物語に仕立ててみせたり、お金が欲しいばかりに金持ちのおじいさんと結婚するような女は大嫌いなの。そうよ、そんな女は大嫌いだって、はっきり言えるだけの権利があるわ。それに、好きでもないのにそんなふりをしなければならない理由なんて、全然ないわ。もし、ほんとのことが新聞にでもはっきりと書きたてられたら、あなただって、そんな女はとても好きにはなれないわ」

「じゃ、作り話だって言うのかい？」と私。

「子供向きの話？　知らないわ。ただあたしがそう思うだけ」

「で、きみは、おじいさんがその話で一杯くわされたからって怒っているのかい？」

「うちのおじいさまは、だまされなんかしないわ」とソフィアは笑って、「おじいさまはだれにだってだまされるものですか。おじいさまはただブレンダがほしかっただけ。乞食娘と結婚するコフェチュア王の役が、ちょっとやってみたかったのよ。自分がなにをしているかぐらいのことはちゃんと知っていたし、計画どおりにちゃんといったんだわ。祖父の立場から考えれば、結婚は予定どおり成功だった——ほかのお仕事と同様にね」

「ローレンス・ブラウンを家庭教師として雇い入れたのも、その成功の一つだったってわけかね？」私は皮肉に訊いてやった。

ソフィアは眉をひそめて、

「そうじゃないって、はっきりは言えないわ。祖父はブレンダを幸福にして、よろこばせてやりたかったのよ。宝石やドレスだけじゃ十分じゃないと思ったからじゃないかしら。あの女《ひと》が自分の人生に甘いロマンスを夢みていたと、祖父は思ったのかもしれない。ローレンス・ブラウンのような、だれかおとなしい人——ね、あたしの言う意味わかる——なら、うまくいくってことを、ちゃんと祖父は計算に入れておいたのかもしれないわ。ちょっともの悲しい美しい感情のこもった友情がありさえしたら、ブレンダが、外部の人間とほんとの色恋沙汰を起こすようなことはないだろうというところ。祖父がこうしたやり方をしたからといって、せめる気にはなれないわ。ね、祖父は読みの深い老人だったのよ」

「きっとそうだったろうね」

「むろん祖父にしたって、それがわが身を滅ぼすことになるなんて、思い描いてみたこともなかったはずよ——だから」不意に彼女の声ははげしいものになって、「だからあたし、彼女が下手人だと思いたいのはやまやまなんだけど、心からそれが信じられないのよ。もし彼女がやろうと思って実際にやったとしたら——あるいは彼女とローレンスが二人で計画したとしたら——おじいさまは、それを見抜いたはずですもの。なんだか、こじつけみたいに、あなたには聞こえるかもしれないけど」

「いやどうも、そうだと言わざるを得ないね」

「それはあなたが祖父を知らないからだわ。あのおじいさまが、自分の殺されるのを、手をこまねいて見ているものですか！　さあ！　難関にぶつかって行かなくちゃ」

「あの女《ひと》は、おびえているんだよ、ソフィア。すっかりおびえているんだ」と私。

「タヴァナー主任警部と、あの人の部下の張りきり刑事にでしょ？　そうなのよ、あんまり人をおどかしすぎるからだわ。きっと、ローレンスなんか、すっかりヒステリックになっちゃったでしょうね」

「そのとおりなんだ、すっかり物笑いの種さ。いったい、女にとって、あんな男のどこがいいのかなあ」

「わからない？　チャールズ、ほんとのところ、ローレンスにはとても性的魅力があるのよ」

「あんな弱虫にかい？」と私は疑わしそうに言った。

「どうして男の人って、穴居人のような野蛮人だけが異性にとって魅力的なんだなんて考えるのかしら。ローレンスは性的魅力満点よ——もっとも、あなたにあんな真似はしてもらいたいとは思わないけど」彼女は私をじっと見つめて、「ブレンダはすっかりあなたをひっかけてしまったのね」

「おいおい、ばかなこと言うなよ。彼女なんか、とても美人だなんて言えたもんじゃないよ。それに、あの女《ひと》は……」

「あなたを誘惑しなかった？　いいえ、あの女《ひと》はあなたに同情させたじゃないの。そりゃ、あの女《ひと》、べつにきれいじゃないし、すこしもお利口さんじゃないわ——でも、一つだけすごい手をもっているのよ。あの女《ひと》は、トラブルを起こさせるのがうまいの。ちゃんと喧嘩させたじゃないの、あなたとあたしとをね」

「ソフィア」私はあっけにとられて叫んだ。

ソフィアはドアのほうへ歩いていった。

「そんなこと忘れて、チャールズ。あたし、お昼の仕度をしなくちゃ」

「ぼくもいっしょに手伝うよ」

「いいえ、ここにいらして。台所に紳士を入れたりしたら、ばあやに叱られるわ」

「ソフィア」私は出て行く彼女に声をかけた。

「なあに？」

「使用人のことなんだけど、どうしてこの階下に使用人をおいておかないの？　二階には、ドアを開けてくれるエプロンとキャップをつけた人がいるのにさ」

「おじいさまはコックとメイドと付添人をおいていたわ。召使いが好きだったのよ。ずいぶんお給金を払っていたわ。むろん、だから居ついていたのよ。クレメンシイとロジャーは通いのお手伝いさんをたったひとり雇っているだけ。あの人たちは住み込みの使用人が嫌いなの――クレメンシイのほうが嫌いなのね。もしロジャーが、毎日ロンドンでちゃんとした食事をしなかったら、まあ飢死よ。クレメンシイの考えるお料理ってのは、トマトとレタスと生の人参。あたしたちもいままでに使用人をおいたことがあるわ。でもお母さまが、気に入らないからって一人追いだしたら、みんな暇をとってしまったのよ。すこしは通《かよ》いもおいたんだけど、みんな、また出て行ったわ。それでおしまい。

ばあやは主《ぬし》みたいなものよ。あらゆる危機を乗りきったの。これでおわかりでしょ」

ソフィアは行ってしまった。私は大きな錦織りの椅子に身をしずめて、思索に耽りはじめた。

二階で私はブレンダの言い分を聞き、いま、ここではソフィアの言い分を聞いたのだ。まったくソフィアの見方――これはレオニデス一家の見方と言ってもいいだろうが――の正しさが私にはよくわかった。この一家の人たちは、つまり彼らに言わせれば、いやしい手段にうったえてこの家に入りこんできた見ず知らずの人間に怒りの眼を向けているのだ。それはたしかに彼らの考えるとおりだ。ソフィアがさっき言ったように、新聞にでもはっきり書かれたら、よくは思われないだろう……。

しかし、人間的に見るべき面がある――つまり、私が見、この一家の人たちが見逃してきた面だ。昔からそうだったし、今も、この家の人たちは金持ちで安定した生活を送ってきたのだ。だから、この人たちは、人生の敗残者が持つ誘惑というものを知らない。ブレンダ・レオニデスは富と美しいものと身の安全と、それから家庭に飢えていたのだ。彼女は、あの老人を幸せにする代償として、それを求めただけだ。私はそういう彼女に同情した。たしかに、夫人と話しあっているうちは、彼女に同情した……だが、いままでもそれほど同情しているだろうか？

この問題に対する二つの見方——異なった角度から見た二つの見方、どっちが真実なのか……どれがほんとうの……

昨夜、私はほとんど寝ていなかった。早起きしてタヴァナーについてきたのだ。さてこうして、あたたかい、そして花の香りにつつまれているマグダ・レオニデスの客間にいると、クッションのきいている大きな椅子に深々としずめた私のからだはぐったりとなり、目蓋がしぜんに下がってくる……

ブレンダのこと、ソフィアのこと、あの老人の肖像画のことどもを頭に浮かべながら、私の意識はふんわりと心地よいかすみの中へ落ちこんでいった。

私はぐっすりと……

10

私は徐々に意識を取りもどした。あんまりそれがゆっくりだったので、眠りこんだとは自分でも気がつかないほどだった。

花の香りがただよっていた。私の眼のまえの空間に、なにかぼんやりとしたまるい白いものがふわふわと浮き出してきた。それが人の顔なんだと気がつくまでには、そう、二、三秒もかかったか——顔は私のまえ、二、三歩ほどのところにじっとしている。私の意識がはっきりしてくるにつれて、ようやく私の視覚も明確になった。その顔はまだ妖精のような表情を浮かべている——張りだしている額、うしろへとかされた髪、小さくてつぶらな黒い瞳。その顔は小さなやせっぽちのからだへとつづいている。そして、大まじめな顔つきで私をじっと見つめているのだ。

「ハロー」その顔が言葉をかけた。

「ハロー」またたきしながら、私は答えた。

「あたし、ジョセフィンよ」

そうらしいことは、私にもとうにわかっていた。ソフィアの妹ジョセフィンは、見たところ、十一か十二ぐらい。彼女は祖父そっくりの面影をもった、なんか異様な感じのする醜い少女だった。きっと頭のほうも、祖父ゆずりにちがいないと私は思った。

「あなたがソフィアのいい人なのね」とジョセフィンが言った。

その言葉があたっていることを私はみとめた。

「でもあなた、タヴァナー主任警部と一緒にここへ来たじゃない？　どうしてタヴァナー主任警部と一緒だったの？」

「あの人はぼくの友だちなのさ」

「そう？　あたし、あの人好きじゃないわ。あたし、なにも言ってやらないつもりよ」

「どんなことをさ？」

「あたしが知っていること。たくさん知っているんだから。いろんなこと知るの、あたし大好き」

彼女は椅子の腕木のところへ坐りこむと、詮索好きな探るような眼つきで、私の顔をじろじろと見つづけている。私はまったくいやになってしまった。

「おじいさまは殺されたのよ、知ってる？」

「ああ」と私。「知っているよ」

「毒殺されたのよ。エゼリンでね」彼女はその言葉をひとつひとつ区切るように発音してみせた。「すごいじゃない、え？」

「そうだね」

「ユースティスとあたしは興味津々なの。あたしたち、探偵小説が大好き。あたし、探偵になりたいなって、しょっちゅう思っていたの。で、いまじゃ、ちゃんとした探偵よ。だから、あたし、手がかりを集めているとこなの」

彼女はきっと残忍な子供にちがいない。

彼女は話をもう一度むしかえした。

「タヴァナー主任警部と一緒に来たあの男の人も刑事でしょ？　小説には、私服の刑事かどうかをブーツで見わけられると書いてあるけど、あの刑事はスエードの靴をはいているのね」

「昔としきたりが変わったのさ」と私は言った。

ジョセフィンは、この言葉を自分の都合のいいようにとって、

「そうね、この家だってきっと変わってくるわ。あたし、そう思ってる。あたしたち、きっとロンドンのテムズ河のほとりに引越すことになるわ。お母さま、ずいぶん長いこ

と、そうしたいと思ってたのよ。そうなったら、お母さま、とってもよろこぶわ。お父さまだって、本さえもって行けるのならきっとなんとも思やしないわ。お父さま、まえだったらそんなことできやしなかったわ。《ジェゼベル》にすごくお金をつぎこんだんですもの」

「《ジェゼベル》（旧約聖書、列王記にある、イスラエル王アハブの放埒な妃）にだって？」と私はいぶかしがった。

「そうよ、あなた、観なかったの」

「ああ、芝居かい？　観なかったね、ぼくは外国にいたから」

「ロング・ランにはとてもならなかったの。それがたいへんな不入り。あたし、お母さまってジェゼベルを演《や》るタイプじゃないと思うの、どう？」

私はマグダの姿をもう一度思い浮かべてみた。桃色のネグリジェを着ても、仕立服を着ても、彼女はとてもジェゼベルって感じにはならない。だが、私のまだ知らないマグダの別の姿があるのだろうと、私は強《し》いて信じてみることにした。

「ま、そうじゃないだろうね」と私は注意深く答えた。

「おじいさまは、たいへんな不入りだろうってしょっちゅう言ってたわ。あんな時代もの宗教劇になんて、びた一文だって出す気にはならん、大入りになりっこないって。でも、お母さま、とても張りきっていたわ。あたしだってあのお芝居、好きじゃなかった。聖書のお話と全然ちがうの。だって、聖書の中に書いてあるみたいな悪い女に、ジェゼベルがならないんですもの。彼女は愛国的で、とってもすてきな女になってるのよ。だいたい、それがだめにしちゃったんだわ。それに、おしまいがうまくできすぎてるわ。みんなが窓からジェゼベルを放りだしちまうの。でも、犬も来なけりゃ食べもしないのよ。そんなの、つまらないわ。そうじゃなくて？　あたしは、犬がジェゼベルを食べるところが好きなのよ。お母さま、舞台で芝居のできる犬がいないからって言うんだけど、どうしてかしら。お芝居のできる犬ぐらい、いるわよね」彼女はうれしそうに引用して、「〝犬は女の両の掌を残し、すべてを食らいぬ〟どうして犬は掌を食べなかったんでしょう？」

「べつになぜって、わからないな」と私。

「まさか、あの犬がとくに変わっていたとは思わないでしょう。あたしたちの知ってる犬だったら、なんだって食べちゃうわよ」

ジョセフィンは、ほんのしばらくというもの、この聖書の不思議について考えこんでしまった。

「その芝居が不入りだったのは、残念だったね」

「お母さま、すっかり取り乱しちゃって。劇評は、そりゃもうひどいものだったの。それを読んだとき、まる一日中泣いたりわめいたりしていたわ、そして朝食のお盆をグラディスにぶっつけたのよ。それでグラディスは暇をとっちゃったの。おかしかったわ」

「どうやら、きみもドラマが好きらしいね」と私。

「おじいさまの検死解剖があったのよ。死因を調べるためにね。あの人たちP・Mと言ってたけど、あたし、なんだかわからなくなっちゃった。だってP・Mは総理大臣《プライム・ミニスター》の略だし、〝午後〟の略でもあるし」と思いあまった調子で彼女はつけ加えた。

「おじいさんが死んで、きみはかなしかったかい？」

「べつに。あたし、そんなに好きじゃなかったもの。だって、あたしのバレエのレッスンをやめさせたんですもの」

「バレエがならいたかったの？」

「そうよ。お母さまだって、ならいなさいってあたしに言ってたのよ。お父さまはどうでもいいって言ってたけど、おじいさまがだめだって言ったの」

彼女は椅子の腕木からすべりおりると、靴をパッとぬぎすててポイント――バレエではそう言うんだろうが――ポイントの形をとろうとしてみせた。

「むろんバレエの靴でなきゃだめよ」と彼女は説明して、「それをはいてても、ときどきつまさきにとっても痛い腫れものができるのよ」彼女はまた靴をはくと、なにげない調子で言った。

「この家、好き？」

「さあ、どうかな」

「この家、きっと売ることになると思うわ。ブレンダが住む気にならなかったらね。そしてロジャー伯父さんとクレメンシイ伯母さんは、いまになっちゃ、もう出て行きたがらないと思うの」

「あの人たちは、出たがっていたのかい？」かすかな興味がわきおこるのを私は覚えた。

「そうよ、火曜日に出て行くはずだったのよ。どこか外国よ。飛行機で行くつもりだったの。クレメンシイ伯母さんは、新しいとても軽いスーツケースを買ってきたの」

「ぼくは、あの人たちが外国へ行こうとしてたなんて初耳だよ」

「そうでしょ、だれも知りゃしないわ。秘密なんですもの。伯父さまたちは行ってしまうまで、だれにも言おうとしなかったの。おじいさまにだけ、ちょっと書き置きをして行こうと思ってたのよ」

彼女はつづけて、

「針さしには書き置きをさして行かなかったでしょうよ。そんなの、ずいぶん大時代の本にしかないわね。奥さんが旦那さまに別れるときにそうするんですって。でもいまじゃ、だれも針さしなんか持ってないんだから通用しないわね」

「むろん、あの人たちはそんなことはしないよ。ジョセフィン、なぜロジャー伯父さんが行ってしまおうとしたか、きみはそのわけを知っているのかい」

彼女はずるがしこく横目でチロリと私を見た。

「まあ、知っていると思うわ。ロンドンのロジャー伯父さんの事務所でなんかあったのよ。はっきりしないけど、伯父さん、なにか使いこんだらしいの」

「どうして、そう思ったんだい？」

ジョセフィンは、私に近づいてくると、重々しげにささやいた。

「おじいさまが毒殺された日に、ロジャー伯父さん、ずいぶん長いこと、おじいさまと部屋に閉じこもり切りだったわ。ずっとお話ししてたのよ。ロジャー伯父さんは、もう駄目だって言ってたわ、そしておじいさまの信頼を裏切ってしまったって――そんなにたくさんのお金じゃないけど――信用をすっかりなくしちゃったんですって。伯父さん、とても困った立場に追い込まれていたのね」

私はジョセフィンを複雑な気持ちで眺めた。

「ジョセフィン、立ち聞きするのはよくないことだって、きみは教わらなかったのかい？」

ジョセフィンははっきりうなずいて、

「むろん、教わったわよ。でも、なにか手がかりをつかもうとするときは、立ち聞きだってしなくちゃならないわ。きっと、タヴァナー主任警部だってやってるわよ。そうじゃない？」

私も、その点を考えてみた。ジョセフィンは熱心につづけて、

「どっちみち、警部がしなくったってもうひとりの人がするわ。スエードの靴をはいた人よ。あの人たちはみんな、机の中をのぞいてみたり、手紙を読んだりするのよ。そして、みんなの秘密を見つけ出すんだわ。だけど、あの人たちはおばかさんよ！　宝の山がわからないんですもの」

ジョセフィンは冷ややかな優越感を示しながら喋った。この私にしたって、推理できないという点じゃ、おばかさんだということになる。この気にくわない女の子はなおもつづけて言った。

「ユースティスとあたしはいろんなこと知ってんのよ――でもユースティスよりあたしのほうがたくさん知ってるわ。あたし、兄さんには教えてやらないの。兄さんったら、女は絶対にえらい探偵になれないなんて言うんですもの。でもあたし、女だってなれると思うわ。あたし、ノートに全部書きとめてあるの。それで、お巡りさんがすっかり手

をあげてしまったら、お巡りさんのまえで、あたし言ってやる。『だれがやったか教えてあげるわ』って」

「探偵小説をたくさん読んだのかい、ジョセフィン？」

「とってもたくさん」

「きみは、おじいさんを殺したのはだれだか知っていると思ってるんだね？」

「ええ、そうよ――でも、もう少し手がかりを集めなくちゃね」彼女はちょっと黙ってから、つけ加えた。「タヴァナー主任警部さんは、ブレンダがやったと思ってるんでしょ、違う？　それとも、ブレンダとローレンスがお互いに好きだからって理由で、共謀してやったと思ってるんだわ」

「そんなこと言うものじゃないよ、ジョセフィン」

「どうして？　あの人たちはお互いに好きなのよ」

「そう決められやしないよ」

「いいえ、決められるわ。あの人たち、お互いに書いているのよ、ラヴ・レターを」

「ジョセフィン！　どうしてそんなことまで知ってるの」

「だって、あたし、読んだんですもの。いやんなっちゃうくらい、あまったるい手紙。でも、ローレンスのほうがずっとウエット。戦争をするなんて思いもよらない弱虫。あの人、地下室へ入りこんでボイラーをたいてたのよ。ロケット爆弾がこのへんに飛んでくると、いつも真っ青になってたわ。それで、あたしとユースティスはおなかをかかえて笑っちゃったの」

もう、なんと言えばいいのか、私にはわからなかった。そのとき、一台の車が外にとまった。たちまち、ジョセフィンは窓のところへとんで行って、ししっ鼻をガラスにおしつけた。

「だれだい？」

「ゲイツキルさんだわ。おじいさまの弁護士よ。きっと遺言書を持ってきたんだと思うわ」

興奮して息をはずませながら、彼女は部屋をとび出して行った。疑いもなく、彼女の探偵活動が再開したのにちがいない。

マグダ・レオニデスが部屋に入って来た。驚いたことには、彼女は私のほうへやってくると、そっと私の手をにぎった。

「ねえ、あなた、あなたがまだここにいらしてほんとによかったわ。ひどく困っているときは、男の人ってほんとにありがたいものよ」

彼女は私の手をはなすと、背もたれの高い椅子のところへ行き、すこしその位置をかえると、鏡の中の自分をちょっとみやり、それからちいさなエナメル塗りの箱をテーブルからとり上げて、それを開けたりしめたりしながら、じっと考えこむ風情で立ちつくした。

その姿は、まったく申し分のないポーズだった。

ソフィアがドアから首だけ出して、警告するような小さな声で言った。「ゲイツキルよ！」

「わかっているわ」とマグダがそれに答えた。

しばらくすると、ソフィアが年輩の小柄な男をともなって、部屋に入ってきた。マグダはエナメルの箱をおくと、彼のほうへ歩みよっていった。

「おはようございます、フィリップ夫人。わたしはこれから二階へ行こうと思ったのですが、遺言書についてちょっと誤解されている向きがありますのでね。あなたのご主人が、遺言書はわたしの管理下にあると思っておられる旨、お手紙をよこされたのです。わたしは、その遺言書はレオニデス氏の金庫にあると、氏からうけたまわっていたのです。それについて、あなたがなにかご存じだろうと思いましてね」

「おじいちゃんの遺言書ですって？」マグダは驚きの眼をみはって、「いいえ、むろん、あたくし存じませんわ。あの二階のいやらしい女がそれを破ってしまったんじゃございません？」

「フィリップ夫人」彼は、説きさとすかのように指で夫人を制して、「無謀な臆測はお止めになってください。お父上がどこにそれをおしまいになったかを、わたしは訊いてみただけです」

「でも父はあなたにお送りしましたわ。ええ、たしかに。署名をするとすぐにですわ。そうしたって、あたくしたちには言っておりましたけど」

「警官はレオニデス氏の私用書類を見たはずですな」とゲイツキル氏は言って、「ひとつ、タヴァナー主任警部と話してみましょう」

弁護士は部屋から出て行った。

「ねえ、おまえ」とマグダが叫んだ。「あの女《ひと》が破ったんだよ、きっとそうだ」

「ナンセンスよ、お母さま、彼女がそんなばかな真似をするはずないわ」

「ばかな真似とはかぎらないさ。遺言書がなければ、みんな自分のものになるんだからね」

「しっ――ゲイツキルがもどってきたわ」

弁護士は部屋に引き返してきた。タヴァナー主任警部も一緒だった。そしてタヴァナーのあとに、フィリップが入ってきた。

「わたしはレオニデス氏からこう聞いているんですが」とゲイッキルは話しはじめた。「安全を期すために、遺言書は銀行に保管してある、とね」

タヴァナーは首を振った。

「わたしは銀行と連絡をとっているんですが、レオニデス氏関係の私的な書類は、彼のために保管しているある種の証書のほかは、なにも預っていないということですよ」

フィリップが口をひらいた。

「ひょっとしたらロジャーか——エディス伯母さんが——どうだね、ソフィア、おまえ、こちらへ来てもらうように言ってくれないか」

しかし、この秘密会議に伯母と一緒に呼びだされたロジャー・レオニデスは、それについてはなんの役にも立たなかった。

「そいつはおかしい、いやまったくおかしい」と彼は切口上で言って、「父は遺言書に署名すると、あくる日、ゲイッキル氏宛に送ったとはっきり言ったんですからね」

「わたしの記憶にあやまりがなければ——」とゲイッキルはうしろによりかかりながら、なかば眼を閉じて、「あれはたしか去年の十一月二十四日のことでした。わたしはレオニデス氏の指示にもとづいて作成した草案を発送したのです。氏はその草案を承認されて、わたしのもとへ送り返してまいりました。しばらくしてから、署名していただくために氏のところへ遺言書を送ったのです。一週間ほどして、署名宣誓の正式にすんだ遺言書をまだ受けとっていないことに、ふと気づきまして、なにか変更したい点があるのかと氏に問い合わせたのです。その返事によりますと、それはまったく申し分ない、それから遺言書は署名をしたあとで氏の銀行に送ったと、こうなのです」

「そのとおりですとも」ロジャーは力をこめて言って、「昨年の十一月末のことですよ――ね、覚えているだろう、フィリップ?――ある晩、父はぼくたちを集めて、遺言書を読んできかせたのです」

タヴァナーはフィリップ・レオニデスの方を向いて、

「それは、あなたの記憶のとおりですね、レオニデスさん」

「そうです」とフィリップ。

「まるで『ヴォイジイ家の遺産相続』みたいだったわ」とマグダが口を出して、たのしそうにほっと吐息をもらした。「あたくし、いつも遺言書については、とてもドラマチックなものがあると思っておりますの」

「ソフィアさんは?」

「ええ、あたし、はっきり覚えてます」とソフィア。

「で、その遺言書の条項は?」とタヴァナーがたずねる。

ゲイッキル氏が彼流の几帳面な態度で答えようとすると、ロジャー・レオニデスが一足先に答えた。

「とても簡単な遺言書でしたよ。エレクトラとジョイスが死んだので、その財産贈与の分は父に帰した。ジョイスの息子ウイリアムはビルマ戦線で戦死し、彼の持っていた金は、彼の父に遺されたのです。そこでフィリップとぼくとフィリップの子供たちだけが血縁者として残りました。父はこう説明したのです。エディス伯母さんに手どりで五万ポンド、ブレンダに手どりで十万ポンドを遺すこととし、この家か、またはロンドンの適当な家屋を購入して、そのうち好きなほうをブレンダに遺すこと。遺産の残りはすべて三等分して、三分の一はぼくに、つぎの三分の一はフィリップに、そして残りの三分の一はソフィアとユースティスとジョセフィンに分けること。ユースティスとジョセフィンの分は、二人が成人するまで信託されること。これでいいと思いますが、そうでしたね、ゲイッキルさん？」

「おおまかに言って――わたしが作成いたしました条項は、まあそんなものでした」ゲイッキル氏は自分自身で答えられなかったので、いくぶん渋い顔をしながらもそれに同意した。

「父がぼくたちに読んでくれたのですよ。なにか、これといった意見があるかと訊かれましたがね、むろん、ありませんでしたよ」とロジャー。

「ブレンダが意見を申し立てましたわ」とデ・ハヴィランドが口を出した。

「そうよ」マグダが力をこめて、それに応じた。「あの女《ひと》の言うことには、大切な大切なアリスタイドが死ぬときのことなんか話すのはたえられないって、こうでしたよ。『ぞっとする』そう言いましたわ。そして、主人が死んでしまったら、そんなおそろしいお金なんてビタ一文ほしくないって！」

「それはね」ミス・デ・ハヴィランドが口を出した。「おきまりの台詞ですよ。あの女《ひと》たちの階級の言いそうな」

その言葉の調子には、残忍で人の心にチクッと突きさするような悪意がこもっていた。エディス・デ・ハヴィランドがどんなにブレンダを嫌っているのか、それが不意に私にわかったのだ。

「まことに公平かつ合理的な財産分配でした」とゲイツキル氏が言った。

「で、遺言書の朗読がすんでからは、どうだったのです?」とタヴァナー警部がたずねた。

「朗読が終わると、父が署名したのです」とロジャーが答えた。

タヴァナーはまえに乗りだすようにして、

「いったい、どういうふうにして署名したんです?」

ロジャーは、自分の妻のほうをなにか訴えるような眼つきで振り向いた。クレメンシイは、その視線に答えるように喋りだした。家族たちは、それを満足げな表情で見守っている。

「どういうふうだったか、正確にお知りになりたいんですのね?」

「ええ、できましたら、ロジャー夫人?」

「義父《ちち》は、自分の机の上に遺言書を置いて、わたくしたちの一人に――ロジャーだったと思いますわ――ベルを鳴らしてくれるように頼みました。ロジャーは言われたとおりにしました。ベルにこたえてジョンスンがまいりますと、義父《ちち》はメイドのジャネット・ウールマーを呼んでくるように申しつけましたわ。二人がそろいますと、義父《ちち》は遺言書に署名をし、二人に、自分の署名の下にそれぞれの名前をサインするように依頼したのです」

「まことに正しい処置です」とゲイツキル氏が言葉をはさんで、「遺言書は、同時同所において自身の署名をなし得る二人の証人立会いのもとに、遺言者によって署名されなければなりません」

「で、それから?」とタヴァナーがうながした。

「義父《ちち》が二人にお礼を言いますと、二人は部屋から出て行きました。義父《ちち》は遺言書をとり上げ、それを細長い封筒に入れてから、翌日ゲイツキル氏に送るつもりだと申しました」

「みなさん、そのとおりですね？」タヴァナーはまわりを見まわしながら言った。「いまのお話が、そのときの正確な説明なんですな？」

そのとおりだという呟きが、あたりでささやかれた。

「その遺言書は机の上にあった。そうですね。では、あなたがたと机との距離はどのくらいありました？」

「そう近くはございませんわ。二メートルぐらいかしら、一番近いところで」

「レオニデス氏が遺言書を朗読したときは、彼自身も机に向かって坐っていたのですか」

「そうです」

「遺言書を読んで署名をするまえに、レオニデス氏は立ち上がったり机からはなれたりしましたか」

「いいえ」

「使用人たちは、署名をするときに、遺言書の中味を読むことができたでしょうか」

したもの」

「できませんわ」とクレメンシイが答えて、「義父《ちち》は書類の上に紙を一枚置いておりました」

「当然のことです」とフィリップが口を出して、「遺言書の内容は、使用人に関係のないことですからな」

「なるほど」とタヴァナーが言って、「すくなくとも――いや、どうもわからん」すばやい動作で、警部は細長い封筒をとり出すと、弁護士のほうにからだを乗り出して、それを手渡した。

「これをごらんになってください」と彼は言った。「いったいこれはなんですか」

ゲイツキル氏は、封筒からおりたたんである書類をとり出した。彼は手のうちで、それをうち返しうち返ししながら、ありありと驚きの色を浮かべてじっと見つめた。

「これはこれは、驚きましたな。いや、まったくわけがわからん。おさしつかえなければお教えねがいたい、いったいこれはどこにあったのです？」

「レオニデス氏のほかの書類と一緒に、ちゃんと金庫に保管されてありましたよ」

「それはなんです？　いったい、なにを騒いでいるんですか」とロジャーがたずねた。

「これは、あなたのお父上に署名していただくために、わたしが作成した遺言書ですよ、ロジャーさん――しかし――その――いまのあなたのお話をうかがってみると、わたしにはさっぱりわからないですな――これには署名がないのです」

「なんですって？　はは あ、それは、きっと草案かなにかじゃないですか？」

「いいえ」と弁護士は言って、「レオニデス氏は草案をわたしに送り返してきています。そこでわたしは遺言書を作成した――この遺言書は」彼は指でそれをたたいてみせてから、「氏のところへ署名をいただくために出したものです。あなたの言われたところによれば、氏はあなたがた全員の眼の前で、この遺言書に署名をしたと言う――しかも、二人の証人がそれぞれ自分のサインをしたと言うじゃないですか――それなのに、この遺言書には署名がないのです」

「しかし、そんなことはありえないことです！」フィリップ・レオニデスが叫んだ。それは、私がいままで聞いたことがないようないきいきとした声だった。

タヴァナーがたずねた。「お父さんの視力はどんなものです？」

「父は緑内障で苦しんでいました。ですから、いつも度の強い眼鏡をかけていましたよ。むろん、読むときだけですが」

「お父さんは、その晩も眼鏡をかけていましたか」

「かけていましたよ。署名がすむまで眼鏡をはなしませんでした。たしかにそうだったね？」

「ええ、そのとおりですわ」とクレメンシイが答えた。

「それで、遺言書に署名するまえにだれも机に近づかなかったと言うのは、みなさん、ほんとにたしかなんですか？」

「さあ。どうかしら」とマグダが眼を細めながら口を出した。「あのときの様子を、もう一度はっきり思い出せるかどうか」

「だれも机に近づかなかったわ」とソフィア。「それにおじいさまは、ずうっと机に坐っていたわ」

「机は、いまと同じところにあったんですね？　ドアや窓、カーテンなどの近くじゃなくて？」

「いまのところです」

「遺言書のすり替えがうまくできるものかどうかためしてみましょう」とタヴァナーが言って、「きっと、なんらかの形ですり替えが行なわれたのにちがいないのです。レオニデス氏は、てっきり自分が読んできかせた書類に署名しているものと思っていたのだ」

「署名を消すことはできませんか？」とロジャーが訊いた。

「だめですな、レオニデスさん。跡をのこさずにやるってことは無理ですよ。ほかに一つだけ可能性がある。それは、これがゲイッキル氏からレオニデス氏に送られた書類でもなければ、あなたがたの前で署名されたものでもないということです」

「お言葉を返すようですが」とゲイッキル氏が口をひらいて、「これがただ一つしかない遺言書であることは、わたし、誓って言えるのです。この紙にちいさなしみがある——いちばん上の左隅です——おかしな具合にひろがって、飛行機のように見えますな。あの時、わたしはそれに気づいておったのです」

この一家の人たちは、まるで狐につままれたような顔をして、お互いに見つめあっていた。

「いや、なんとも申し上げようがないほど奇妙なことですな」とゲイッキル氏が言って、「わたしの経験でも、先例のないことですよ」

「なにからなにまで不可能だ」とロジャー。「ぼくたちはみんないたんだ。そんなことが起こるわけがない」

ミス・デ・ハヴィランドが乾いた咳をした。

「起こってしまったものを、起こるわけがないなんて言ったって、どうにもなりゃしないじゃないかね」と言って、「いったい、これはどういうことになるのかね。それがわたしゃ知りたいんだがね」

ゲイツキル氏はたちまち慎重な弁護士にもどった。

「事態は、綿密に調査されなければなりませんな。むろん、この書類によって、以前のあらゆる遺言及び遺言書は無効になります。レオニデス氏がこの遺言書だとたしかに信じて署名していたところを見たという人がたくさんおります。じつにおもしろい。たしかにこれはちょっとした法的問題ですよ」

タヴァナーは時計をちらっと見た。

「昼食時にかかって失礼しました」

「ご一緒に食事はいかがです？」とフィリップが誘った。

「ありがとうございます。せっかくですが、わたしはスウィンリ・ディーンでグレイ博士に会う約束があるので失礼します」

フィリップは弁護士のほうへ向いて言った。

「ゲイツキルさん、あなたはいかがですか？」

「いや、ありがとう」

一同は立ち上がった。私はソフィアのそばにそうっとよっていった。

「ぼくは行こうか行くまいか？」自分でそう呟いてみたあとで、なんだかヴィクトリア朝風の歌の題にこんなのがあったように思えて苦笑してしまった。

「行ったほうがいいでしょう」とソフィアが答えたので、私はタヴァナーのあとを追ってそっと部屋を抜けだした。すると、ジョセフィンが、裏庭へと通じるラシャ張りの押し戸を前後に揺すって遊んでいるのを見かけた。彼女はなにかおもしろくてたまらないというような様子だった。

私の顔を見ると、「警察の人ってばかね」と言った。

ソフィアがその時、客間から出てきた。

「ジョセフィン、いままでなにをしていたの？」

「ばあやのお手伝い」

「うそ、ドアの外で聞いていたんでしょう？」

ジョセフィンは、イーッという顔をすると逃げていった。

「あの子にも困ったものだわ」とソフィアは呟いた。

11

I

私がロンドン警視庁の副総監室に入っていったときには、タヴァナー警部が問題の事件の報告をもう少しで終えようとしているところだった。

「結局のところですね」とタヴァナー警部は言った。「ずいぶん一所懸命に探ってみたのですが、なんの手がかりもないということです。第一、動機がわかりません。金に困っているものは一人もいないのです。まあ、夫人とあの青年に不利なことといえば、夫人がコーヒーを注いでやったときに、奴が色目を使ったことぐらいのことですよ」

「ちょっと、タヴァナー警部」と私は言った。「ぼくのほうがあなたより少しはましな説明ができますよ」

「あなたに？　チャールズさん、そりゃあどんなことですか？」

私は椅子に腰を下ろし、煙草に火をつけてからおもむろに話しだした。

「ロジャー・レオニデス夫妻は、こんどの火曜日に外国へ逃げだそうとしていたんです。それに、ロジャーと父親の老人は、ちょうど老人が殺された日に厄介な問題で会っていた事実があるんです。おまけに、老人のほうがなにか息子の非を指摘し、息子はそれを結局みとめているんですよ」

タヴァナーの顔が紅潮した。

「いったいそんな話をどこから聞きこんだんです？　使用人たちから手に入れたとしたら……」

「そんなところからじゃありませんよ。私立探偵からです」

「なんですって」

「とにかく、典型的な探偵小説の定石のとおり、私立探偵が警察の手ぬかりを全部さらってしまっているらしいですね。彼、彼女、いや、あの子といったほうがいいかな、その子はまだ言わないけど、このほかにいろいろわかっていることがあるようですよ」

タヴァナーはひらきかけた口を閉じた。聞きたいことが山ほどあって、なにからはじめていいか困っている様子だった。

やがて、「ロジャーか、ロジャーがホシだったのか……」と唸るように言った。

私は打ち明けてしまってから、なにかがっかりしたような気分におそわれた。私はロジャーが好きだった。あの居心地のいい、親しみ深い彼の部屋、そしてあの男の人間的な魅力を思い出すと、そんなロジャーを警察の手で追求させることはいやな気がした。ジョセフィンの情報を信用しなければそれでいいのだが、やっぱり頭から否定できないものがあった。

「あの子が言ったのか……」とタヴァナーは呟いた。「あの子はあの一家の内部のことならなんでも知っているらしいですな」

「子供というものはそんなものだよ」と父は投げ出すように言った。

ジョセフィンがそっと教えてくれたとおり、もしロジャーがレストラン・チェーンの金をごまかして、それを父のレオニデス老人が発見したとしたら、老人の口を封じるために殺害し、事がばれないうちに外国へ逃げだすことは十分考え得ることだ。そうだとしたら、事件の説明は一変することになろう。ロジャーは容疑者として訴えられるにちがいない。

三人は、早速レストラン・チェーンの内情を調査する必要があるという意見に一致した。

「あのレストラン・チェーンが破産ということになったら大変なことだ」と父は言った。

「おそらく何百万という額に上るだろう」

「この話が事実だとすれば、事件の解釈がしごく簡単になりますな」とタヴァナーは言った。「老人がロジャーを呼んで詰問したところが、ロジャーはかぶとを脱いで白状する。たまたま夫人のブレンダは映画を見に出かけて留守だった。それで、ロジャーは悠悠と浴室の中でインシュリンの薬瓶を空け、かわりに濃いエゼリンの液を入れたのです。さもなければ、ロジャーの妻のクレメンシイの仕業にちがいありません。当日、彼女はもどってきてから、夫が忘れてきたパイプをとりに老人の住まいの方へ行っていますから、その際、ブレンダのいないのを幸いに、薬を入れて老人に注射したにちがいありません。彼女なら平然とやってのけますからね」

私はうなずいた。「そう、ぼくもクレメンシイが実際に手を下したと思いますよ。彼女はじつに冷静になんでもやってのける人間ですからね！　ロジャーでは毒薬を使うことなど考えつきそうもないな。インシュリンを変えることを思いつくなんていうのはいかにも女らしい手口ですよ」

「男の毒殺犯人だってたくさんいるぞ」と父は口を入れた。

「そりゃあそうですね」とタヴァナー警部は言ってから、ちょっとムキになって、「あたりまえですよ！」

「しかし、ロジャーはそういうタイプだとは思えませんね」

「プリチャード（妻と義母を殺した毒殺犯）だって人づきあいはいい男だったっていうからな」と父はいい例を持ちだした。

「まあ、似たようなものかな」

「レディー・マクベス風の喋り方。彼女の印象が強いのはそのせいだね？」父はタヴァナーが部屋を出ていったとき、私のほうを向いて言った。

私は、飾りけのない居間の窓のそばに立つ、あのほっそりとして優雅な女の姿を頭に描いた。

「はっきりとはしませんがね。とにかく、レディー・マクベスはひどく貪欲な女だったと思いますよ。しかし、クレメンシイはそうじゃないな。あの人は財を好むような女ではないようですよ」

「だが、夫の安全を計るためには夢中になって前後を忘れたかもしれないな」

「そりゃあそうです。そのために残忍なことをやったかもしれませんね」

〝いろいろな残忍さ〟ソフィアがそう言ってたっけ。

父はじっと私を見つめた。

「チャールズ、いったいおまえは何を考えているんだ」

私はそれには答えずに黙っていた。

Ⅱ

翌日、父から呼びだしがあったので出かけてみると、タヴァナー警部が父と一緒だった。

タヴァナーは興奮の色が隠せない様子だった。

「ロジャーのレストラン・チェーンはたちゆかなくなっているんだよ」と父が口を切った。

「破産寸前というところです」とタヴァナーがあとをつづけた。

「昨日の午後の相場はぐっと下がったようだけど、今朝になってまた持ちなおしたらしいですね」と私は言った。

「ともかく、十分警戒してかかる必要がありますな」とタヴァナー警部は言った。「直接尋問は避けたほうがいいです。うっかりすると、恐慌をきたしたり、逃亡しようとしている男に拍車をかけることにならんともかぎりませんからな。とにかく、わたしの聞きこんだところでは、あのレストラン・チェーンが破産一歩手前だということはほぼ確定的なようです。債務が処理しきれなくなったらしい。長年のあいだ経営が乱脈になっていたのが実状のようです」

「それはロジャーがやったわけだな？」

「そうです。彼がレストラン・チェーンを切りまわしていたんですからね」

「自分の懐に金を入れたわけだろう？」

「いや」とタヴァナーは言った。「どうもそうじゃなかったらしいのですよ。簡単に言うと、ロジャーは殺人犯人かもしれませんが、詐欺師ではないようです。まあ、いわば頭がないんですよ。判断というものがまるでできない人間なんです。今までにも、手控えるべきところを乗りだすかと思うと、進むべきところを尻ごみしてしまうんですからね。それに、信用なんかしてはいけないような人間を信用して委せたということもあったわけです。彼自身は正直な人間なんですが、悪い人間を信用したのが間違いのもとだったのです。そのためいつも大事な時にまちがってしまったのですね」

「そんな人間はよくいるものだ」と父は言った。「ほんとはばかではないのだが、人間を見る眼がないんだ。おまけに、とんでもないことに熱心になる。あぶないところがあるんだな」

「あんな男に、事業などやる資格はないですよ」とタヴァナーは言った。

「そりゃあそうだ。たまたまアリスタイド・レオニデスの息子だったから、ああいうポストにつけただけの話さ」と父は相槌をうった。

「あのレストラン・チェーンも、ロジャーに引きついだときはとても景気がよかったはずです。まるで金鉱を掘りあてた景気で、なにもしないでどんどん儲かって困っていたらしいですよ」

「いや、そうではないと思うね」父は首を横に振った。「事業が楽々といくわけはないよ。時に応じて決断を下す必要があったのにちがいない——たとえば人の採用とか解雇とか、その他いろいろな方針の決定をせまられたことがあったはずだ。ところが、ロジャーの決断はいつも間違っていたらしいな」

「そのとおりなんです」とタヴァナーは言った。「また一つには、結局人情にもろいんですよ。えらくたくさんのろくでもない社員を、ただ可愛いからとか永年勤めているからという理由で、首にしきれないで雇っていたんですね。そうかと思うと、ふいに思いついた案を実行に移して、その結果莫大な損失をまねくという有様なんですよ」

「だが、べつに犯罪は犯してはいないんだな」と父は念を押すように言った。

「そうです。犯罪行為はありませんがね」

「じゃあ、なぜ殺人なんか?」と私は口を入れた。

「あの男は悪人ではないが、ばかなんですよ」とタヴァナーが答えた。「しかし、どちらにしても結局同じことなんですよ。このレストラン・チェーンの危機を救うためには、莫大な金が、ええと……(手帳を見ながら) ぎりぎりのところこんどの水曜日までに必要なんですよ」

「それは、おやじの遺言によって遺産として受けとることになっている金額に匹敵するわけですか?」

「そうなんです」

「だが、遺産は貰えても現金では受けとれないはずでしょう」

「そうです。だが、信用を一応回復することができれば、それでいいわけです」

父はうなずいた。

「おやじに金を貸してくれるように頼めばもっと簡単にいったろうにな」と父は述べた。

「そうしたらしいですよ」とタヴァナーは言った。「あの女の子はその話を耳にしたと言ってました。おやじは、大事な金をそんなものには使えないと言って、にべなく断ったとみえますよ。言いそうなことですからね」

タヴァナーのこの考え方は正しいようだ、と私は思った。アリスタイド老人は、前からマグダの芝居に見切りをつけて、援助しようとはしていなかった。その予想は現実となっていた。老人は家族には寛大だったが、儲かりもしない事業に無駄な金を使うようなことはしなかったらしい。息子のレストラン・チェーンの借財は何十万ポンドという額に上ってしまったのだ。老人はこの金を出すことを拒んだから、ロジャーはその出どころを求めるためには、父を殺すよりほか道がなかったわけだ。

ロジャーには父親を殺す動機が十分あったことになる。

父は腕時計をちらっと見た。

「彼に出頭するよう言ってある。もう間もなく来るだろう」

「ロジャーにですか?」

「そうだ」

「『あたしの居間にいらっしゃいません』と蜘蛛は蝿に言いました、ですか?」と私は呟いた。

タヴァナーは、はっとしたように私を見た。

「手ぬかりなくやりますよ」

部屋の準備もすっかりできあがり、速記者もデスクについている。間もなくブザーが鳴って、ややしばらくして、ロジャー・レオニデスが部屋に入ってきた。

彼は真剣な顔つきをしていた。いささかぎごちなく——入口で椅子につまずいてしまった。私は、前に会った時と同じように、大きな人なつっこい犬を連想した。と同時に、インシュリンの瓶とエゼリンを入れかえたのは、このロジャーじゃない、と私は思った。ロジャーは手伝ったかもしれない。しかし、実際に手を下したとしたら、彼の妻のクレメンシイにちがいない。むろん、ロジャーはそれに関係はしたろうが……

ロジャーは勢いこんで言った。

「わたしにお会いになりたいんですって？　いったいなんです？　なにか新事実でも発見されたんですか。やあ、チャールズさん、しばらく。あなたもいてくださってうれしいですよ。しかし、お話ってなんです、アーサー卿？」

こんないい人間なんだがな……まったく人のいい男なんだ……しかし、殺人犯というものは、あんないい人間が、と思うような奴であることも少なくない。まるで、自分がユダになったような気持ちで、私はにこにこしながら挨拶を返した。

父は、職業上の冷静な態度で応対した。そして紋切型の言葉がよどみなく述べられる——あなたの陳述はすべて記録され……べつに強制はしない……弁護士を……

ロジャーは、執拗な質問に対してあくまでも否定しつづけた。

タヴァナー主任警部の顔には、冷笑するような表情が浮かんだ。彼の考えていることは私にもわかった――〝こいつらは、まったく自信たっぷりなんだな。金輪際足を出さん。まったく悪智恵のあるやつらだ〟

私は隅のほうに坐って耳をかたむけていた。

「レオニデスさん、あなたにここへおいでいただいたのは、新しい情報をお耳にいれるためではありません」と父は言った。「あなたに聞きたいことがある――前にお話しにならなかったことがあるはずですな」

ロジャーは困惑したような顔をした。

「話さなかったことって？　もう残らずお話ししてありますよ。残っていることはなにもありません」

「わたしには、そうは思えない。事件のあった日の午後、被害者と話をしたではないですか」

「そうです。わたしは父とお茶を飲みました。そのことはすでにお話ししたはずですよ」

「話をしたということだけは聞いたが、話の内容は聞いておりません」

「ただ……その、話しあっただけですよ」

「お話の内容は？」

「なに日常茶飯事のことですよ。家のことやソフィアのことなんかを——」

「レストラン・チェーンの話はでなかったのですか？」

この瞬間まで、私はジョセフィンがでっちあげたつくり話であればいいと願っていたが、その望みもはかなく消えた。

ロジャーの顔色が変わって、途端にはっきりと絶望の色が浮かんだ。

「ああ、どうしたらいいんだ！」そう言って、ロジャーは椅子にくずれるように坐ると、手で顔をおおった。

タヴァナーはみちたりた猫のような微笑を浮かべた。

「レオニデスさん、すべてを打ち明けて話さなかったことを認められましたな」

「どうしてわかったんです？　だれも知らないと思ってましたが——わかるはずはないんですがね」

「ちゃんとわかる方法があるのです」はりつめた沈黙の一瞬。「さあ、もう本当のことを話したほうがあなたの身のためですぞ」

「わかりました。お話ししましょう、なんでも訊いてください」

「あなたの経営しているレストラン・チェーンが潰れようとしているのは事実ですか？」

「ええ、もうどうにもならないところまでいっています。破産寸前なんです。ただ、おやじが知らずに死んでくれたらよかったと思うだけで。まったく慙愧《ざんき》にたえないことです……いや面目もありません」

「起訴されることになるかもしれませんな」

ロジャーが鋭く言った。

「それはちがいます。破産は破産でも堂々とした破産です。債権者には、私個人の財産まで投げだして、全額支払うことになっているのです。一番申し訳ないと思っていることは、父の信頼を裏切ってしまったことです。父はわたしを信用してくれていたのです。一番大きい、一番大事にしていた会社を委せてくれて、一度だって文句を言ったりやっていることに干渉したりしませんでした。わたしを頭から信用してくれていたのです。それでいながら、わたしは父を裏切る結果になったのです……」

副総監はきびしい口調で言った。

「あなたは起訴されることはないというのですか？　では、なぜあなたがた夫妻は、こっそりと外国へ旅立とうとくわだてていたんです？」

「それもご存じなんですか？」

「そうです」

「しかし、こういうことをわかってはいただけませんかね？」ロジャーは夢中になってからだを乗り出した。「おやじに本当のことは打ち明けられなかったのですよ。打ち明ければ金を無心することになりますし、それじゃ、まるで助けを乞うと同じことですからね。おやじはわたしをとても可愛いがってくれてましたから、もし頼めば助けてくれたかもしれません。しかし、わたしにはできない……私は事業をつづけていく気持ちがなかったのです。商売をつづければ、またまた失敗をくり返すのがオチですからな。わたしには父のような手腕がないのです。それはよくわかっていました。一度はやってみたのですが、その結果がよくなかったのです。ひどくみじめな有様になりましたよ――どんなにみじめだったかご想像もつかないと思いますがね。おやじの耳に入らないうちに早く失態を収拾しようとして焦りました。しかし、とうとう破産が避けられない状態にたち至ったのです。妻のクレメンシイは、この状態をよくわかってくれて、わたしの考えに同意してくれました。わたしたちは、だれにも一言も告げず出て行こうと思ったのです。そのあとですべてが明るみにでるようにと仕組みました。父にはすべてを告げる手紙を残し、自分の恥ずべき過失を許してくれるように頼むつもりでした。ご存じないかもしれませんが、父はわたしにはいつも非常によくしてくれていたのです。でも、この手紙を読んだ時にはすでに手遅れで、なんの助けの手をさしのべてもらうこともできないようになることを望んだのです。そして、父の助けなどかりずに、どこかで自力で簡素なつつましい生活を新たにはじめる。コーヒーや果物などを栽培して暮らす。そんなふうに考えました。妻には辛い生活かとも思ったのですが、それでいいと言ってくれたのです。いや、まったく見上げた女ですよ」

「なるほど」と父は冷たく言った。「ところで、なぜ心変わりがしたのです？」

「どういうことなんです？」

「あなたは、父親に金を出してくれと頼んだじゃありませんか」

ロジャーは父をじっと見つめた。

「いや、そんなことを頼んだおぼえはない」

「そうは言わせませんよ」

「あなたは間違ってとっておられるんだ。わたしが父のところへ出むいたのではなくて、父がわたしを呼んだんですよ。ロンドンでの噂を聞きつけたとみえましてね、よく知っていて、わたしに訊きただしたんですよ。わたしは眼の前が真っ暗になり……すべてを話してしまったのです。穴をあけた金高はたいしたものではありませんが、父の信頼を裏切ることになったことはなんといっても辛いことですと、わたしは言ったのです」

ロジャーは身を震わせるようにして、息を吸いこんだ。

「いいおやじでしたよ……どんなにわたしを可愛いがってくれたか、おわかりにならないでしょうな……怒ったことはないし、思いやりがあった。わたしはこう言ったんですよ、もう助けていただきたくないんです、そのほうが気が楽ですから、とね。わたしは計画どおり外国へ逃げたかったのです。しかし、父はわたしの会社を立ち直らせるために救いの手をさしのべてくれると言ってきかなかったんですよ」

タヴァナーは鋭く問いただした。

「すると、あなたのお父さんは経済的な援助をしようとしたわけですな」

「そうなんです。父はその場で株式仲買人に指図をする手紙を書いてくれました」

ロジャーは、相手の二人の顔に、信じられない、というような表情を見てとったらしく、むきになって言った。

「どうです？　ごらんになってください。その手紙はまだ持っていますよ。投函するはずでしたが、父の死のショックとごたごたですっかり忘れてしまって、ポケットに入れっぱなしになっていたのです」

ロジャーは、紙入れをとり出してごそごそ探していた。が、やがて見つけたらしく、切手をはったあかじみて薄汚れている封筒をとり出した。宛名は、グレイトレックス＆ハンベリイ商会となっていた。

「信用なされないようでしたら、どうかお読みになってください」

父は封を切って中の手紙をとり出した。タヴァナーは父の後ろからのぞきこんだ。その時は手紙を読めなかったが、わたしは後になって読んだ。それには、グレイトレックス＆ハンベリイ商会に、彼の持ち株の一部を現金化するよう指示してあり、レストラン・チェーンの件に関して指示することがあるから、次の日同会社の役員の一人を相談によこすように、と書いてあった。文面には判読しにくいところもあったが、言っていることはよくわかった。つまりレオニデス老人が、レストラン・チェーンの再建に手をかそうとしていることだけは、はっきりしていたのだ。

タヴァナーは言った。

「この手紙の預り証をお渡ししましょう」

ロジャーは預り証を手にすると立ち上がった。

「もういいですか？　これですべてはっきりしたでしょうね」

「お父さんからこの手紙を受けとって、そのあとあなたはどうされたんですか？」とタヴァナー。

「わたしは自分の部屋に急いでもどってきたのです。すると、ちょうど妻が入ってきたので、父の言ったことをみな話しました。父はまったく大した人物でした……それにひきかえ、このわたしときたら自分自身やっていることがわからなかったのですよ……」

「それで、お父さんが具合が悪くなられたのは、それからどのくらいたってからですか?」

「そうですな……三十分、いや一時間後です。ブレンダが驚いた様子であわててやってきて、父の様子が変だというのです。わたしは彼女と一緒に急いでかけつけたのです……このことは前にもお話ししたとおりです」

「そのまえに、あなたがお父さんに呼ばれていったときには、お父さんの部屋の隣りの浴室には入らなかったのですね?」

「入らなかったと思います。いや、ぜったいに入りませんとも……まさかわたしのことを……」

父は憤りを辛うじて抑えるようにして、立ち上がって握手をした。

「ありがとう。大変役に立ちました。しかし、もっとまえに話してくれてよかったことですな」

ロジャーは部屋を出ていった。

私は手紙を見ようとして、父のそばへ行った。

「偽造かもしれませんな」とタヴァナーは言った。

「そうかもしれん。しかし、必ずしもそうとも思わんな。まあ、これはそのまま受け取っておくとしよう。レオニデス老人は、息子を破産から救おうとしていたことはたしからしい。だから、老人が生きていたら、事業のほうは救われたろうにな。今では遺言書も見つからない。ロジャーが遺産をどのくらい貰えるかわからないしな。このままいけば破産はまぬがれないことになってしまったよ。そう考えると、ロジャー夫婦は老人を殺そうとしたはずもないような気がするな。それどころか、反対に……」

父は、言葉を切り、何か思いついたかのように最後の言葉をくり返した。「反対に……」

「何を考えておられるんですか？」タヴァナーは訊いた。

父はゆっくり言った。

「アリスタイド老人があと二十四時間生きていたら、ロジャーは助かったんだ。だが一時間もたたないうちに急に死んだんだな」

「ふむ」とタヴァナーは大きくうなずいた。「家の中の者でだれかロジャーを破産させようとしたものがあると思われるわけですな？　だれか経済的に利害が反する人ですか？　いそうもありませんな」

「遺言書は結局どうなっているんだ。財産を実際に貰うのはだれなんだ？」と父は訊いた。

タヴァナーはいらだたしげにうめき声をあげた。

「弁護士なんていうものは面倒なものでしてね。すぐには結論が出ないんですよ。老人が二度目の妻と結婚した時に書いた前の遺言書があるんですがね。それによると夫人は新しい遺言書と同額をもらい、つぎに義姉のデ・ハヴィランドがやや少なく、その残りをフィリップとロジャーのあいだでわけるようにしてあります。死んだ時の遺言書がなければ、これが効力を発生すると思いますが、事はそう簡単にはいかないようです。新しい遺言書ができているという話もあるんですから、それが本当なら古い遺言書の効力がなくなりますな。その新しい遺言書に当人が署名したのを見たという証人もいるんですからね。その上〝遺言者の意志〟というものもありますからな。もし万一遺言書なしで死んだということになれば大変なことになりますよ。つまり未亡人は少なくとも一生困らないくらいもらえることになりますからね」

「そうすると、もし新しい遺言書が出てこなければ、後妻のブレンダが一番得をするわけだな」

「そうです。ですから、もしたくらみごとがあったとすれば、ブレンダのしわざですよ。しかし、それを調べるのはむずかしいことですな」

私自身にも全然見当がつかなかった。きっと、われわれはとんでもない角度から事件を見ているのではなかろうか、と思えてならなかった。

12

タヴァナーも出て行ってしまったあと、しばらく沈黙がつづいた。

やがて私のほうから切りだした。

「お父さん、殺人犯人って普通どんな人間なんです？」

私たち親子はお互いによく理解しあっているので、何か質問すると、父は私の心の中にあるものをきちんとくみ取ってくれる。父はまじめに答えてくれた。

「おまえはいいことを考えている。殺人犯人を身近に感じることが大切だよ。離れて見ていては駄目だ」

私はいままで、犯罪捜査部《CID》が扱ってきた大きな事件を、いま父が言ったように、まるでショウ・ウインドウの外から見るように、弥次馬のような気持ちで離れて見ていたのだ。しかし、こんどの事件についてはソフィアのほうが熱心なので、勢い私も、殺人事件というものの正体を見きわめるのに積極的になってきたわけだ。

「わたしには、おまえの訊きたいことにうまく答えられるかどうかわからないがね。なんなら、われわれのために仕事をしてくれている従順な精神病理学者を二人ばかり紹介してやってもいいが。月並なことしか言わんがね。タヴァナーだって相当突っこんで話してくれるよ。しかし、長年の経験から出たわたしの結論を聞きたいというなら別だがね」

「それを聞きたいのです」

父は机の上に指で小さな丸を描いた。

「殺人犯人というものはな……」父はかすかに暗い表情をただよわせた。「根っからい人間も少なくないんだよ」

私は驚いた顔をした。

「ほんとだよ。わたしやおまえや今出て行ったロジャーのように、ごくあたりまえの人間のこともまれじゃあない。殺人というのはな、素人の犯罪なんだ――もちろん、わたしの言っているのはおまえの考えているような殺人犯人のことで、ギャングのようなのではないがな。人のいいごくあたりまえの人間が、何かのはずみに出来心で殺人を犯すのはよくみる例だよ。追いつめられたというか……たとえば、金とか女とかを欲しいあまりに殺してとるというやつだ。そういう時には、普通の人間にあるブレーキがかからないわけだ。子供というものは欲望をそのまま実行にうつすものだ。たとえば、小猫が気に入らないからといって、『殺してやる』と言って金槌で頭を叩き、その上、生き返らないからといって、ひどく悲しむ。そうかと思うと、赤ん坊がうるさいとか遊びの邪魔をすると言って、乳母車から赤ん坊をとり出して、水に投げこんだりする。しかし、普通の人間は、そういうことをすれば罰を受けるということをまず知り、後にはだんだん、そういうことは間違ったことだということをはっきり会得してくるのだ。ところが、なかには道徳的に成長しない人間がいるんだよ。殺人はいけないことだと頭では知りながら、心から感じていない人間がね。だから、わたしの経験から言えば、殺人犯人というものは、心から悔いあらためることはない人間だと思うね。それが弟殺しのカインの特徴だよ。殺人犯人という奴は普通の人とは〝違う〟んだよ――殺人は悪いことだ――しかし彼らにとってはそうじゃない――人殺しは彼らにとって必要なことなんだ――犠牲者は〝そうされることを望んでいたのであって〟、殺人は〝避けられないことだ〟と考えているのだ」

「結局、レオニデス老人をずっと昔から憎んでいたものがあって、その人間のしわざだといわれるわけですね」

「単なる憎しみからか？　まあ、ありそうもないことだな」父は私の顔をじっと見た。

「おまえの言う憎しみというのは、嫌悪の情がつのったあまりのことをいうのだろう。嫉妬のあまりの憎しみというのはまた違う。そういう場合は、愛情の苦しみのあまり起こるものだ。たとえば、コンスタンス・ケントが、殺した弟を非常に可愛いがっていたことはだれしもみとめるところだ。ところが、彼女はその弟が自分より大事にされ、可愛いがられることをひどくねたんだわけだ。この例にもみられるように、憎んでいるものより愛するものを殺すことはよくある例だ。愛情の執着があるからこそ、その人間の存在が我慢ならなくなるということがよくあり得るものだからな。

ま、こんな話じゃ、あまりおまえの参考にならんな。おまえの知りたいことは、うわべはごく平凡で気のいいレオニデス家の家族の中から、だれが犯人であるか判断するためのよりどころなのだろうからね」

「そうなんです」

「これという尺度があるとは言えんな……」父はじっと考えこんだ。「もしあるとすれば、犯人のもっているみえだな」

「みえっていうと？」

「犯罪者には、一種のみえというものが必ずある。十中八、九まで、その動機には虚栄心が働いているんだ。罪を犯したあとでも、捕まるのが恐いくせに、空威張りしたり自慢したり、自分は捕まるようなばかではないとたかをくっていたりするのだ。それからもう一つ。犯人はお喋りだということだ」

「お喋り？」

「そうだ。犯行を犯したあとは、ひどく孤独な気分に襲われるものだ。それに、やったことをだれかに話したいのだが、そういうわけにはいかない。だからなおさら話したくてたまらなくなる。その結果、事件を他人事として、人と議論したり、意見を交換したりするようになる。もし、わたしがおまえの立場にいたら、そういう点をよく注意してみるね。事件のあった現場へ行って、家族のものと話してみるんだな。むろん、犯人を見つけ出すことは容易なことではないがな。家族たちは、おまえには一所懸命に喋るにちがいないよ。お互いのあいだでは喋れないことを第三者に話すわけだ。だが、そのなかにも、やっぱり違いがおのずからあるはずだ。なにか隠している人間というものは、思う存分喋れないものだ。だから、戦争中、諜報関係者は捕虜になったとき、名前と階級と認識番号のほかはなにも言わないように用心したものだ。嘘をつこうとすると失敗のもとだからな。偽りの情報を流そうとする者は、往々にして口をすべらすものだ。とにかく、家族のものたちと話して、口をすべらす人間がいないか、うっかり正体を暴露する人間がいないか、それを見てみるんだな」

私は父に、ソフィアから聞いた一家の残忍さ、家族それぞれの残忍さについて話した。父は感心したように言った。

「そう、ソフィアさんはいいところに目をつけている。どんな家族にも欠点がある——いわばよろいの破れ目のようなものがな。大抵の家には、なにか一つ遺伝している弱点がある。それが、おもしろいことに代々変わらないのだ。異なった欠点を二つ持ち合わせているということはない。デ・ハヴィランド家には、残忍さが代々遺伝し、レオニデス家は放埒なのがその持前のようだ。そして、両家ともそれぞれ他家の持っている欠点は持ち合わせてないわけだ。この両家の欠点をうけついだ人間を探せばいいわけだ。わたしの言うことがわかったかな？」

こんなことは今まであんまり考えてみなかったことだ。父は言葉をついだ。

「遺伝についてあまり言うと、おまえの頭をこんがらからせるからやめにしよう。まあ、あの家へ行っていろいろ話を聞いてみなさい。ソフィアさんはたしかにひとつの見方をもっている。おまえたちにとっては、事実が一番大事なんだ。わかったかな」

私が部屋を出ようとするときに、父はつけ加えた。

「あの子に気をつけてやりなさいよ」

「ジョセフィンのことですか？　ぼくがやろうとしていることをあの子にかぎつかれないようにしろということですね？」

「いや、そういうことじゃない。あの子に悪い結果を及ぼさないよう気をつけてやりなさい、ということだ」

私は父をじっと見た。

「なあ、チャールズ、あの家の中には冷血な殺人犯人がいるんだよ。それにあの子は事件の真相をおおよそ知っているらしいからな」

「あの子はロジャーのことについてはなんでも知っているらしいですよ——ただ、一足飛びに、ロジャーというのはみかけによらぬ人間だという考えをもってしまったらしいですがね。しかし、あの子が盗みぎいた話はなかなか的確ですよ」

「そうなんだ。子供の証言というものには、なかなか聞くべきところがあるんだ。わたしはよくそれをとり上げるよ。むろん法廷では駄目だがな。子供というものは尋問の形では駄目なんだ。そういう場合は、わけのわからないことを言ったり、ぼんやり黙って見つめていたりしたかと思うと、知らないと答えるのがおちだ。子供から聞きだそうと思ったら自分から進んでものを言わせるように引っぱりだしなさい。質問をする形にもっていかないで、向こうから喋らせなさい。そうすればきっといろいろと引きだせるよ。

あの子がなんにも知っていないと思っているようなふりをするんだな。そうすればきっとこっちの思うツボにはまるものだ」

父は最後にまたつけ加えた。

「だがな、あの子には気をつけてやりなさいよ。ひとりの人間の安全を脅かすようなことを、かなり知っている様子だからな」

13

私は、内心ちょっと後ろめたいものを感じながら、〝ねじれた家〟（自分勝手にそう呼んでいたが）のほうへ足を向けた。私は、これまでタヴァナー警部に、ジョセフィンがロジャーについて言ったことをくり返し話してはいたが、ブレンダとローレンス・ブラウンが恋文を交わしたという件については黙っていた。

この二人の関係については、それを証拠だてるものが何もないからつくりごとにちがいない、と自分で理屈づけていたのだ。しかしながら、実際には、ブレンダ・レオニデスに対してまたしても不利な条件を加えることが妙に気の毒でならなかったからだし、それに、白眼視する家族にかこまれた彼女の立場を思うと、いささか同情せずにはいられなかったからだ。万一そんな手紙があったら、タヴァナーやその部下が見つけ出すにちがいない。私は、ただでさえ疑われている立場にある女性に、さらに、自分の手であらたな疑いを及ぼすような目にあわせたくなかった。それに、ブレンダ自身が、ローレンスとは特別な関係ではないと言明していることも信じていいように思える。事実、すきあらばつかみだそうと鵜の目鷹の目で見ているジョセフィンなんかの言うことを、そのまま信じられるものかと思った。それに、ブレンダも、ジョセフィンなんて子はまともじゃないと言ってたじゃないか。

きっとそれがほんとだろう。私は、ジョセフィンの、ずるそうなクリクリッとした黒い瞳を思い出した。

私はソフィアに電話をして、これから家へ行ってもいいかと訊いてみた。

「どうぞいらっしゃって」

「その後どんなふうだい？」

「よくはわからないけれど。たいしたこともないようよ。警察の人はまだ家の中でうろうろしているけれど、いったい何を探しているのかしら」

「さあ知らないね」

「みんな、すっかり神経がたっていて困るわ。できるだけ早くいらっしゃってね。だれかと話でもしないと気が変になりそうだわ」

私はすぐ行くからと答えて、急いでレオニデス家までタクシーでかけつけた。着いてみると、玄関の入口が開いていた。ベルを鳴らそうか、そのまま入っていこうか、ちょっと迷って立っていた。

そのとき、私の背後にかすかな音が聞こえた。ふと振り返ると、イチイの生垣の隙間から、まるでおおきなリンゴでその顔を隠しているように見えるジョセフィンが立っていた。

私が振り向いたとたんに、顔は向こうをむいてしまった。

「やあ、ジョセフィン！　こんにちは」

彼女は私の挨拶に答えないで生垣の後ろに引っこんでしまった。私は道を横切って、そのあとにつづいた。彼女は金魚の池のそばのさびついてこわれかかったベンチに腰かけて、足を揺すりながらリンゴを食べていた。赤いリンゴの上に黒く光る陰気な目は、敵意に燃えているように思えた。

「ジョセフィン、また来たよ」

多少いくじのない切りだし方だった。彼女が黙ったままじっとまばたきもせずににらんでいるのに、いささか負けた形だったのだ。

しばらくの間、彼女は戦略的に意味を持つ沈黙を保っていた。

「そのリンゴおいしい？」

こんどはやっと一言答えた。

「ふけリンゴよ」

「そりゃ駄目だね。ふけたリンゴなんてまずくていやだね」

ジョセフィンはせせら笑うように言った。

「好きな人はいないわ」

「ほくが、こんにちはって挨拶したときに、なぜ口をきかなかったんだい?」

「なんにも言いたくなかったんだもの」

「どうして?」

ジョセフィンは、リンゴを口から離すとひらきなおった。

「あんたは警察に言いつけたでしょう?」

「ああ、きみの言うのは……」私は内心あっと思った。

「ロジャー伯父さんのことよ」

「だけどね、ジョセフィン、伯父さんのことなら大丈夫だよ。なんにも悪いことをしてないって、警察では知っているんだもの。お金をごまかしたりしてないことがよくわかっているんだよ」

ジョセフィンは苛立たしげな顔をした。

「なんてばかなんでしょう」

「ごめんよ」

「あたしはロジャー伯父さんのことなんか気にしているんじゃないわ。探偵でもしようという人が、警察なんかに告げ口するもんじゃないと思うわ。ぎりぎりになるまで黙っているもんよ」

「なるほど、それはほんとにすまなかったな」

「そうよ。あたしはあんたを信じていたのにね」

私はつづけてあやまった。ジョセフィンは少し機嫌をなおして、またリンゴをむしゃむしゃやりだした。

「だけどね、警察だってそのうちにはわかっちゃうだろうよ。ぼくたちのあいだだけで秘密にしておけるものじゃなさそうだよ」

「ロジャー伯父さんが破産しちゃうから？」

毎度のことながら、ジョセフィンはなんでもよく知っていた。

「そうらしいな」

「お父さまとお母さまと、ロジャー伯父さんとエディス伯母さんが、今晩そのことで相談することになっているの。エディス伯母さんはおじいさまからの遺産の分け前がもらえれば、お金を出すといっているけれど、お父さま、出さないと思うな。お父さまは、伯父さんの失敗を責めているし、それに、大事なお金を借金の穴うめなどに使えないと言っているの。お母さまもそうなの。お母さまは、そのお金をエディス・トムスン夫人の芝居に使いたいのよ。エディス・トムスン夫人の話知っていて？　あの人、自分の旦那さんが嫌いで、船員のバイウォーターズとかいう若い人を好きになったのよ。その人は、お芝居がハネてからちがった路を通って、旦那さんの背中を刺してしまったんだって」

私は、いつもながら、ジョセフィンがいろいろな話に通じ、しかもその知識がひどくたしかなのに驚いた。それに、人物の名前をはっきり言わないでも、要点をはずさない簡潔な説明をやってのける、その劇作の才能に感心した。

「すてきでしょ、でも、お芝居ではもっとごたごたさせるにちがいないわ。ジェゼベルみたいによ……ねえ、犬がどうしてジェゼベルの掌だけは食べなかったのか知りたいわ」ジョセフィンは溜め息をついた。

「ところで、ジョセフィン、きみは犯人がだれだかたしかなことを知っているって言ったね」

「それがどうしたの？」

「いったいだれなんだい？」

ジョセフィンはフン、といった顔つきをした。

「最後まで言わないのかい？　タヴァナー警部に絶対に言わないっていう約束をしても駄目かな？」

「あたしに、もう少し裏づけする材料があれば、それでもう完全よ。でもね……」リンゴのしんを金魚の池に投げこみながらつけ足した。

「でも駄目、話さない。あんたときたらワトスンと同じだもの」

こう切りこんできたので私は受けながした。

「まあいい、ぼくはワトスンかもしれないね。だけど、ワトスンだってデータは一応与えられたからね」

「データって？」

「事実のことさ。ところが、彼は与えられた事実から間違った結論を引きだしたんだよ。きみも、ぼくが間違った結論を引きだすのをみていたらおもしろいじゃないか」

一瞬、ジョセフィンは乗ってきたが、すぐにかぶりを振った。

「駄目。シャーロック・ホームズは好きじゃないわ。古くさいわよ。馬車でかけまわっているんですもの」

「あの手紙の話はどうなんだい」

「なんの手紙？」

「ローレンス・ブラウンとブレンダがやりとりした手紙のことさ」

「ああ、あれはつくり話よ」

「ほんとかい」

「あたしがつくったの。そういうことをよくやるのよ。おもしろいんですもの」

私はジョセフィンをにらんだ。彼女も負けずににらみ返した。

「ねえ、ジョセフィン、ぼくは大英博物館にいる、聖書にくわしい男を知っているんだ。なぜ、ジェゼベルの掌を犬が食べなかったか訊いてやったら、手紙のことを話してくれるかい？」

そう聞くと、ジョセフィンはひどく迷った様子だった。

どこかあまり遠くないところで、木の小枝がぽきんと折れる音がした。ジョセフィンはそっけなく言いきった。

「駄目よ」

私は負けをさとった。あとになって、父の忠告を思い出したがもう遅かった。

「まあいい。冗談だよ。ともかく、きみはほんとはなんにも知らないんだからね」

ジョセフィンの目がクルッと動いたが、危うく踏みとどまったらしかった。

私は立ち上がった。「ソフィアに会いに家に入らなくちゃ。一緒においでよ」

「あたしはここにいる」

「駄目だ、一緒においでよ」

私はぐいとひっぱった。彼女は驚いて抵抗しようとしたが、素直に従った。それはひとつには、私がやって来たことに対して、家族の人間がどんな反応を示すか、それを見ていたかったこともあったらしい。

どうして私が、そんなに熱心に彼女をひっぱっていきたかったかということは、その瞬間は自分ながらはっきりしなかったが、玄関を入っていく時にはっきりした。

それは、小枝が突然折れたせいだったのだ。

14

家の中に入ると、客間のほうから話し声が聞こえてきた。そっちへ行こうかと思ったがやめにして、廊下をずっと歩いていった。ふと、なにげなくラシャ張りのドアを開けた。中に入ってみると、その先の廊下は薄暗かった。ところが突然わきのドアが開いて、大きなあかあかとした台所が見えた。人影が入口に見えたが、それはでっぷりした老婆だった。老婆は真っ白なエプロンを豊かな腰にまいていた。私は一目見た瞬間救われたような気がした。やさしいばあやに会ったような感じがしたのだ。三十五歳の私は、まるで四つぐらいのちいさな子供になったように思えた。

いままでこの家に来て、彼女には会ったことがなかった。それなのに、こう呼びかけてくれた。

「チャールズさんじゃないですか？　台所にお入りになりません？　お茶を一杯差し上げとうございます」

台所は広々として気持ちがよかった。私は真ん中のテーブルの前に坐った。ばあやは、一杯の茶と甘いビスケットを二つ皿に載せて持ってきた。私は、子供部屋にいるような気がした。すっかり気分が安らかになり、暗い部屋の恐怖や未知のものに対する不安などなくなってしまったのだ。

「ソフィアさんはあなたがいらっしゃって、お喜びでしょうよ。なんだかすっかり興奮していらっしゃるようですからね」彼女はどうも感心しない、というようにつけ足した。「家中の方がまったく落ち着かないようでしてね」

私はふと後ろを振り向いた。

「ジョセフィンはどこへ行ったんだろう？　一緒に入ってきたんだが……」

ばあやは、ほんとにしようがないというように舌打ちした。

「入口の外で立ち聞きしたり、ちっぽけなノートを持ち歩いてときどき何か書きつけたりしてね……あの子はまったくしようがありませんよ。学校に行って、自分と同じ年ごろのお友だちと遊ぶといいんですけどね。エディスさんにそう言ったら同意なさったんですが、旦那さまは家にいるのが一番いいと思ってらしたんですよ」

「きっと可愛くてそばへおいておきたいんだろう」

「そうなんですよ。あのお方はどなたもお可愛がりになりましたからね」

私は、父親のフィリップがそんなに子供を愛していたとは知らなかったので、ちょっと驚いた顔をした。ばあやは顔をほんのりと赤らめて言った。

「旦那さまと申しましたのは、亡くなったレオニデスさまのことなんです」

私がそれに答えないうちに、ドアがさっと開いてソフィアが入ってきた。

「まあ、チャールズ！　ねえ、ばあや、チャールズが来てよかったわ」

「そうでしょうとも」

ばあやは食器類をかきあつめて流し場のほうへ持っていくと、後ろ手にドアを閉めた。

私は立ち上がって、ソフィアのところにかけよってしっかり抱きしめた。

「きみ、震えているんだね。どうしたんだい？」

「びっくりしちゃったの。恐くてしようがないのよ」

「ぼくの大事なきみをここから連れだせたらね……」

彼女はかすかに身を退いて、頭を振った。

「そんなこと、とても駄目よ。始末がつくまでは見届けなくっちゃ。だけど、いやでいやでたまらないんですもの。毎日、家の中で、顔をつきあわせて話したりしている人の中に、冷血で強欲な毒殺犯人がいるかと思うと、たまらなくなるわ……」

私はなんと答えていいかわからないで困った。ソフィアのような人には、いいかげんな慰めの言葉を言ったところでどうにもなるものじゃない。

「早くわかるといいけれど……」

「ほんとにいやになるね」

「だけど、永久にわからなかったらと思うとゾッとするわ」

そうなったら恐ろしいことにちがいないが、そういうこともあり得そうに思えてならなかった。

そんな想像をしながらも、一方では、ソフィアに会ったら訊こうと思っていたことがあるのを忘れてはいなかった。

「ねえ、ソフィア、この家の中でエゼリンの目薬のことを知っていた人はだれとだれ？つまり、おじいさんがその薬を用いていたこと、それが毒薬で、致死量はどのくらいかということ――この二つのことを知っている人は？」

「チャールズ、あなたのお考えになっていることはわかったわ。だけど、それはなんの役にも立たないの。そんなこと、だれだって知っているんですもの」

「漠然とは知っていても、はっきり知っている人は……」

「みんながはっきり知っているのよ。いつか、昼食のあとで、おじいさまのまわりにみんな集まってコーヒーを飲んでいた時のことなんだけど――おじいさまは家族をみんなまわりに集めるのがほんとに好きだったの——おじいさまの眼の具合が悪いので、ブレンダが目薬をさしたんだけど、そのとき、ジョセフィンがいつものくせを発揮して訊いたのよ。『どうして薬に、〝目薬——服用を禁ず〟って書いてあるの？　これ全部飲んだらどんなことになるの』すると、おじいさまは笑いながらこう言ったの。『ブレンダが、もし間違えてインシュリンの代わりに目薬を注射したら、わたしは大声をあげたっきり真っ青になって死んじゃうだろうよ。わたしの心臓はあんまり丈夫じゃないからな』ジョセフィンは、『へーッ』と言ったわ。おじいさまはつづけて、『だから、ブレンダは薬を間違えて注射しないよう気をつけなければいけないよ』ってね」ソフィアはここでちょっと言葉を切ってから言った。「これをみんなが聞いていたの。そうよ——家中みんなで聞いていたわけなのよ」

これでわかった。いままで、犯人は薬についての専門的な知識が少しはある人間にちがいないと思っていた。だが、事実は、被害者自身が加害者に簡便な殺害の手段を教えたようなものなのだ。

私は深い溜め息をついた。ソフィアは、私の考えていることを察したらしく、「恐ろしいことでしょう？」と言った。

「ねえ、ソフィア、きみの話を聞いて考えついたことがあるよ」私はゆっくりと言った。

「なあに？」

「きみの話から察すると、犯人はブレンダじゃないな。彼女ならその話のとおりのことができるから、警戒してそのやり方はしなかっただろうよ」

「それはわからないわ。あの人、黙ってなんにも言いませんものね」

「それほど寡黙な女じゃないよ。とにかく、ブレンダじゃないように思えるな」

ソフィアは私のそばから離れた。

「あなたは、ブレンダが犯人であってもらいたくないんでしょ？」

そう訊かれて、なんと答えていいかわからなくなって、「いや、ブレンダならいいと思っているがね」と答えた。

私は、ほかの家族が全部ブレンダを憎んでいるために、ひとりで闘っている彼女に同情するところが多分にあった。弱いものに味方する騎士道の精神があったのだ。私は豪華な喪服に身をつつみ、ソファに坐っていたブレンダが、声に絶望を含み、目に恐怖の色を浮かべていたのを思い出していた。

ばあやがおりよく食器洗い場からもどってきたので、思わずホッとした。彼女が、二人のあいだの感情のゆきちがいを感じたかどうかはわからない。

「事件のことなんか、とやかく言うのはおやめになったほうがいいですよ。そんなことは警察にまかせておきなさいませな。だいたい警察のやる仕事ですもの」といかにも感心しないというように言った。

「まあ、ばあや、この家の中に犯人がいることがわからないの？」

「とんでもない。あなたは何をおっしゃるんです。玄関はいつだって開いているんですし、部屋のドアだってみんな鍵が開いているんですから、泥棒だって入ろうとすれば入れますものね」

「泥棒なんてことはないわ、なんにも盗まれていないんですもの。それに、泥棒が入って人に毒薬を注射することもないでしょう」

「お嬢さま、わたしは間違いなく泥棒だとは言いませんでしたよ。ただ、ドアが皆開いているんだから、だれだって入れると言っただけなんですよ。泥棒でなければ、共産主義者かもしれませんね」と言ってばあやは満足げにうなずいた。

「いったい、共産主義者がなんの理由でおじいさまを殺したんでしょう？」

「人の話では、ああいうやからは突拍子もないことをするそうですからね。でも、もしそうでないとすれば旧教徒よ。旧教徒ときたら、バビロンの緋色の淫婦みたいに俗化してますからね」

ばあやは言いたいことだけ言ってしまうと、また洗い場のほうへ行ってしまった。

ソフィアと私は顔を見合わせて笑った。

「まったく勝手な新教徒だよ」

「ほんとね。さあ、客間へ行きましょうよ。なにか家族会議みたいなものがはじまっているらしいわ。今晩あるはずだったんですけど、早くなったらしいのよ」

「ぼくはお邪魔しないほうがいいだろう」

「でも、あたしと結婚してくださる気なら、家族のこういう重大な集まりのある時に見ておく必要があるわ」

「なんのことを相談するんだい？」

「ロジャー伯父さんのことよ。あなたは伯父さんを疑っていらっしゃるようですけど、ロジャー伯父さんがおじいさまを殺したとは絶対に考えられないわ。伯父さんは、おじいさまを尊敬していたんですものね」

「ぼくだってロジャーがそうだと思っていないよ。もしかしたら、クレメンシイかもしれないとは思っているがね」

「それはあたしがあなたに言ったからじゃない？　その考え方は間違っていると思うわ。クレメンシイは、夫が財産をみんななくしても、ちっとも気にかけない人よ。むしろ喜ぶかもしれないわ。あの人は物を持たないことに妙にあこがれている人ですもの。さあ、とにかく行きましょうよ」

ソフィアと私が客間に入ると、話がピタッとやんで、皆がいっせいにこちらを見た。

彼らがひとりのこらずそこに集まっていた。フィリップは窓のそばにおかれた、深紅色の錦織りの大きな肘掛椅子に腰を下ろし、端正な顔に冷たいけわしい表情を浮かべていた。彼は、これから宣告を下そうとする裁判官のように見えた。ロジャーは暖炉のそばの丸椅子にまたがって坐り、髪の毛を上のほうに一所懸命かきあげていた。左脚のズボンはくちゃくちゃになり、ネクタイは歪んでいた。顔には興奮している色がありありと浮かび、なにか言おうといきりたっているふうだった。妻のクレメンシイは夫の隣りに坐っていたが、大きなふんわりとした椅子の中で、ほっそりとしたからだがなおやせて見えた。彼女はまわりにいる人たちのほうを見ないで、ぼんやりと壁の羽目板を眺めていた。エディスはおじいさんの椅子に腰かけ、正しい姿勢で、唇を堅く結んだまま夢中で編み物をしていた。その部屋の中でいちばん美しい眺めは、マグダとユースティスの親子だった。二人はソファに並んで腰かけていたが、ゲインスボロの肖像画のように見えた。ユースティスは、色の浅黒いきりりっとした顔立ちの男の子で、むっつりと坐っていた。その隣りの母親のほうは、片手をソファの背にかけて坐っていたが、ゲインスボロの描いたスリー・ゲイブルズの伯爵夫人のように、ゆったりとしたタフタのガウンをきて、錦織りのスリッパをはいたきゃしゃな足を片一方だけ前に投げだしていた。

フィリップは顔をしかめた。

「ソフィア、今みんなでちょっと家庭内の秘密事を相談しているから駄目だよ」

エディスの編み針がカチッと音をたてた。私はお詫びを言って出て行こうとした。するとソフィアは意を決した様子で切り出した。

「チャールズとあたしは結婚することになっているんですから、チャールズにもここにいてもらいたいわ」

「いけないなんてことないですよ」とロジャーは立ち上がって熱心に言った。「くり返して言うけれど、べつに秘密事ではないんですよ。明日か明後日には世間に知れわたることです。とにかく、あなたはみんな知っていますよね。今朝あそこにいたんだから」

ロジャーは私の肩に親しげに手をおいた。

「ねえ、ロンドン警視庁ってどんなところです？」マグダはからだを乗り出すようにして訊いた。「いつも知りたいと思っているんですけど……テーブルとデスクと椅子があって？　カーテンはどんなの？　お花なんてないでしょ？　口述録音機はあるんでしょうね？」

「およしになって、お母さま！」とソフィアは言った。「お母さまはロンドン警視庁のシーンがおもしろくないからといって、ババソール・ジョーンズさんに頼んでカットしてもらったんじゃないの。滑稽なだけだっておっしゃってたじゃない」

「推理劇のようにしすぎたからよ。エディス・トムスンの芝居は心理劇っていうか、心理的スリラーっていうかね……」

「あなたは今朝、警視庁になぜいたんです？」フィリップはなじるように訊いた。「あそうか、お父さんの……」

彼は顔をしかめた。私は出て行ってもらいたいと思われていることをはっきりさとった。しかし、ソフィアが私の腕をしっかりにぎって放さなかった。

クレメンシイは椅子を前に出して、「どうぞおかけください」と言った。

私は感謝して受けた。

「みなさんの意見はちがうかもしれないけど、わたしは亡くなった義弟の意志は尊重しなくちゃいけないと思うから、遺言書の件がはっきりしたら、わたしにくるお金はあなたにあげるわ、ねえロジャー」エディスは前からの話をつづけた。

ロジャーは髪を夢中でかきあげた。

「エディス伯母さん、そりゃいけない、そんなことはやめてください」

「わたしもそう言いたいところだが、いろいろと事情を考慮すると……」とフィリップは切り出した。

「フィリップ、ぼくはだれからも一ペニイだって貰いたくないことをわかってくれないのかな」とロジャーは言った。

「ほんとにそんな気はないんですから」と妻のクレメンシイは横からひきとるようにして言った。

「とにかく、エディス伯母さん」マグダが言った。「遺言書がはっきりすれば、ロジャーだって自分の分け前は貰うわけですからね」

「でも、その時までに間に合わないでしょ？」とユースティス少年が訊いた。

「ユースティス、おまえはなんにも知らないはずだ」と父のフィリップは言った。

「坊やの言うとおりだよ」とロジャーは叫んだ。「そのとおり、間違いない。もう破産は避けられないのだ。どうしても駄目なのだ」彼は得々として言った。

「ご相談することはなにもないんです」とクレメンシイは言った。

「とにかく、たいしたことじゃないんだよ」

「いや、たいした問題だと思うな」とフィリップは唇をぎゅっと結んだ。

「いや」ロジャーは言った。「おやじの死んだことから考えれば、たいしたことではないよ。おやじは死んじゃったんだ！　それなのに、あとに残ったものは金のことばかり言っている」

フィリップの青白い頬に、かすかに血の気がのぼった。

「われわれはきみを助けようとしているんだよ」彼は堅苦しく言った。

「それはわかっているよ、フィル。だけど、もう手の打ちようもないんだ。だからあきらめるよりほかしかたがないよ」

「もしかすれば、少しなら金は調達できるかもしれん。株の値もずいぶん下がったし、わたしの財産もどうにも手がつけられない部分もあるが……マグダの財産なんかもあるし……だが……」

マグダはあわてて言った。

「お金なんかまとまらないですよ。やってみたところで無駄なことはわかりきっているし……第一子供たちにもかわいそうですよ」

「ぼくはだれにもなにも頼んでいませんよ」とロジャーは叫んだ。「なんども口がすっぱくなるほど言っているのにな。なるようにしかならないんだから」

「結局名誉の問題なんだ」とフィリップは言った。「おやじやわれわれのな」

「レオニデス家の問題じゃあないよ。ぼく自身の問題にすぎないじゃないか」

「そうだな」とフィリップはじっとロジャーを見つめながら言った。「そう、まったく兄さんの問題だ」

エディスは立ち上がって、「もう話はすんだようだね」と言った。彼女の声には、人がいうことを聞かずにはおけないような、りんとしたひびきがあった。

フィリップとマグダが立ち上がった。ユースティスも部屋の外へ出て行こうとした。私はそのとき、彼の歩き方がちょっと変なのに気がついた。目立つというほどでもないのだが、一歩一歩足をひきずるようにしているようだった。

ロジャーはフィリップの腕をつかまえて言った。「フィル、きみはいいやつだ。これほどまでに考えてくれるとはな」二人は腕をくんで出て行った。

マグダは二人のあとを追って出て行くときに、呟くように言った。「なんてことなんでしょう！」

ソフィアは、私の部屋をきれいにするからと言って出て行った。

エディスは、立ち上がって編み物をくるくると巻いた。それから、じっと私のほうを見たので、なにか話しかけるのかと思った。その眼の中には訴えるようなものがあるように見えた。しかし、気が変わったらしく、溜め息をついたかと思うと、みんなのあとを追って出て行った。

クレメンシイは窓のそばへ行って、じっと庭を眺めていた。私はそばへ行って立った。彼女はちょっと私のほうを振り向いた。

「やれやれ、やっと終わりましたね」そう言ってから顔をしかめるようにしてつけ足した。「なんてばかげた部屋なんでしょうね」

「お嫌いですか？」

「ここでは息も満足にできません。枯れかけた花とほこりの匂いで一杯ですもの」

彼女の言葉は不当だと思った。しかし言いたいことはよくわかった。部屋があまりにこもりすぎた感じなのだ。

戸外のきびしい風が届かない、異国的で静かな、婦人向きの部屋なのだ。男が気持ちよく住めるような、つまり、新聞を読んだりパイプをくゆらしたりしてくつろげるような部屋ではなかった。それでも、私はロジャー夫婦の住んでいる二階の殺風景な部屋より、この部屋のほうが好きだった。手術室より、婦人向きの小部屋のほうが好きなのだ。

クレメンシイはあたりを見まわして言った。

「ここは舞台のセットにすぎなかったんですよ――マグダがお芝居を演じるための舞台……」と言いながら私をじっと見つめた。「わたくしどもがさっきまでやっていたことがおわかりになったことと思いますが、家族会議第二幕だったんですよ。マグダの演出で、なんの意味もないもの。相談しあったり議論しあったりする必要はじめっからなかったのです。これですっかり片づいたわけですよ」

彼女の声は悲しむどころか、むしろ安心したという感じだった。そして私のいぶかしげな視線にあうと、もどかしげに言葉をついだ。

「わかっていただけないでしょうかね。わたくしどもは、とうとう自由になったのですよ。主人は長年ひどくみじめだったのです。経営の才能などまるでなかったのですからね。昔から馬や牛などを飼ったりして、田舎でゆっくり暮らすことが好きなたちだったのです。ただ、お父さまを敬愛するあまり、思いきったことがやれなかったのです。家族の人はみんな、夫と同じようにお父さまを慕っていました。そのため一つの家に家族がみんな寄り合いすぎてたのがよくなかったんです。お父さまが暴君だったとか、家族に対してわがまま勝手にふるまったとか、威張りちらしたとかいうのではないんです。それどころか、お金をみんなに惜しみなくくださったし、したいことはなんでも自由にさせてくださったのです。それですから、みんながお父さまをお慕いし、いまでもおなつかしく思っているのです」

「それがいけないことなんですか？」

「そうですわ。わたくしの考えでは、子供が大きくなったら親は子供から離れなければいけない。自分から身を退いて無理にも親を忘れさせるようにしなければいけない、そう思うのですよ」

「無理にでもですか？　そりゃあひどすぎませんか？　一方的に強《し》いることはどっちみちいい結果にはならないと思いますね」

「お父さまがあんなに立派な人柄をつくりださなければ……」

「人柄をつくりだす、というのは変じゃありませんか？　立派な人柄だったんでしょう」

「主人はお父さまのお人柄をひどく尊敬していました。主人はお父さまがしてほしいと思われることはなんでもしたいと思い、また、お父さまに気に入るような息子になりたいと望んだのです。ところが、そうはなれなかったのです。お父さまはチェーン・レストランを主人にお委せになったのです。あの会社はお父さまのご自慢のものだったので、主人はそのあとを立派につづけようとして一所懸命やったのです。でも主人には実業家としての手腕がなかったのですわ。経営の問題では――率直に言ってしまえば――能なしでした。そのことがもとで、神経衰弱になりかかっていました。長いこと、ずいぶんみじめな日を送ったのです――苦しみもがき、そのあげく、これだと思い浮かんだ考えや企画を実行に移してみても、よくなるどころか、ますます窮地に陥ってしまって、年を追うごとに失敗を重ねていったのです――ほんとに恐ろしいことでした。あなたには主人がどんなにみじめだったかはっきりわかっていただけないのではないかと思いますが……わたくしには見ていられないほどでしたわ」

クレメンシイは振り向いてじっと私を見た。

「あなたは、主人がお金のために父親を殺したらしいと警察に示唆されたようですが、それは主人をご存じないからです――まったくの見当ちがいですよ」

「いまではその間違いがわかりましたがね」と私は素直に言った。

「主人は、もう破産は避けられないと知ったときに、かえってホッと救われたような気持ちになりました。ほんとうなのです。ただ気にかかったことは、お父さまにそれがわかってしまうことでした。主人は、これからはじめようとする安らかな生活を楽しみにしていたのです」

彼女の顔がかすかにひきつり、声が曇った。

「どこへいらっしゃるつもりだったんです？」

「バルバドスへ。わたくしの遠い従兄が少し前に死にましてね。小さな土地を残してくれたのです。ほんのわずかなんですが、そこしか行くところもありませんしね。ひどい貧乏生活は覚悟の上でした。まあ、なんとか食べていけるだけのものはかせげると思いました。すべての煩《わずら》わしいことから離れて、安らかに二人だけで暮らしていけると思ったのです」

彼女は深い溜め息をついた。

「主人は妙な人でしてね、わたくしが貧乏暮らしをすることをひどく気にするんです。きっと、レオニデス家の、お金というものに対する態度がしみこんでいるためなんでしょうね。わたくしは前の夫と暮らしていたころはとても貧乏だったのですが、ロジャーは、わたくしがそんな生活に堪えたことをひどく勇気があるって感心しているんですよ。そのころは、わたくしが幸福だったことがわからないのです。そのあとには、あの時ほどの幸福は味わえませんでした。といっても、前の夫より、ロジャーのほうをずっと愛しているんですけど」

彼女は目をなかば閉じた。私には抑えかねている感情の昂ぶりが読みとれるのだった。

やがて目を開けて、じっと私を見つめた。

「こんなふうですからね、わたくしはお金のために人を殺すなんてことは決してしませんん。お金は嫌いなほうなんですから」

私はクレメンシイの言うことに偽りはないにちがいないと思った。世の中には金というものに魅力を感じない人間がまれにいるものだが、彼女はそういう仲間の一人らしかった。そういう類の人は、贅沢をするのを好まず、質素な生活を愛し、物を所有するということに疑いを持っているのだ。

また、金自体に対しては、なんの個人的な執着も持ってはいないが、ただ金がもたらす力というものに強く惹かれるたちの人間がたくさんいることも事実である。

「しかし、あなたご自身は金は欲しくないかもしれませんけど、金というものはうまく使えばずいぶん役に立つものですからね。たとえば、研究だって金があればできるでしょう」

私は、クレメンシイが自分の研究にはかなり熱心にちがいないと思ったから、そう言ってみた。ところが意外だった。

「研究などにお金をたくさん使ったところでどうにもなりませんわ。使い方をあやまるのがおちですよ。いい仕事というものは、熱意と情熱をもち、素直な直感力にもとづいてなされてはじめてできるものなのです。お金をかけた設備とか訓練とか実験などは、あなたのお考えになるほど役には立たないものなんです。そういうものにお金をかけたところでどうにもなりませんわ」

「バルバドスにいらっしゃれば、あなたの研究はおやめになるんでしょうね。やっぱり、あちらにおいでになるんでしょう」

「ええ、警察の許可がおりたらすぐにね。それでも、わたくしの研究はやめないつもりです。やめる必要はないと思いますわ。ぶらぶらするのは嫌いなたちですからね。それにバルバドスでは怠けていられませんもの」

彼女はじれったそうにつけ加えた。

「ああ、早くこの事件が解決してくれればいい。そうすれば出かけることができるのに」

「クレメンシイ、犯人がだれか、お心あたりはありますか？　あなたがたお二人に関係ないことはわかりましたが——（それに実際、あなたがたがやったと考えるどんな理由も見あたりませんしね）——、あなたのような頭のいい方には、なにかお考えがおありでしょう？」

彼女はぎょろっと横目をつかったので少々変な顔になった。それからふたたび話をはじめたときには、いままでの快活さを失って、なんとなくぎこちなくうろたえたようだった。

「いいかげんに想像することはできませんわ。ちゃんとした根拠にもとづいて結論を出さなくては。ブレンダとローレンスが一番疑われる立場にいるわけですね」

「あの二人があやしいっておっしゃるわけですか？」

彼女は肩をすぼめた。

彼女はふっと立ち上がって、聞き耳をたてるようにしたが、やがて部屋の外へ出て行った。入れちがいに、エディスが入ってきた。

エディスはまっすぐに私のところにやってきた。

「あなたにお話ししたいことがあるんですがね」

一瞬、父の言った言葉がぱっと頭に浮かんだ。これは——

エディスは言葉をついだ。

「あなたに間違った解釈をしてもらいたくないからですよ。それはフィリップのことなんだけどね。フィリップはちょっと人に誤解されやすい人柄なんです、あなたには人づきの悪い冷酷な人間に見えるかもしれませんが、全然ちがうんですよ。それはうわべだけで、彼にはどうしようもないの」

「ぼくは、そんなこと、ちっとも……」

エディスはおかまいなくつづけた。

「この話はロジャーに対するフィリップの態度についてですがね。フィリップはロジャーに悪意を抱いているわけでもお金を惜しんでいるわけでもないんですよ。フィリップはいい人なんです——わかってみればほんとうにいい人間なんですがね……」

エディスは理解を求める様子でつづけた。「一つには、フィリップが二番目の子供だったせいでしょうけど。次男というのは、ハンディキャップを持って生まれついているとも言えますからね。あの子はお父さんを尊敬していました。むろん、子供たちはみんなお父さんを慕っていましたし、彼はどの子も可愛がっていました。しかし、中でも長男のロジャーをアリスタイドは特別に可愛がり、自慢のたねにしていたのです。長男は特別に扱われるものだって、フィリップは感じていたのですよ。あの子は自分の中に引きこもりがちになって、読書とか歴史とか、日常の生活とは縁の薄いものに凝りだしたのですよ。きっとあの子は悩んだにちがいない……子供というものは傷つきやすいですからね」

ここでちょっと言葉を切ったが、またつづけて、

「つまり、フィリップは兄さんのロジャーに嫉妬していたんです。そのことはフィリップ自身にはわかってはいないと思いますがね。それで、ロジャーが失敗したのを見ても、フィリップはあまり同情を見せなかったのです——こんなこと、口にしたくないことですがね……このことについても、当人には自分の心の動きがわかっていないようだけど……」

「そうすると、フィリップさんはロジャーさんが失敗したのを見て、むしろよろこんでいるとおっしゃるわけですね」

「そうね。そのことを言いたかったのですよ」

エディスはちょっと顔をしかめながら、さらに言った。

「わたしは、フィリップが、兄さんのためにすぐに救いの手を差しださなかったのを見て、とてもがっかりしましたよ」

「そうしなければならないということもないじゃありませんか。いわば、ロジャー個人の失敗ですからね。ちゃんと独立した人間ですし、おまけに養わなけりゃあいけない子供もいませんしね。病気とか、当人がどうしても助けを必要としている状態なら、家族が助けるべきですが……ご当人は自力更生することを望んでいるんですからね……」

「そうらしいですよ。あの人が気にしているのはクレメンシイのことだけなんです。ところが、そのクレメンシイが変わり者でね。あの人ときたら、不便な生活が好きで、コップは一つしか使わないというような人なんですよ。モダンな生き方というのかもしれませんがね。なにしろ、過去だの生活の美しさだのという観念がないらしいですね」

こう言ってから、鋭い眼差しで、私を頭から足の先までジロッと見た。

「こんどのことは、ソフィアにとってはつらい試練かもしれないと思うけどね。そのため大事な青春がだいなしになって気の毒ですよ。わたしはソフィアだけじゃなく、みんなが可愛いのよ——ロジャーもフィリップも、それにユースティスとジョセフィンもね。可愛い子供ばっかりだ。マーシャの子供たちが可愛くてしかたがないね」ここでしばらく黙ってから鋭くつけ加えた。「だけどね、なにもわたしは盲目的に可愛がってばかりいるんじゃないけどね」

エディスはこう言ってから黙って出て行った。私には、いくら考えても彼女が最後に言った言葉の意味がわからなかった。

15

「お部屋の用意ができたわよ」というソフィアの声がした。

気がついてみると、彼女は私のそばにきて、並んで庭を眺めていた。庭には半分裸になった木々が風に揺れて、荒涼とした淋しい眺めだった。

ソフィアは私の感じていることを、そのまま言葉にした。

「なんて淋しい景色なんでしょうね……」

ふと、人影が一つ、またもう一つ、ロック・ガーデンのほうからイチイの生垣のそばを通ってやってくるのが見えた。その二つの人影は、暮れていく光の中で灰色のかたまりのように見えた。

先を歩いているのはブレンダだった。彼女はグレーのチンチラの外套を着ていたが、その様子には、猫のように忍びやかなところがあった。まるでなにか人目を忍ぶようにこっそりと歩いていた。

彼女が窓のそばを通っていくときに、チラッと顔が見えたが、前に二階で見たのと同じ、なかば笑いかけたようなあのゆがんだ表情だった。しばらくすると、ローレンス・ブラウンがやせた背の高いからだをこごめるようにして、これもまた忍びやかに歩いてきた。二人には歩いているとはとても言えないようなところがあった――まるで幽霊のようにふわふわと浮いているように見えるのだ。

私には、あの小枝の折れた音はブレンダかローレンスだったのではないかという想像が浮かんだ。

それから思い出して、ふとたずねてみた。

「ジョセフィンはどこ？」

「きっとユースティスと一緒に勉強部屋にいるのよ。ねえ、チャールズ、あたしユースティスのこと、心配しているの」ソフィアは眉をひそめながら言った。

「どうして？」

「あの子ときたら、妙に気むずかしいんですものね。小児麻痺にかかってから、なにか人間が変わったようになって。心の中で何を思っているのかわからないんですもの。ときどき、人間がみんな嫌いになるらしいわ」

「そのうちにはなおるよ。一時的現象だと思うな」

「そうは思うけど……でも、心配になっちゃって」

「どうしてなの？」

「お父さまもお母さまも心配していないらしいからよ。まるで親みたいじゃないんですもの」

「そりゃあいいことだよ。子供は、親が干渉しすぎるんで苦しむことが多いんだ」

「そりゃあそうね。でも、あたし、このことは外国から帰ってきて、はじめて気がついたのよ。自分の親のこと、こう言っちゃなんだけど、変わった夫婦ね。父はわけのわからない歴史の世界に深くはいりこんだきりだし、母は母でお芝居に夢中だし……今晩のあのばからしいお芝居は、母が仕組んだものなのよ。あんなことやる必要は、なにもないんだわ。ただ、母が家族会議の一幕をやってみたかったにすぎないのよ。退屈のあまり、お芝居を脚色してみただけの話」

一瞬、私は、ソフィアの母親が、殺人事件の一幕を実演してみたさに、軽い気持ちで義父を毒殺したのかもしれないというとんでもない空想をした。

そんなことがあり得るはずない、そう思って打ち消したものの、あとに多少わりきれないものがのこった。

「お母さまときたら、自分のことばかりに一所懸命なのよ。その夢中な様子ときたら、あなたご存じないでしょうね」

「家族のことなんか、気にするのはやめなさい、ソフィア」

「それでもいいんだけど、こんどのようなときにはほんとに困っちゃう。でも、カイロにいたときは、そんなこと忘れてたから、あたし、とても幸福だった」

道理で、ソフィアが家のことや家族のことを口にしなかったわけだ。いまになってやっと思い当たった。

「それで、きみは家族のことを何も言わなかったんだね？　忘れていたかったわけだ」

「そうなの。うちの家族はあんまり仲がよすぎていけないのよ。あんまりお互いに愛しあいすぎるの。家族によっては、お互いが敵ででもあるかのように憎みあっていることがあるわ。それもあまりいいとは言えないけど、うちの家族みたいに愛情がもつれあったような形で暮らしているのはもっとよくないと、あたし、思うの。

と言うのはね、家族みんながちいさな〝ねじれた家〟の中に、一緒にごたごた住んでいるということなのよ。〝ねじれた〟と言ったのは悪い意味じゃなくって、ひとりひとりではまっすぐに立っていられないという意味なの。それぞれが、ちょっと曲がったり絡みあったりしてるということよ」

ソフィアがこう言ったときに、エディスが庭の小路で、かかとでつる草を踏みにじっているのが見えた。ソフィアはこうつけ加えた。

「つる草のようにね」

突然、マグダがドアをサッと開けて入ってきて叫んだ。

「まあ、あなたたち、どうしてあかりをつけないの。暗いでしょうにね」

そう言ってスウィッチをひねると、あかりが壁に、そしてテーブルに、ぱっとはね上がった。みんなで厚いローズ色のカーテンを引くと、花の香りが室内にただよいだした。マグダはソファの上に身を投げ出すようにして腰を下ろした。

「なんていう家族会議だったんでしょうね。ユースティスの機嫌の悪かったことったら。あの子ったら、醜態だっていうのよ。男の子っていうのは変わってますね」

彼女は溜め息をついた。

「ロジャーもご機嫌斜めだったし……あの人が髪をかきあげて、はっきり断ったのはなかなかよかったと思うけど。エディス伯母さんが自分の遺産を提供すると言ったのには感心しましたよ。あれは見せかけじゃあないんですからね。でも、そのおかげで、主人が、自分の分も提供しなければという気になったようよ。独身の老婦人の甥に対する愛情というものは、どうもあまりに感情的なものが多いようですね。あたし、献身的な独身の伯母の役をこんどやってみたいものだわ。詮索好きで、頑固で、献身的な……」

「エディスさんは妹さんが亡くなったあと、ご苦労だったんでしょうね」私は、マグダのあたらしい役についての話に発展しないように話の腰を折った。「つまり、エディスさんは殺されたレオニデス老人が嫌いだったろうと思うんですが……」

マグダは口を出した。

「嫌いですって？　だれがそんなことを言ったんです？　とんでもない。それどころか好きだったんですよ」

「お母さま！」とソフィアが大声を出した。

「否定したってはじまらないわ。まあ、あなたの年ごろでは、恋愛といえば、若いきれいな男女が月の光のもとで語るものと思うのも無理ないことだけど」

「エディスさんご自身の話では、レオニデス老人が嫌いだったそうですがね」

「最初この家にみえたときはそうだったかもしれない。エディス伯母は、妹さんが父と結婚したのを怒っていたからなの。ところが、反動というものがあるもので、自分も好きになってしまったのですよ。自分が何を言ってるかはわかってるつもりよ。でも、父は亡くなった妻の姉と結婚することは考えられなかったらしいの。伯母自身もそういうことは思わなかったらしいのね。彼女は父と喧嘩をしながらも、子供を育てるのに喜びを感じていた時代もあったけど、父がブレンダと結婚してからはそれをやめてしまったわ。そうしたことがいやになったらしいのね」

「お父さまやお母さまも、子供の面倒をみるのはお好きでないらしいわね」とソフィアが言った。

「あたしたちも嫌いですよ。もちろんよ。でも、エディス伯母はひどく嫌いになったのですよ。ブレンダに対するエディス伯母の感情問題があるわけよ」

「まあ、お母さまったら！」

マグダは、たしなめられたいたずらっ子のような目つきをして、じっと娘を見た。

「ジョセフィンは、学校へ行かなけりゃいけないと思いますよ」マグダは急に全然ちがった話を平気で持ち出した。

「ジョセフィンを？　学校に？」

「ええ、スイスにやろうと思うのよ。明日にでもよく考えてみてやろうと思うの。すぐにでもだしてやりたいと思うんだけど。こんな恐ろしい事件に巻きこまれているのはよくありませんからね。まるで病的になってきてますよ。あの子は同じ年の子供と一緒に学校生活をする必要があります。あたしは前からそう思っていましたがね」

「おじいさまが、あの子を学校へやりたがらなかったの」とソフィアはゆっくりと言った。「とても反対なさったんですものね」

「おじいちゃまときたら、みんなを自分の目の届くところへおいときたくてしかたがなかったんですよ。年寄りになると、よくそんな風な自分勝手なことを言うものです。子供はやっぱり子供と一緒に遊ばなくちゃいけませんよ。スイスは第一健康的ですわ――ウインター・スポーツも盛んだし、空気もいいし、ここにいるよりずっと食べ物もいいし」

「いまスイスに行くには、金を送る規則がむずかしいんじゃないんですか？」

「そんなことないわ。学校のことなら特別の抜け道もあるし、スイスの子供と交換でやる手もあるし、いろいろな方法がありますもの。ローザンヌにいるルドルフ・アルスティルに、手筈を整えるよう、明日、電報をだして頼もうと思ってますの。今週の終わりまでには、学校にやれるようにするつもりよ」

マグダはクッションをぽんと叩いてにっこり笑った。それからドアのところまで行ったが、まったくほれぼれするような身のこなしで振り向くと、言った。

「若いうちが大事よ」と彼女はまるでそれがすてきな台詞でもあるかのように言った。「若い人のことをなにより先に考えなければいけないわ。スイスには花が咲いていますよ――青いりんどうや水仙や……」

「あら、十月に咲きます、お母さま？」

マグダは耳もかさないで行ってしまった。

ソフィアはあきれたように深い溜め息をついた。

「お母さまときたら、ほんとにどうかと思うわ。急に思いつくと、電報を山ほどだして、アッという間もなくおぜんだてしてしまうんですものね。なぜこんなに急にジョセフィンをスイスにやらなければいけないんでしょうね？」

「きっと学校がいいと思いついたからだろうよ。ぼくも、ジョセフィンは同じ年ごろの子供と遊ぶのが一番いいと思うな」

「おじいさまはそうお思いにはならなかったのよ」とソフィアはまたまたここでくり返した。

私はがまんできなくなって言った。

「ソフィア、きみは、八十をすぎた老人が子供になにが一番いいかという判断がうまくできると思っているのかい？」

「おじいさまは、この家の人たちのことなら一番よくわかっていたわ」

「エディス伯母さんよりもかい？」

「伯母さんほどではなかったかもしれないわね。伯母さんはどちらかというと学校へやるほうがいいという考えなの。よく考えてみると、ジョセフィンもこのごろ困ったものね。うろつきまわるくせなんか覚えちゃって。それというのも、探偵なんかやっているからなのよ」

ともかく、マグダが急にジョセフィンを学校にやるようとり決めたのは、彼女のためを考えたからだろうか？ ジョセフィンは自分になんの関係もない、事件の前後の様子についてあんまりよく知りすぎている。健康的な学校生活はたしかに彼女にはいいにちがいないが、マグダの決定があまりに突然で、おまけに、よゆうが全然ないことと、学校がスイスというはるか遠いところにあることが、どうも私には腑におちないのだ。

16

父が私に注意してくれたことは、〝できるだけ相手に喋らせるようにする〟ということだった。

翌朝ひげを剃りながら、そういう点からいったら昨日の成績はどうだったか、と振り返ってみた。

エディス・デ・ハヴィランドは、わざわざ私を探し求めて話してくれた。クレメンシイも話してくれた――いや、話をしたのは私のほうかな。マグダは語ってくれたというより、むしろ私が彼女の聴衆の一人になったようなものだ。ソフィアが話してくれたのは当然だが、ばあやまでいろいろ喋ってくれたのには恐れ入った。さて、そこで、こういう人たちからいろいろ聞いて得るところがあっただろうか？　また父が強調したような〝異常なみえ〟がだれかの話の中に感じられただろうか？　そういうものは少なくとも私にはわからなかった。

ただ、フィリップだけは、一言も私に話しかけてくれなかった。どうもなにかあるような気がする。いまはもう、私が自分の娘と結婚する相手だということを知らないはずはない。それでいて、まるで私が目の前にいないように振る舞っていた。たぶん私がいるのが気にくわないにちがいない。げんに、エディスも彼の態度を代わりに弁解するようなことを言っている。彼女に言わせれば、フィリップという人にはそういうくせがあるのだという。だが、それにしても、エディスはなぜそんなにフィリップのことを気にかけているんだろう。

私はじっと考えこんだ。フィリップはどうみても抑圧されたコンプレックスの持ち主だ。子供のころから兄への嫉妬の気持ちを抱き、そのため不幸な生活を送っていたが、その淋しさをまぎらすために、古い書物の世界、遠くすぎ去った歴史の世界に引きこもってしまったのだろう。その長い年月のあいだに身についた暗い冷ややかで陰気な性格の裏には、人知れぬ烈しさがひそんでいると言えるかもしれない。とはいえ、父親の遺産を思ったほど分けてもらえそうもないからといって、父親を殺すなどということはとても考えられそうもない。万一、ほんとに殺したとすれば、ほかになにか、人知れず父親の死を願うわけがあったにちがいない。フィリップは、一度家を出たあとでまた戻ってきて、父親と一緒に暮らしだしたのだが、やがて兄のロジャーも帰ってきて一緒に住みこんだ。そのため、フィリップは、兄が父親の特別な寵愛をうけている様子を目のあたりにして暮らさなければならなくなったのだ……そんなみじめな気持ちに堪えがたくなったフィリップは、父親の死を願うようになっていったのかもしれない。そのあげく父親を殺し、その罪を兄にかぶせようとしたのではないだろうか。それもたまたま、ロジャーが、会社が破産する瀬戸際で金に困っていたのを知って、うまく利用できると思ったにちがいない。つまり、ロジャーに嫌疑がかかることを信じて疑わなかったわけだ。ところが、父親がロジャーに最後に会った時に助力を申し出たということを、フィリップが全然知らなかったところに誤算があった。しかし、フィリップは、親を殺す気持ちになるほど精神の平衡を失っていたのだろうか？

こんなことをぼんやりと考えているうちに、顎を剃刀で切って、思わず悲鳴をあげてしまった。

いったい、私はどうしようというんだろう？　ソフィアの父親が犯人だとひとりぎめをしようとしているんだろうか？　彼女は、まさか私にそんな結論をつけてもらおうとして呼んだのではなかったにちがいない。

いや、待てよ、そのために呼んだのかな。彼女が私に頼んだ気持ちの中には、父に対する疑いがひそんでいるのかもしれないぞ。しかし、もし父親が犯人だという疑いが心の中にあったなら、それが真実になった時のことを考えて、私との結婚を断念したかもしれないのだ。とにかく、聡明で気性の強いソフィアのことだから、父親の黒白がはっきりしなければお互いに気持ちの障害になると思って、真実を見きわめたいと念じていることは考えられる。彼女はたしかにこういう意味のことを言ったっけ――「あたしが想像していることがほんとでないという証拠をはっきりさせていただきたいの。でも、もしそれが真実だったら、真実だというたしかな証拠をあたえていただきたいの。たとえそれがどんな恐ろしいことでも、甘んじてうけますから――」

ほかに、エディスもフィリップが犯人だということを知っているか、少なくとも疑っているように見受けられる。それにしても、彼女が、「だけどね、なにもわたしは盲目的に可愛がってばかりいるんじゃないけどね」と念を押すように言ったのはどういうことなのだろうか？

クレメンシイに訊いたときには、意味深長な眼つきをして、「ローレンスとブレンダが一番疑われる立場にいるわけですね」と言ったが、あれはどういう意味だったんだろう？

もしかすると、家中の者が、ブレンダとローレンスが犯人であってほしいと望みながらも、心の底では本当はそうではないらしいと思っているのかもしれないな。

しかし、そう思うのはやっぱり間違っていて、結局ローレンスとブレンダの二人か、さもなければ、ローレンスだけが犯人なのかもしれない。

私にはローレンス一人が犯人だという結論が一番望ましいことのように考えられてならなかった。

私はまず剃刀で切った顎のきずの手当てをしてから、朝食に下りていった。そのころには、できるだけ早くローレンス・ブラウンに会ってみたい気持ちがつのってきた。

私は二杯目のコーヒーをすすっているときに、ふと〝ねじれた家〟が自分にもついに影響をあたえずにおかなかったことに思いあたった。つまり、いつの間にか私は、事実を求めるより、自分に一番都合のよい解決をはかろうとしていることに気がついたのだ。

朝食後、私はローレンスを探しにホールを抜けて、二階へ上がっていった。ソフィアの話では、彼は勉強部屋でユースティスとジョセフィンに教えているということだった。

私は、ブレンダの住まいの入口の前まで行ってからも、どうしたらよいかためらった。ベルを鳴らしてノックすべきか、それともそのまま入っていったほうがよいのか、しばらく思案したあげく、ここはレオニデス家の一部分でブレンダの私邸とはみなさないことに決めた。

それで、ドアを開けて黙って中に入っていった。家の中は静まりかえっていて、だれもいないようだった。左手は大きな客間になっていたが、ドアが閉まっていた。右手はドアが開いていて、見ると寝室と浴室になっていた。この浴室はアリスタイド老人の寝室につながっていて、ここに例のエゼリンとインシュリンがあったのを私は知っていた。むろん、すでに警官がそういうものは始末してしまっていた。私はドアを押して中へ入りこんだ。この調子でいけば、家の中の者がだれでも難なくこの浴室に入れるばかりでなく、外部からきたものでも全然見つからずに忍びこむことができるということを、私はさとったのだ。

私は浴室の中に立って見まわした。床にはピカピカしたタイルがはってあり、風呂が床に凹んだ形でしつらえてあった。片側にはいろいろな電気器具、たとえば、焼網ののった電熱器とか、電気湯わかしとか、電気ソースパン、トースターなどが並んでいた。すべてが老人の世話をするためにはふさわしい道具だった。壁には白く塗った戸棚がとりつけてあったが、開けてみると医療道具があった。薬用コップが二個、洗眼器、点眼器、それにラベルのついた薬瓶が数個、アスピリン、ホウ酸粉末、ヨードチンキ、絆創膏《エラストプラスト》などが入っていた。隣りの棚には、大量のインシュリンと、注射針二本と、薬用アルコールの瓶が入っていた。それから、もう一つの戸棚には、〝錠剤〟と記した瓶があり、それは医者の指示に従って一錠ないし二錠、夜、用いるようになっていた。その他、この棚には目薬の瓶が並んでいた。なにもかもすべてが一目瞭然で、だれでも必要に応じて容易にとり出せるようになっていた。これでは犯行もやさしかったにちがいない。瓶をとり出してしたいことをしてから、そっと下へおりていっても、だれも気づく者はないにちがいない。私はつくづく、犯人を探す警察の仕事というものは大変なことだと思った。容疑者の目星がついて、はじめてつぎの処置に移れるものなのだ。

タヴァナーが、容疑者を追求するしかたについて、こう私に教えてくれたことを覚えている。

「まずわあわあ騒ぎたてると、容疑者が逃げだしますよ。そうしたら、こちらはすべて握っているぞ、というような態度を見せて威嚇をつづけると、敵はただ逃げるのをやめて小細工を弄しはじめるから、その時に捕えるんです」

しかし、こんどの犯人は、このやり方には反応を示していないようだ。

私は浴室から出た。が、依然として人のいる気配がなかった。廊下を歩いて行くと左に食堂、右にブレンダの寝室と浴室があった。浴室ではメイドが仕事をしていた。食堂のドアは閉まっていたが、その向こう隣りの部屋からは、お決まりの魚屋に電話をしているエディスの声が聞こえていた。私は螺旋階段をのぼって上へいった。そこには、エディスの寝室と居間、浴室が二つと、ローレンス・ブラウンの部屋があった。その部屋をすぎてちょっと階段をおりると、ちょうど召使部屋の上に建て増しした大きな部屋があって、そこが勉強部屋につかわれていた。

その勉強部屋の入口の前で私は立ち止まった。中から、ローレンス・ブラウンの大きな声が聞こえていた。

私にもジョセフィンのこっそり人をうかがう癖がいつしか移ったとみえて、さとられないようにそっとドアのわきに身をよせて、中の話に聞き耳をたてた。

ちょうど歴史の講義をやっていた。話の内容はフランスの総裁政府時代のことだった。それを聞いてみて驚いたことに、ローレンス・ブラウンはたいした有能な先生だった。アリスタイド老人もまったく人を選ぶ目があったものだ。ローレンスは、見かけは鼠のようで風采があがらないが、どうしてどうして、生徒に勉強する情熱を持たせたり、想像力をかきたてたりすることのできるすぐれた才能があった。話はつぎからつぎへとつづいていった――テルミドール（共和暦第十一月。熱月）の劇的な物語、ロベスピエール派追放令の話、偉大なバラスの話、狡猾なフーシェの話、若い砲兵少尉だったナポレオンがひもじくてへとへとになった話――すべてがまるで生きているような現実感を帯びていた。

ローレンスは突然話すのをやめて、ユースティスとジョセフィンに質問をした。それから、一人の人物、また別の人物というふうにそれまでに話したドラマの中の人物の立場に立って考えるように二人にさせた。ジョセフィンのほうは、鼻風邪をひいているらしくていい声がでなかったようだったが、ユースティスは日ごろの様子とはちがって、なかなか快活に喋っていた。ユースティスは父親ゆずりの頭脳と歴史に対する鋭い感覚を持っているようだった。

そのとき、椅子を後ろにひいた音が聞こえたので、あわてて階段をあがってからおるふりをしてもどりかけたときに、ドアが開いた。

とたんに、ユースティスとジョセフィンが出てきた。

「やあ」と私が言った。

ユースティスは私を見て驚いた様子だった。

「なにか用ですか？」と彼は丁寧に訊いた。

ジョセフィンは私のいることなど気にもとめない様子で、スルッと通り抜けていった。

「教室が見たいのだけど」と私はどぎまぎして小声で言った。

「このあいだ、見たでしょう？　ぼくたちの部屋だから、たいしたもんじゃあないんです。前には遊び部屋にしてたから、玩具がまだたくさんあるけど」

ユースティスはドアを開けて私を通してくれた。

中に入ると、ローレンスがテーブルのそばに立っていた。彼は私のほうを見てパッと赤くなり、なにか口の中で呟くように挨拶を返したかと思うと、急ぎ足で出て行ってしまった。

「ローレンスさん、おどかされちゃったんだよ。とても臆病なんだもの」

「ユースティス、きみ、ローレンスさん好きかい？」

「いい人ですよ。だけど、のろまだな」

「しかし、いい先生じゃないの」

「ええ、話がおもしろいですね。いろいろよく知っていて、珍しいことを教えてくれますよ。ぼく、ヘンリー八世が、アン・ブリンにすばらしい詩を贈ったこと知らなかった」

それから二人はしばらくの間、『ザ・エンシェント・マリナー』の話、チョーサーの話、十字軍の陰にあった政治的な内幕、中世の生活について、など話しあった。中でも、オリヴァー・クロムウェルがクリスマスを祝うことを禁止した話を私がしたときは、ユースティスははじめて聞いたといって驚いた。私はユースティスと話しているうちに、人を小ばかにしたような彼の気むずかしい性質の奥には、利発で、物事を掘り下げて考えるところのあることを見抜いた。

また、彼の気むずかしさというのは、からだが現に不自由で辛いということより、ちょうど青春を明るく楽しんでいたときに、突然病魔に襲われたことからきたものだということがうなずけた。

「ぼく、次の学期にはサッカーの選手になることになっていて、チームのポジションだって決まっていたんですよ。それなのに、家にいてジョセフィンのようなちびと一緒に勉強をしていなけりゃならないことを思うと、ほんとにいやになっちゃうんですよ。あいつはまだ十二なんですからね」

「だけど、きみとジョセフィンはやっていることがちがうんだろう？」

「そりゃあそうです。高等数学やラテン語はあいつはしませんがね。女の子と同じ先生に習うのはいやですよ」

私は、ジョセフィンは年の割にはたいへん利口な女の子だからいいじゃないかと言って、男の子の傷つけられた自尊心を慰めてやろうとした。

「そう思います？　あいつときたら、まったくばかみたいなんだから。探偵がおかしなくらいに好きで、あちこち鼻をつっこんじゃあ小さな黒いノートになにか書きとめて、それでご当人は結構たいした発見をしたつもりでいるんですからね。ほんとにどうかと思いますよ。そのほかなんにもないんですからね」ユースティスは肩をそびやかして言った。

「でも、女の子は探偵には不向きだって、ぼく、言ってやりましたよ。お母さんの考えは正しいんだ。早くスイスにやっちゃったほうがいいですよ」

「そうなったら淋しいだろう？」

「あんなちび一人くらいいなくたって淋しいことあるもんか。とんでもない。ただでさえ、この家はいっぱいなんですからね。お母さんはロンドンに行っては劇作家にぶうぶう言って筋書きをなおしてもらうことに夢中で、ときどき、ほんのつまらないことを、びっくりするほど騒ぎたてるのが趣味なんですよ。そうかと思うと、おやじはおやじで本を読みふけって、時によっては話しかけても返事もしないんです。ぼくは両親ともどうしてこんななのかといやになるんです。そのほかの家族じゃ、ロジャー伯父さんはいつもあんまり愛想がよすぎて気味がわるい人ですしね。クレメンシイ伯母さんはまあいやな人じゃあないですけれど、少し気が変じゃないかと思いますよ。エディス伯母さんはまあ普通ですけれど、もう年寄りですからね。でも、ソフィア姉さんがもどってきてから少し家の中が明るくはなりました。でも、姉さんだって、ときどき、神経を高ぶらせることがありますからね。ぼく、一番気になるのは、義理のおばあさんにあたる人が、伯母さんかずっと年上の姉さんくらいの年輩だということですよ。とっても変なものです」

私がユースティスの年ごろには、ひどく感じやすくて、自分が人とちがっていたり、親類が普通とちがっていたりしたことが気になって仕方がなかったことをふと思い出して、ユースティスのような子がどんな影響をうけるか心配になりだした。

「おじいさんのこと、きみは好きだったかい?」

ユースティスの顔にはフッと妙な表情が浮かんだ。

「おじいさんには社交性が全然なかったものね」

「どんな点で?」

「第一利害からしかものを考えないんだもの。ローレンス先生は、そういう考え方は一番いけないって言ってますよ。それにまったく利己主義な人でしたね。そういうことは、みんなよくないことでしょ?」

「おじいさんはもう亡くなられたんだからね」私はきびしい口調で言った。

「亡くなってよかった。ぼく、冷淡だって思われたくないけれど、あの年ではもう人生を愉しむことなんかできないですものね」

「そうかな?」

「そうですよ。ともかくも、もう死んでいい時でしたよ。おじいさんは……」

そのとき、ローレンス・ブラウンがもどってきたので、ユースティスは勉強部屋の中に入った。

ローレンスは、なにか本のことをユースティスに一所懸命話していたようだが、ユースティスは、それを聞きながら横目で私のほうをうかがっているように見えた。

ローレンスは腕時計を見ながら言った。

「十一時きっかりにここへもどってきなさいよ。ここのところ四、五日、だいぶ勉強がおろそかになったようだからね」

「はい、先生」

ユースティスは口笛を吹きながらぶらぶら外へ出て行った。

ローレンスは私のほうをまたチラッと見てから、唇を一、二度なめた。私には、彼が私と話したいために勉強部屋へもどってきたのだということがわかった。

それから、意味もなく本を重ねたりおろしたりして、なにか探しているふりをしてから切り出した。

「その……みんな、何をしているんですか？」

「みんなといわれますと？」

「警察の人たちですよ」

いよいよおいでなすった。鼠が罠にかかったぞ、と思って私はにやっとした。

「ぼくなど仲間には入れてくれませんよ」

「たしかあなたのお父さんは副総監だったと思いましたが」

「そうですが、仕事の上の秘密は息子にだって洩らすことはありませんよ」

私はわざとはっきり言った。

「じゃあ、あなたはご存じないとおっしゃるんですね。つまり、どんなふうに……何が……そうですね……逮捕っていうことにはまだならないんですか？」

「ぼくはなにも聞いていませんね。しかし、ぼくだけが知らないのかもしれませんよ」

タヴァナーは、「騒いで逃げださせろ」と言ったが、ローレンスは騒ぎだしているらしいぞ！

彼はいらいらと早口で喋りはじめた。

「あなたはどんな様子かご存じないかもしれませんがね……神経が疲れましてね……なにがなんだかわからない――つまり、警官が入れかわりたちかわり質問する。事件とちっとも関係ないように思える質問をね……」

ローレンスはちょっと黙った。私はつぎの言葉を待った。いい具合に喋りたがっているんだから、喋らす必要がある。

「このあいだ、主任警部がとんでもない疑いをかけているようなことを言ったが、あのときはあなたも聞いていらしたと思いますがね。レオニデス夫人とぼくとの関係についてですよ……とんでもないことです。まったくひどい嘘で、どうしたらいいかと思ってますよ。そんなことは絶対にないと言いたいのですが、どうやったらわからせることができるか見当がつかないので、途方にくれているんです。警察でそう考えたのは、ただ、夫人が亡くなった彼女の夫よりずっと若いという理由だけなんですからね。ほんと驚くよりほかはありませんよ。まるで芝居でも仕組んだように思えてなりませんね」

「芝居をねえ……そりゃおもしろい考え方じゃないですか」

ローレンスにとってはおもしろいどころではないだろうが、私には愉快な見方に思えた。

「レオニデス家の方たちは、ぼくのことを暖かい目で見てくださらないですね。いつも冷たいさげすむような目で見られているような気がしますよ」

ローレンスの手が震えていたのがわかった。

「それもただ、金持ちで力があるというだけなんですよ。それでこっちを見くだしているんです。いったい、彼らにとってぼくはなにか？　ぼくはしがないおかかえの家庭教師にすぎないんです。そして、哀れな良心的参戦拒否者なんだ。ぼくの戦争反対は、良心にしたがったものなのです。そうなんですよ！」

私は黙って聞いていた。

「そこでですね」彼は大声で喋りだした。「ぼくの恐れているのは……しくじるんじゃないかということなんです。その、つまり、引き金を引く羽目になって――ぼくには引き金なんてとても引けないんじゃないかということなんです。ところが、そうなった場合、自分が殺そうとしている相手がナチス党員だとどうしてわかります？　ナチ綱領などなにも知らない、罪もない村の若者で、ただ国の防衛のために狩りだされたにすぎないのかもしれないじゃありませんか、それが恐いのです。ぼくは、戦争は罪悪だと思いますね。戦争というものは絶対にいけないものですよ」

私はなおも黙っていた。私が口をだしてどんな議論をするより、沈黙が一番効果的だということを思ったからだ。ローレンスは自問自答をかさねることによって、だんだん自分を暴露してきている。

「だれもがぼくのことを嘲っているんですよ」彼の声は震えていた。「ぼくは人に笑われるようなことをやるのが得意らしいんです。それも勇気がないからではなく、どうもいつの間にか間違ったことをしているからなんです。以前ぼくは燃えさかっている家の中へ、とらわれの身になっている女を救おうとして飛びこんだことがあるのです。ところが、家の中で迷っているうちに意識不明になってしまったのですよ。ぼくを救いだすためには、消防士がずいぶん苦労をしたらしいのですね。『ばかな奴だ！　なぜわれわれにまかせておかなかったんだ』そう言っているのを耳にしました……つまり、レオニデス老人を殺した人は、ぼくが疑われるようにうまく仕組んだにちがいないですよ。だれかがぼくを陥れようとして老人を殺したにちがいないです」

「レオニデス夫人にはその疑いはないですか？」

ローレンスはパッと顔を赤らめた。そのため、鼠のようだった顔が人間らしくなった。

「あの方は天使のような人です。優しくって、年上の夫に対する仕え方などもまったくいたれりつくせりでしたしね。毒殺犯人だなんて、とても考えつかないことですよ。おかしいとしかいいようもありませんね。ばかな警部にはその見わけがつかないんですからね」

「いままでに、はるか年上の夫が美しい若妻に毒殺された事件がたくさんあるので、色眼鏡をかけて見ているせいもあるんでしょうね」

「ほんとにしようがないばか者だ」とローレンスは腹だたしげに言った。

彼は、それから、隅にある本箱のところへ行って、本をあれこれ探しはじめた。私はこれ以上なにも聞きだせそうもないように思えたので、静かに部屋の外へ出た。

廊下を少し行ったところで、左手のドアが開いてジョセフィンが飛びだしてきたので、あやうくぶつかりそうになった。あまり突然だったので、私は思わず昔風のパントマイムの悪魔の出現を連想した。

彼女の顔と手は真黒で、その上、大きな蜘蛛の巣が片耳から垂れていた。

「いったいどこにいたんだい？」

私は半分開いているドアの中をのぞきこんだ。そこには低い階段があって、それを昇ったところが屋根裏のような長方形のうす暗い部屋になっていた。その中には大きな水槽が五つ六つ並んでいた。

「水槽室にいたのよ」

「どうしてそんなところにいたの？」

ジョセフィンはあっさり答えた。

「探偵していたのよ」

「水槽室でなにを探偵していたの？」

彼女はこれには答えずに、ただ、「洗ってこなくちゃ」とだけ言った。

「そうだとも」

ジョセフィンは、すぐそばの浴室へ入っていきながら振り返って言った。

「もうつぎの人殺しがあってもいいころね？」

「つぎの殺人ってなんだい？」

「探偵小説では、もう二番目の人殺しがいつもあるころですもの。真相を知っている人が、それを喋らないうちにやられちゃうのよ」

「きみは探偵小説の読みすぎだぞ。実際の世の中はそんなふうじゃないんだよ。もしこの家の中でだれかが本当のことを知っていたら、警察に話してやるべきなんだよ」

ジョセフィンの声が、蛇口からほとばしる水音に消されそうになりながらも、やっと聞こえた。

「時によっては、自分の知っていることを知らないと言うのも、いいことなのよ」

私はこの言葉の意味を読みとろうとして、一瞬じっと考えこんだが、すぐ下のほうへおりていった。

ちょうど私が、入口のドアをでて階段をおりていこうとしたときに、ブレンダが客間のドアからスルッと出てきた。

彼女は私のそばへやってきて、腕に手をかけて顔をじっと見た。

「どうしたんですの？」

言葉こそちがうが、ローレンスと同じ問いを発したわけだ。だが、ブレンダのほうが真にせまっていた。

私は首を振った。

「いや、べつに」

彼女は深い溜め息をついた。

「こんどのことには驚きましたわ、チャールズ。ほんとに驚いた……」

彼女の恐怖はほんもののように思え、じかに伝わってくるように感じた。私は加勢してあげるから安心なさい、と思わず言ってやりたくなった。私には、敵中孤軍奮闘する彼女の姿がいつもながら痛ましく思えてならなかったからだ。

ほんとなら、彼女は、〝あたくしの味方をしてくれる人はいるかしら?〟と聞きたいところだったろう。

それに対する答えは、ローレンス・ブラウンというわけだが、そのローレンスときたら、困ったときにはなんの力にもならない人間なのだ。私は、ブレンダとローレンスの二人が前の晩、庭を忍び足で歩いていた姿を思い起こした。

私はブレンダを助けてやりたい気持ちでいっぱいだが、私にしてやれることはなにもないと言ってもいい。私は、ふとソフィアのなじるような目つきを思い出して、心の中で後ろめたさを覚えた。彼女が、「とうとうブレンダはあなたを釣りあげたわね」とそのとき、言ったのだ。

ソフィアには、ブレンダの側にたってものを見るということができもしなかったし、またしたくもないのだ。だから、ブレンダがだれ一人として味方もなく、殺人の容疑者として、みんなから白い眼で見られていることに対する同情もなかったわけだ。

「検死審問は明日だそうですが、どうなるでしょう？」

私はここぞと慰めた。

「べつだん、なんでもないですよ。あなたは心配する必要なんかありません。警察がもっと取り調べをすすめるために、きっと検死審問は延期されますよ。ただ、明日になれば、差し止められていた記事を新聞は流すことになるでしょうね。いままでは、ご主人は他殺だということを新聞に書くのを許していませんでしたからね。なんといってもレオニデス家は社会的な影響力を持っていますよ。しかし審問がはじまれば、おもしろいことになるでしょうよ」（なんてことを言ってしまったんだろう！　おもしろいなんて！　どうしてもっとちがう表現をしなかったんだろうか）

「それは……それはひどいことになるでしょうかしら？」

「もし、ぼくがあなたでしたら、いかなるインタヴューも自分では受けませんね。ほんとに、あなたは弁護士を頼むべきですよ」ブレンダは悲しそうに大きな溜め息をついてうち沈んだ。「まあ、まあ、そんなに深刻にお考えにならずともいいですよ。ただ、あなたの利益をはかったり、手続きのしかたを指示したり、言っていいことと悪いことをはっきり教えてくれるような人が必要だということなんです、あなたはほんとに一人ぼっちですからねえ」

ブレンダはますます強く私の腕を握った。

「そうなのよ。あなたにはわかっていただけますわね。チャールズ、あたくしは心強く感じてますの……ほんとうに……」

私は、満ちたりたような心暖まる思いを胸にして階段をおりていった。すると、入口のところにソフィアが待っていて、「ずいぶん、長かったこと」と冷ややかな声で言った。「ロンドンから電話があって、お父さまがあなたにお会いになりたいそうよ」

「警視庁で?」

「ええ」

「いったい、なんの用なんだろう? なんにも言わなかったかい?」

ソフィアは頭を振った。その眼に、心配そうな影を宿して。私は彼女を引きよせた。

「なに、心配することはないさ。すぐ帰ってくるからね」

17

父の部屋には、身のひきしまるような空気が流れていた。父はテーブルを前にして坐り、主任警部のタヴァナーは窓枠によりかかり、そして来客用の椅子にはゲイツキル氏がいらいらした様子で腰を下ろしていた。

「いやじつに不信任きわまる話で——」と、弁護士は渋面をつくりながら言った。

「むろん、そうですとも」父は相手をなだめるように言って、「やあチャールズ、ちょうどよかった。思いがけないことになったのだよ」

「いやもう、先例のないことで」とゲイツキル氏が言った。

なにかのことで、この小柄な弁護士は心底からプリプリ怒っていることは明らかだった。その後ろで、タヴァナーがニッと歯を見せて私に笑ってみせた。

「簡単に言うとだな、チャールズ」と父は口をひらいた。「このゲイツキル氏が、今朝、じつに思いも寄らない手紙を受け取ったのだ。発信人は、レストラン・デルフォスの経営者、アグロドポラス氏だ。ギリシャ生まれの老人で、若いころアリスタイド・レオニデスの世話になったそうだ。この人はいつも自分の友だちや恩人に深い恩義を感じてきたのだが、まあそれから見ても、レオニデスは、彼の絶大な信頼を得ていたということがうなずけるのだ」

「レオニデス氏が、これほど疑り深く秘密好きな人だとは思いませんでしたよ」とゲイツキル氏が言葉をはさんで、「もっとも年をとってはいたし——それにもうろくしたとは言えますが」

「国籍が物を言いますな」と父はおだやかに言って、「ま、人間年をとると、若い日のことや昔の友人たちのことばかり思い出すと言いますからな、ゲイツキルさん」

「しかしですね、レオニデス氏のビジネスに関しては、私、四十年以上も委されてきたのですよ、正確に申しますと、四十三年と六ヵ月」とゲイツキル氏。

タヴァナーはまたニヤリと笑った。

「どうしたんです、いったい」と私はたずねた。

ゲイツキル氏は、なおも話しつづけようとして口をひらきかけたが、父がそれをさえぎって、

「アグロドポラス氏は、友人であるレオニデスから受けたある指示にしたがって、手紙

をよこしたのだ。簡単に言えば、一年ほど前、彼はレオニデスから一通の密封した封筒を委任されたのだよ。その封筒というのは、アグロドポラスが、レオニデスの死後、ただちにゲイツキル氏に宛てて送ることになっていた。かりにアグロドポラスのほうが先に死亡した場合には、彼の息子、レオニデスが名付親になっているのだが、その息子が同じ条件で実行することになっていたのだ。アグロドポラス氏は、おそくなってしまったことを詫びておられるが、彼の言うところによると、肺炎でずっと寝こんでいたものだから、旧友のレオニデスの死んだことさえ、昨日の午後になってやっとわかったというわけさ」

「いや、じつになにからなにまで、習慣に反することだらけだ」とゲイツキル氏が口をはさんだ。

「ゲイツキル氏がそれを開封して内容をくわしく知ったのだが、その上で、氏は自分の義務として――」

「こういったときですからな」とゲイツキル氏。

「で、われわれに中味を見せる義務があると、氏は考えられたわけだ。中味というのは、正式に署名され、宣誓された遺言書で、それに説明書が同封されているのだ」

「そうですか、とうとう遺言書がでてきましたね」と私。

ゲイツキル氏は真っ赤になって、「ところが、それが同じ遺言書ではないのです！」と吠え立てた。「これはレオニデス氏の依頼をうけて、わたしが作成した書類ではありません。これは、レオニデス氏自身が作成したものなのです。素人がこんなことをするのは、まことに危険千万だ。氏のやり方を見ると、このわたしをばか者扱いにしたかったのだと考えるよりありませんな」

主任警部のタヴァナーは、なんとか弁護士の気持ちをやわらげようとして言った。「なんといってもレオニデス氏は年ですからね、ゲイツキルさん。年をとるとツムジ曲がりになりやすいものでしょう。頭が鈍くなるというわけじゃないが、つまり、ちょっとエキセントリックになるんですよ」

ゲイツキル氏はそれを鼻であしらっただけだった。

「ゲイツキル氏がわれわれに電話をくださってね」と父は言って、「遺言書の内容を知らせてくれたのだよ。で、わたしは、二通の遺言書を持ってここへお出でくださるようお願いしたのだ。それで、おまえにも電話したわけだ」

なぜこの私まで電話で呼び出されたのか、私にはさっぱりわからない。第一、父や警部の職務上のことから言っても、これは尋常な措置とは考えられなかったからだ。だいたい、遺言書に関することは、いずれそのうちに私にだってわかってくることなのだし、レオニデス老人がどんなふうに遺産を処分しようと、私の知ったことではないではないか。

「遺言がちがっているのですか？　つまり、あなたが作成したものとは、遺産を分ける方法がちがっているのですね」と私がたずねた。

「そのとおりです」とゲイツキル氏。

父は私をじっと見つめていた。タヴァナー警部は私からできるだけ眼をそらそうとしているようだ。ふと私は、なんとなく不安になってきた……

この二人の胸に、なにかがあるのだ——しかも、私にはそれがなんなのか、さっぱり見当もつかない。

私は物問いたげにゲイツキル氏を見つめた。

「ぼくの知ったことじゃありませんけど——でも」と私が口をひらくと、弁護士がそれに答えて、「レオニデス氏の遺言書の条項がどのようになっているか、それは、むろん秘密ではありません。この事実をまず警察当局に知らせて、その指示にしたがって動くのが、わたしの義務だと思ったのです」ここで、ちょっと言葉を切ってから、「ええと——その、あなたとソフィア・レオニデス嬢とのあいだに、なんと申しますか——」

「ええ、彼女と結婚したいと思っています。しかし、いまのような状態では婚約を承諾しないでしょうけど」と私。

「当然なことです」とゲイツキル氏が言った。

私にはそうは思われなかったが、ゲイツキル氏がいま、議論などしている暇はない。

「この遺言書によると」とゲイツキル氏が言って、「昨年の十一月二十九日の日付で彼の妻に十万ポンドを遺贈、残余の遺産は、動産不動産とも全部、孫娘のソフィア・キャサリン・レオニデスに遺すとなっているのです」

私は唖然としてしまった。夢にも思わなかった。まさかこんなことだとは――。

「レオニデス老人が、ソフィアになにからなにまで遺したんですって？　いや、驚きましたね、で、理由は？」

「その理由は、この封筒の中に、はっきり書いてあるよ」父はそう言って、机から一枚の紙をとりあげた。「チャールズがこれを読んでもかまいませんな、ゲイツキルさん？」

「どうぞご随意に」ゲイツキルは冷たく答えた。「まあ、少なくともこの手紙は、ひとつの説明になっていますな――それに、まあ、たぶん、（わたしにはどうもそうとは思えないのだが）レオニデス氏の異常なふるまいの弁明にはなるかもしれませんよ」

父は私にその手紙を渡した。ちいさな読みづらい字が、インクの跡も黒々と書き記してあった。筆跡というものは、人の性格や個性を如実に示すものだ。その筆跡はまったく老人のものとは思えなかった——読み書きの能力が貴重なものとされ、それを習得するのに労を惜しまなかった、あの過ぎ去った時代の特色ある文体の注意深さを除いては。

親愛なるゲイッキル殿

貴殿は、この手紙を手にされて、驚き、かつ不愉快の念を禁じえないことと存じます。しかしながら小生には、貴殿が必要以上に隠し立てをすると思われる行動をとる理由があるのです。小生は長いあいだ、一家の大黒柱になっておりました。私の一家には（これは、子供のころから気がつき忘れられないものであります）いつも一人の卓越した人物がいて、つねにほかの家族の面倒をみたり責任を引き受けたりするのは、たいていの場合、この人物の双肩にかかってくるのです。小生はまさしく、そういった人間の立場にありました。私はロンドンに来て以来定住いたしましたが、スミルナの母及び年老いた祖父母を養い、兄弟の一人を法律の手により救い出し、不幸な結婚に苦しむ妹を離婚させたりいたしました。神は、小生の長い一生のあいだ、大いなる恵みを垂れさせたまい、そのおかげで自分の子供と孫たちを保護することができたのです。死んだ子供たちも少なくはないのですが、生き残った子供たちの面倒が小生にみられたのは、なによりも幸いなことであります。小生が死ぬようなときには、小生が背負ってまいったこの重荷はだれか他のものの手に引き継がれねばなりません。小生は、自分の財産を最愛の人びとに平等に分配することの可否について、熟慮を重ねてまいりました——しかし、平等に分配するということは、場合によっては厳密な意味において必ずしも平等な結果とはなりますまい。人間は同等に生まれたのではありません——造物主の天賦の不平等を相殺することによって、人間は平衡を取り戻すのです。言いかえれば、だれかが小生の後継者となり、その彼、あるいは彼女が一家の安泰を計るという重荷を負わなければならないのであります。さて、観察いたしました結果、小生は、自分の息子たちにはこの重責は適さないものと考えたのです。愛する息子ロジャーは、たとえそれが愛すべき性格にせよ、公正な判断を持つにはあまりに感情に走りやすく事業のセンスにも欠けております。またフィリップは、生活から逃避する以外のことは、なにをするにも自信がなさすぎます。ユースティスは孫ですが、まだ若すぎて必要な判断力とすぐれた分別があるとは思われません。その上怠け者で、会う人の意見にたちどころに影響されます。ただ孫娘のソフィアだけは、小生の要求する素質を確実に備えているものと愚考します。彼女は、頭脳、判断力、勇気、公明正大かつ偏見なき心、それに寛容の精神を持っております。小生は彼女に、一家の繁栄と、一家に献身的な愛情を注がれた親切な義姉エディス・デ・ハヴィランドの一生の幸福とをゆだねるものであります。

これで、同封の遺言書にも納得がいかれることと存じます。説明しがたきところ――あるいは旧友である貴殿であるが故に説明しがたい――と申しますのは、かつて小生が弄しておりました虚偽であります。なによりも小生の財産の処分に関する思惑を起こさせないことが賢明だと小生は考えました。またソフィアが小生の相続人となることを家族に知らせたくはありませんでした。二人の息子には、すでにかなりの財産が与えられているのですから、この遺言書の条項が、息子たちの体面を傷つけるようなことはないと思います。

小生は、家族たちの好奇心や臆測を消すために、貴殿に遺言書の起草をご依頼いたしたのです。この遺言書を、小生は家族を一堂に集めて朗読いたしました。小生はそれを机の上におき、その上を吸取紙でおおって、二人の召使いを呼ぶように申し付けました。彼らがまいったとき、小生は吸取紙を少々上にずらし、遺言書の下の部分を見せて自分の署名をなし、それから二人に署名させたのです。小生と召使いたちが署名しましたものは、ここに同封したものでもなければ、貴殿が作成し、小生が朗読した遺言書でもないことは、申すまでもありません。

なぜ小生が、このような詭計を遂行する気になったか、これは貴殿には理解していただけないと存じます。貴殿にことごとく秘密にしておりましたことを、心からお詫び申し上げます。老人というものは、このような、とるに足りぬ秘密を守りたがるものです。

貴殿が終始かわらず、小生の仕事をしてくださいましたことを深く感謝いたしております。なにとぞソフィアにくれぐれもよろしくお伝えください。どうか、ソフィアが家族の面倒をよくみますように、そして家族を不幸から守ることができますように。

アリスタイド・レオニデス

私は、この尋常でない文書を、強い興味を持って読んだ。

「驚きましたな」と私。

「それどころではありません」とゲイツキル氏は立ち上がりながら言った。「くり返すようですが、わたしはあのレオニデス氏が、わたしを信用してくれてもよかったと思っているのです」

「いやいや、ゲイツキルさん」と父が言葉をはさんで、「老人は生まれつきの天邪鬼《あまのじゃく》だったのですよ。いわば、ひねったやり方が好きだったのです」

「おっしゃるとおりです」とタヴァナーが言って、「ほんとに天邪鬼がいるとすれば、まさしく、この老人がそれですよ！」

警部は実感をこめて言った。

ゲイツキル氏はあらあらしい足どりで部屋から出て行った。彼は職業上の自尊心を徹底的に傷つけられたのだ。

「彼にはちょっと打撃だったですね」とタヴァナーは言って、「信用第一のゲイツキル・カラム&ゲイツキル法律事務所。だから闇取引には向かないのですね、レナニデスが、くさい取り引きをするときは、このゲイツキル・カラム&ゲイツキル事務所を通じてやったことはありませんからな。なにしろ老人は、自分の仕事に弁護士事務所を半ダースも使っていたのですよ。まったく、たいした天邪鬼だ！」

「遺言書作成が、なんといってもその白眉《はくび》だね」と父。

「われわれはばかでしたよ」とタヴァナーが言って、「よく考えてみれば、遺言書になにかトリックが仕掛けられるのは、あの老人ひとりだけなのですからな。まさか、老人がそうしようとはね！」

「警察なんておばかさんじゃないの？」と言ったときの、あのジョセフィンの優越感にひたった微笑を私は思い出した。

だが、ジョセフィンは、遺言の発表のときは出席してなかった。そして、かりに彼女がドアの外で立ち聞きしていたとしても（私にはそう信じるに足る裏づけがあるのだ！）、彼女の祖父が何をしてたのか推測するのは、まずできないはずだ。それにしても、あの優越的な態度は？　警察がおばかさんだと断言できるほど、いったい彼女はなにを知っていたというのか？　それとも、単なる見せびらかしにすぎなかったのか？

部屋の中の沈黙に、思わずハッと私は目をあげた——父とタヴァナーが二人して私を見つめているのだ。二人のこの様子を見て、なぜ私が抗議するようにこう言わざるを得なかったのか、私にもよくわからない。

「このことについては、ソフィアはなんにも知らないんです！　ぜんぜん知らないんですよ！」

「そうかい？」と父。

この父の言葉が、肯定なのか質問なのか、私にはまったく見当がつかなかった。

「彼女がこの話を聞いたら、腰をぬかしますとも！」

「そうかね？」

「腰をぬかすんですよ！」

言葉がちょっと途切れた。と、不意に父のデスクの上の電話がけたたましく鳴り出した。

「はい？」父は受話器をつかむと——聞いていたが、やがて言った。

「はい、どうぞ」

父は私のほうを見た。

「おまえのレディーだよ。われわれに話したいことがあるそうだ、大至急にね」

私は父から受話器を受け取ると、

「ソフィア？」

「チャールズ？　あなたなの？　あのね——ジョセフィンのこと！」

「ジョセフィンだって？」

「あの子、頭を打たれたの。脳震盪よ。とても悪いの……とても助かりそうもないって……」

私は二人のほうを向いた。

「ジョセフィンが殴り倒されたのです」

父は私から受話器をとると同時に、鋭く私に言った。

「あの子から目を離さないようにって、言っておいたじゃないか……」

18

次の瞬間、タヴァナーと私は警察車にとびのると、フルスピードでスウィンリ・ディーン目ざして疾走した。

ジョセフィンが水槽室から出てきて、「もうつぎの人殺しがあってもいいころね」なんておもしろそうに言ったのを、私は思い出した。このかわいそうな子供は、自分が〝第二の殺人〟の犠牲者になるかもしれないということなど、考えてもみなかったのだ。

父がそれとなく私を叱ったことに対しては、自分が重々悪かったのだと思っている。当然、私はジョセフィンに気をつけていなければならなかったのだ。やはり、レオニデス老人の毒殺犯人の手がかりは、タヴァナーでも私でもなく、十中八、九までジョセフィンがにぎっていたことになる。私はそれを、子供っぽいいたずらやあどけない見せびらかしとばかり思いこんでいたが、それがまったくの誤りだと気がついていたら、どんなによかったことか。ジョセフィンは、そこらをうろついたり、様子をうかがったり、そういった彼女の大好きな探偵ごっこをしているうちに、ちょっとしたことに気がつきだしたのかもしれない。しかも、それがどんなに重要なことか自分でもわからずに。

私は庭の中で、小枝がポキッと折れたことを思い出した。

そのとき、うすうす危険が近づいていると感づいていた。で、私はその予感にしたがってすぐ行動に移ったのだが、あとになって、私の疑惑があまりにもメロドラマめいていて、現実にはあり得ないような気がしてきたのだ。だが、それどころか、私は殺人が起こると感じなければいけなかったのだ。なぜって、一度殺人を犯した者は、自分の首を危険にさらしているのだから、絶対に安全な方法によってならもう一度罪を重ねることぐらいなんでもないからだ。

おそらくマグダは、漠然とした母親の本能からジョセフィンの身に危難を感じたので、急いで子供をスイスの学校へ移そうと、まるで熱に浮かされたように騒ぎたてたのにちがいないのだ。

ソフィアは、私たちが到着すると、すぐ迎えに出てきた。ジョセフィンは救急車でマーケット・ベイシング総合病院へ運ばれていったと、彼女は言った。グレイ博士はレントゲン検査の結果をできるだけ早く知らせるはずだと言う。

「どうしてこんなことになったのです？」とタヴァナーが訊いた。

ソフィアは先に立って家の裏手にまわり、ドアをぬけて、いまでは廃園になっているちいさな中庭に私たちを連れていった。一方の隅に少しひらいたままのドアがあった。

「これは洗濯小屋なんですけど」とソフィアが説明した。「このドアの下のほうに猫の通るような穴がありますの。ジョセフィンは、よくそのドアの穴に足をかけて、ブランコをしていたんです」

私にも、幼いころドアにぶらさがってブランコ遊びをした記憶がある。

この洗濯小屋は小さくて、うす暗かった。中には木箱の類だの、ホース、それから少しばかりの廃物の庭園用具と、こわれた家具が入れてあった。ドアのすぐ内側には、大理石でできたライオンのドアのあおり止めがあった。

「これは、玄関のドアのです」とソフィアが説明して、「それが、ドアの上にのせてあったのにちがいないわ」

タヴァナーは、ドアの一番高い所へ手を伸ばした。それは低いドアで、上といっても彼の頭より三〇センチかそこら高いだけであった。

「ブービー・トラップだ（半開きのドアに物をのせて落ちるように仕掛けた悪戯）」

タヴァナーはドアをガタガタ揺すって試してみた。それから例の大理石の塊のほうにかがみこんだが、それには手をつけなかった。

「だれか、これにさわりましたか」

「いいえ、あたし、だれにもさわらせませんわ」とソフィア。

「それはよかった。ところで、あの子を見つけたのはだれなんです？」

「あたしです。あの子ったら、一時になってもお昼を食べに帰ってきませんでしたの。それでばあやは、あの子をしきりに呼んでいたんですけど。あの子は十五分ばかり前に台所を通って、厩のある庭のほうへ行きましたの。ばあやが言うには『まりつきしているか、でなけりゃ、またあのドアでブランコしているんでしょうよ』で、あたしが自分で行って連れてくると言ったのです」

ソフィアは、ここでちょっと言葉を切った。

「その子は、いつもそんなふうな遊び方をしてたとおっしゃったけど、そのことを知っているのはだれです？」

ソフィアは肩をすくめた。

「家の人なら、だれでも知っているんじゃないかしら」

「洗濯小屋はだれが使いますかね、庭師ですか」

ソフィアは頭を振った。

「だれも中に入りませんわ」

「それに、この中庭は、家からの見通しがぜんぜんきかないですね。これだったら、だれだって、家から抜けだすか玄関をまわるかして、罠を仕掛けることはできますな。しかし、これがうまくいくかどうかは……」

警部はそこで言葉を切ると、ドアを眺めていたが、やがて、そのドアを前後に動かしてみた。

「百発百中というわけにはいかないかな。あたるかはずれるか、そうだな、あたるよりはずれるほうが多いと思うが、まあ、ジョセフィンは運が悪かったんですな。あたってしまったんだから」

ソフィアは身を震わせた。

警部はじっと床に目を注いでいた。そこにはさまざまなへこみがのこっていた。

「はじめ、だれかが実験してみてたようですな……どんな具合に大理石が落ちるものか……試してみたんだな……家のほうには、なんの音も聞こえなかったですか？」

「ええ、なんにも聞こえませんでしたわ。そう、あたしが外へ出てあの子がうつぶせに倒れているのを見つけるまで、だれもおかしいとは夢にも思わなかったんですもの――あの子ったら大の字になってしまっていて」ソフィアの声がちょっととぎれて、「あの子の髪の毛に血がついてましたわ」

「これが、あの子のマフラーですか？」タヴァナーは床に落ちているチェックのウールマフラーを指さした。

「ええ」

彼はそのマフラーを使って、注意深く大理石の塊をひろいあげた。

「おそらく指紋があるでしょう」と警部は言ったが、たいして期待はかけていない口振りだった。

「しかしだれがやったにしろ——抜かりなくやったと思うけど」彼は私に言った。「なにを見てるんです？」

私はがらくたと一緒に放りこまれていた、背のこわれた台所用の木の椅子を見ていたのだった。そのシートの上には、土のかけらがちらばっていた。

「おかしいな」とタヴァナーが言って、「だれか泥足のままであの椅子の上にあがったんだ。が、なぜだろう？」

彼は首を横に振った。

「レオニデスさん、あの子を見つけたのは何時です？」

「一時五分すぎでしたわ」

「それでは、ばあやさんは二十分ほど前に、あの子が出て行くのを見ていることになる。

それより前で、いちばんおしまいに洗濯小屋にいたのはだれでした？」

「存じませんわ。おそらくジョセフィンでしょう。今朝、ジョセフィンが、朝食のあとこのドアでブランコをしてたのを、あたし、知ってましたから」

タヴァナーはうなずいた。

「それじゃ、そのときから十二時四十五分までのあいだに、この罠を仕掛けたんだな。あの大理石は、玄関のドアのあおり止めだとおっしゃいましたね？　いつ、それがなくなったか、おわかりですか」

ソフィアは頭を振った。

「とても寒かったので、一日中、ドアを開けませんでしたの」

「午前中みなさんがどこにいたか、おわかりですか」

「あたし、散歩に出ておりました。ユースティスとジョセフィンは十二時半まで勉強――朝食を食べたのは十時半です。父は、朝から書斎にこもっていたようですわ」

「お母さんは？」

「母は、あたしが散歩から帰ってきたとき、ちょうど寝室から出てきたところでした――そうね、十二時十五分すぎごろじゃないかしら。母ときたら、いつでも起きるのがおそいんですよ」

私たちは家の中にもどった。私はソフィアについて書斎に入っていった。蒼ざめ、憔悴しきったフィリップが、いつもの自分の椅子に腰を下ろしていた。そのそばで、マグダは、彼の膝にすがってすすり泣いている。

「病院からまだ電話はありませんの？」とソフィアが訊いた。

フィリップは首を振った。

マグダはすすりあげて、

「なぜみんな、わたしを一緒に行かせなかったの。わたしのベビイちゃん、おかしな顔をしているベビイちゃん、わたし、いつもあの子のことをとりかえっ子（妖精がきれいな子をさらってそのかわりにおいて行く小さくて醜い子の意）って呼んでは、あの子を怒らせたものだわ。どうして、あんな思いやりのない呼び方なんか、わたし、したんでしょう？　あの子は死んでしまう。そうよ。死んでしまうわ」

「ね、静かに」とフィリップが言った。「静かにしなさい」

私は、この不安と悲しみの場に自分の身のおきどころがないのを感じた。で、私はそっと部屋を抜け出すと、ばあやを探しに行ってみた。彼女は台所に座りこんだまま、声を忍ばせて泣いていた。

「天罰ですよ、チャールズさん、とうとうこんなひどいことになってしまって、ええ、天罰ですとも」

私は、その言葉の意味を考えてみようともしなかった。

「だいたい、この家にはなにかたたっているんですよ。ええ、そうですとも。なにもわたしは、そんなことを信じようなんて思ったことはありませんけどね。でも百聞は一見にしかずって申しますでしょ。ご主人を殺した同じ犯人が、こんどはジョセフィンを殺そうとしたにちがいありませんよ」

「なぜ、ジョセフィンを殺そうなんてしたんだろう？」

ばあやは目にあてていたハンカチをちょっとずらすと、私に鋭く眼を走らせた。

「お嬢さんがどんな子だったか、チャールズさん、あなたはよくご存じですわね。お嬢さんは、なんでも知りたがりました。どんなちっぽけなことだって、いつでもそんな調子でね。ディナー・テーブルの下にもぐりこんではメイドたちの話をぬすみ聞きして、あとになってメイドたちにとくとくとその話を聞かせるんですからね。なにか、自分を偉いものだと思いこんでいたんですよ。でも奥さまときたら、お嬢さんをぜんぜん相手にしないんですからね、お嬢さんは、ほかのお二人のように器量好しじゃありませんもの。不器量な、ちいさなお子さんですわ。とりかえっ子、奥さまは、いつもあのお嬢さんのことを、そう呼んでいましたもの。わたし、そのことで奥さまを非難してるんですよ。だって、お嬢さん、そのせいですっかりひねくれちゃった、そう、わたしは信じてますよ。それで、人のことを探ったり、探ったことを得意になって喋ったりして、そんなばかげたことをしては自分の劣等感をなぐさめていたんです。でもね、人殺しがその辺にうろうろしているときなんぞ、そんな真似をするのはとっても危険なことですからね！」

たしかに、危険なことだ。そして、そのことが、私の心にあることを思いつかせたのだ。私はばあやに訊いた。「あの子が、ちいさな黒いノートをどこにしまっているか知ってる？——しょっちゅうなにか書きこんでたノートのことなんだけど」

「あなたのおたずねのこと、ええ、よくわかりますよ。チャールズさん、そういうことにかけちゃ、お嬢さん、とても悪がしこくてね。前に、お嬢さんが鉛筆をなめなめなにかしきりと書きこんでいるのを、わたし、見たことがあるんです。『そんなこと、しちゃいけませんよ』って、わたし、言ってやりました。『鉛毒になりますよ』すると、あの子は『あら、あたしはならないわ』って言うんです。『鉛筆に使ってあるのはほんものの鉛じゃないわ。あれは炭素なのよ』でもわたしには、なぜそうなのか合点がいきませんね。だってあれを鉛筆って呼ぶからには、中味に鉛が入っている道理じゃありませんか」

「そう考えるのも無理はないね、しかし事実から言うと、ジョセフィンのほうがあたっていたよ」と私は答えた（ああ、ジョセフィンはいつだって正しかったのだ！）。

「で、そのノートのことなんだけど、あの子がどこに隠したか知らないか？」

「さあて、ぜんぜん見当もつきませんよ。とにかく、あの子がなにかこっそりやっていたときの七つ道具の一つですからね」

「あの子が見つかったとき、ノートは持っていなかったんだね？」

「ええ、ええ、そうですとも、チャールズさん、ノートのノの字もありませんでしたよ」

だれかが、あのノートをとってしまったのだろうか？　それとも、あの子がそれを自分の部屋に隠したのか？　ひとつ調べてみようという考えが浮かんだ。ジョセフィンの部屋がどれなのかはっきりしなかったので、私が廊下をウロウロしていると、タヴァナーが私に声をかけた。

「こっちへいらっしゃい、わたしは子供部屋にいるんですよ。こんな光景を見たことがありますかな？」

私は急いで部屋に入ったが、思わずピタッと足をとめてしまった。

そのちいさな部屋は、まるで台風の来襲にでもあったような有様だった。簞笥の抽斗はひきぬかれて、中味は床の上にすっかりぶちまけられ、マットレスや寝具もちいさなベッドから放り出されていた。絨毯はめくられ、椅子はひっくり返され、絵は壁からひきずりおろされ、写真は額縁をもぎとられていた。

「いったい、どうしたというんです！」と私は叫んだ。

「なんだと思います？」

「だれかがなにかを探したんでしょう」

「そのとおり」

私はあたりを見まわして、ヒュッと口笛を吹いた。

「いったいだれなんです？　でも、ここに入ってきてこんな大騒ぎをしでかしながら人に気づかれないはずはないな」

「そうでもないですよ、レオニデス夫人は、午前中寝室にいて爪の手入れをしたり、友だちに電話したり、ドレスをいじりまわしたり。フィリップは書斎に座りこんで本を読みちらす。ばあやは台所でジャガイモの皮をむいたり、インゲン豆のサヤを取ったりで。家族が、お互いの習慣を知るなんてことはじつにやさしいことですよ。つまり、これだけは言える、この家のものなら、だれにだってこんなことはできるのですよ——あの子に罠をかけて、あの子の部屋をメチャメチャに荒らすこと。しかし、それは急いでいる人間の仕業、ゆっくり探す暇のない人間の仕業ですがね」

「この家のだれかだとおっしゃるんですね？」

「そうです。わたしは調べ上げましたよ。みんながみんな、それぞれに説明のつかない時間があるのです。フィリップ、マグダ、ばあや、それにあなたの彼女。二階の連中もおんなじです。ブレンダは午前中ひとりきりでいた。ローレンスとユースティスは三十分の休憩があった――十時半から十一時まで――その間、あなたはこの二人と一緒だったが、三十分ずっとそばから離れなかったわけではない。デ・ハヴィランドはひとりで庭にいました。ロジャーは書斎です」

「クレメンシイだけが仕事でロンドンにいたのですね」

「いや、クレメンシイにしたところで同じですよ。頭痛がするというので、今日は家にいたのです。頭痛がなおらないので、ひとりで部屋にひきこもっていた。このうちのだれかが――この家の中に、じつにひどい奴がいるのだ！――わたしにはそれがだれだかわからない。見当がつかないのです。ただ、なにを探していたかがわかれば――」

彼の眼は、このメチャメチャに荒らされた部屋を見まわした……

「それに、探しているものを手に入れたかどうかがわかりさえしたらね……」

なにかが、サッと私の頭にひらめいた――ひとつの記憶が……

タヴァナーのつぎの質問ではっきりした。

「あなたが最後にあの子に会ったとき、あの子はなにをしてたんです?」

「ちょっと待ってください」と私は言った。

私は部屋をとび出すと、階段をかけ上がって行った。天井が低くおまけに傾斜している最上階までかけのぼった。水槽室のドアをおし開けると、左手のドアを通りぬけ、最上階なので、頭をかがめながら二つの段々を上がって、ぐるっとあたりを見まわした。

私がジョセフィンに、そこでなにをしていたのか訊いたとき、彼女は「探偵していたのよ」と答えたっけ。

水槽でいっぱいの、この蜘蛛の巣だらけの屋根裏で、彼女が何を探していたのか、私にはわからなかったが、こんな屋根裏ならなにか隠すのには恰好の場所だろう。おそらくジョセフィンは、自分が持っていなくてもいいくらい完全に知りつくしていたなにかを、ここに隠していたのだと私は考えた。もしそうなら、見つけ出すのにそう長いことはかかるまい。

探し出すのに、たった三分しかかからなかった。内側からシューシューという音を出しては、この部屋の雰囲気をこの世のものとは思わせないようにしているいちばん大きな水槽の裏側に、茶色の紙きれで包まれている手紙の束が隠されているのを、私は見つけ出した。

いちばん上の手紙を私は読んだ。

あたしの最愛のローレンス。昨夜、あなたが詩の一節を引用して聞かせてくださったときは、ほんとに素敵だった。あなたは、あたしのほうをすこしもごらんにならなかったけれど、あの詩があたしに宛てられたものだということぐらいは、あたしにもよくわかっていましたの。アリスタイドが、あなたは詩や歌を朗読するのがとても上手だって言ってましたっけ。主人は、あたしたちが愛しあっていることに気づいていないわ。なつかしいあなた。もう少したてばすべてがよくなるわ。主人がなんにも知らずに、そして安らかに死んだことを、あたしたちは喜ぶようになるわ。主人は、あたしにはとてもよくしてくれました。あたし、主人を苦しめようとは思いませんの。でも、八十をすぎてなお生きていることが愉しいものだとは、あたし、どうしても思えない。あたし、そんなにまで長生きしたいとは思わないわ。もうすぐ、あたしたち、いつも一緒に暮らせるようになるわね。「ねえ、あなた、あたしの夫」こんなふうにあなたに向かって言える時がきたら、どんなにすばらしいことでしょう！　ね、ローレンス、あたしたちはただお互いのために生まれてきたのよ。あなたを愛しているわ。とても愛してる、限りなく永遠に、あたし——

もっとたくさん書いてあったが、私にはつづけて読む気がしなかった。なにか冷酷な気持ちになって、私は階下におりていくと、手紙の束をタヴァナーの前に突き出した。

「わが謎の人物は、こいつを探していたのかもしれませんよ」

タヴァナーは二、三行読んでから、ヒュッと口笛を吹き、手紙をパラパラとめくった。警部は、おいしいクリームをなめた猫のあの満足しきった表情で、私を眺めた。

「よろしい、これでいよいよブレンダ・レオニデス夫人とローレンス・ブラウン氏も年貢のおさめ時ですな。はじめっから、この二人だったのだ……」と警部は静かに言った。

19

振り返って考えてみると、ブレンダ・レオニデスに抱いていた私の憐れみも同情も、ローレンス・ブラウンに書いた彼女の手紙を読んだとたんにサッと消え去ってしまったのだから、われながら妙なものだ。いわばブレンダがローレンス・ブラウンにすっかりのぼせていながら、巧みに私をだましていたという事実が、私の虚栄心にとってたえられなかったのだろうか？　そこのところは、私にもわからない。私は心理学者じゃないからな。私の同情心がすっかりつい去ったのは、残酷な自己防衛の犠牲となったあのジョセフィンのことを考えたからだ。そう私は信じたい。

「ブラウンがあれを仕掛けたんですよ。そうと決まれば、わたしを困らせていた難問も解けることになる」とタヴァナー。

「どんなことが、あなたを困らせていたんです？」

「そうですな、なに、じつにばかげたことなんですがね。いいですか、あの子が、手紙を持っているとしますね――それも犯人の破滅を招くような手紙ですよ！　そうすると、なんといってもまずその手紙をとりもどさなくちゃならない（まあ、あの子が手紙のことを喋ったとしても、実物がなければただの作り話だぐらいで片づきますからな）。しかし、いったいこの手紙がどこに隠してあるか、それがわからなければとり返せませんよ。で、道はただ一つ、あの子に行動を起こさせないようにすること。一度、人殺しをやっているんですから、またやるくらいのことは、いとも簡単。あの子が、廃園のドアでブランコするのが好きなことは、先刻ご承知というわけです。いちばん手堅い方法は、ドアのかげに隠れていて、あの子が入ってきたときに、火掻棒か鉄棒、それとも手ごろなホースかなにかでゴツンとやってしまうことだ。そんなものなら、そこらにころがっていますからな。ところがですよ、どうしてドアの上に大理石なんかを仕掛けたんです？　うまい具合に頭の上に落ちるかどうかもわからないし、それに、落ちたところでうまく殺せるかどうかあやしいじゃありませんか（事実、うまくいったとは言えなかったのですからな）。さあ、なぜでしょう？」

「そうですね、答えはなんとでたんです？」

「まず考えられるのは、アリバイのためだということですね。ジョセフィンがやられた時間に、申し分のない立派なアリバイを持っている者はいるでしょう。しかし、それだってあてにはならないのです。そもそも、だれ一人アリバイらしいものを持っていなかった、そうも考えられますからな。それから、お昼にはジョセフィンを探すでしょうし、そうなればドアの仕掛けと大理石は見つかってしまうから、どんな手口かはそれで一目瞭然ですよ。もっとも、あの子が見つかる前に犯人が大理石を片づけてしまっていたら、われわれにも手口はわからなかったでしょうけど。しかしですね、こう考えてくると、どうも筋が通らないのですよ」

警部はそう言うと、両手をひろげてみせた。

「で、どうそれを解釈したのです？」

「答えは人間の性格ですよ。それも特異性格。つまり、ローレンス・ブラウンの特異性格ですよ。彼は暴力を好みません——あの男には、自分の手を汚すことができないのです。実際、ドアのかげに隠れていてあの子の頭をゴツンとやるなんて真似は、とてもできるものじゃないのですよ。できることといえば、ドアに罠を仕掛け、現場から離れて、自分の眼にしないですむように工夫するぐらいのことですな」

「そうか、なるほど」と私はゆっくり言って、「インシュリンの瓶にエゼリンを入れたというのと同じなんですね」

「そのとおりです」

「ブレンダに知らせずに、あの男がやったと思いますか」

「どうしてブレンダがインシュリンの瓶を捨てなかったか、それがその答えになりますよ。もっとも二人のあいだで手筈を決めたかもしれない。あるいはブレンダが、ひとりで毒殺のプランを練ったのかもしれませんね。疲れきった老夫に安らかな死をあたえ、その代償にこの世の最上のものばかりを手に入れることになるんですからね！　しかし、ドアに罠を仕掛けたのは、絶対にブレンダじゃありませんよ。だいたい女というものは、機械的な仕掛けなんてものをぜんぜん信用しないものです。そして、そのとおりになったのです。エゼリンの件は、発案はブレンダだとは思いますが、恋に夢中になっているローレンスをそそのかしてやらせたのですよ。そもそもブレンダという女は、ちょっとでも不確実なものはなんでも避けるといったタイプなんですよ。で、二人はしゃあしゃあとした顔をして暮らしていられるのだ」

警部は、そこで一息つくと、また言葉をつづけた。

「この手紙が出てきたので、公訴局長官も起訴することになりますな。これさえあれば、あの二人にしても言い逃れはまずできないところです。それにあの子さえ回復すれば、庭の事件もはっきりしますからね」警部は、私のほうを横目で見て、「百万ポンドと婚約されたご感想は？」

ちょっと虚をつかれた形だ。この二、三時間というもの、私はすっかり興奮していたので、遺言書のことなんか忘れていたのだ。

「ソフィアはまだ知らないんだけど、話したほうがいいですか」

「明日、検死審問が終わってから、ゲイツキル氏がその悲しい(嬉しいかな)ニュースを伝えると思いますよ」タヴァナーはそこで言葉を切ると、なにか考え深げに私を眺めてこう言った。

「その遺言書のことで、この一家の連中はどんな反応を示しますかな?」

20

私の予想どおり、検死審問は延期されることになった。警察が要請したのだ。

ジョセフィンの怪我も、心配していたより重くなく、回復も早いだろうという知らせが、昨夜、病院からあったので、私たちは上機嫌だった。しかし、ここ当分のあいだというもの、グレイ博士が言ったように面会は許されなかった——それが母親だろうともだ。

「ことにお母さんはいけないわ」ソフィアは私にささやくように言って、「あたし、博士にはっきり言っておいたの。もっとも、先生は母のことをよくご存じでしょうけど」

私が、いくぶん疑わしげな表情を浮かべたのだろう。ソフィアは語調をつよめて、

「なぜ、そんなお顔をなさるの？」

「だってきみ、母親が……」

「ねえ、チャールズ、あなたがちょっとばかり古風な考えを持っていらっしゃるなんて、

あたし、嬉しいわ。でもね、あなたったら、あたしのお母さまがどんなことをしでかすかご存じないのよ。なにか演《や》らなくちゃ気がすまない人。でも、どうせ単なる一場の劇的シーンになるのがおちなのよ。それに頭の怪我がなおりかけている子供に、劇的シーンなんてありがた迷惑だわ」

「きみって人は、なにからなにまで考えなくちゃ気がすまないんだね」

「だって、おじいさまが亡くなった現在、だれかが考えなくちゃならないわ」

私は、つくづく彼女の顔を見た。老レオニデスの聡明さが、いまもなおそこに生きているのを私は見たのだ。彼の重い責任のマントは、もうすでにソフィアの肩にかけられているのだ。

検死審問の帰りに、ゲイツキルは私たちと一緒にスリー・ゲイブルズにやって来た。彼は重々しく咳払いをしてから、威儀を正して言ったものだ。

「ここに、みなさんにお知らせしなければならないことがあります」

それで、一家の人びとはマグダの居間に集まることになった。このときぐらい、舞台裏の人間が感じるあのワクワクするような興奮を味わったことはなかった。私には、ゲイツキルがなにを話そうとしているのかもうわかっていたからだ。

どんな反応が家族のあいだに起こるものか、それを見物してやろうと私は待ち受けたものだ。

ゲイツキルの言葉はいたって簡素で、ドライなものだった。人間的な感情やためらい、そういったものは巧みに抑えられて、言葉の表面にあらわれるようなことはなかった。はじめにアリスタイド・レオニデスの手紙を読み、つぎに遺言書を読みあげた。

とにかく、じっと観察していると、じつに興味津々たるものがあった。私の眼が、一度になにもかもを見渡すことができたら、どんなにいいだろうと思ったほどだった。

私は、ブレンダとローレンスには、あまり注意を払わなかった。遺言中、ブレンダに関する条項は、なにも変わっていなかったからだ。おもにロジャーとフィリップに、それからマグダとクレメンシイに私は目をそそいでいた。

最初の印象では、みんな、なかなか立派な態度だった。

フィリップは、唇を固く結んだまま、恰好のいい頭を椅子の背にもたせかけていた。彼は一言も喋らない。

夫とは反対に、ゲイツキルの言葉が終わるか終わらないうちに、マグダはおそろしい勢いで喋りだした。その豊かな朗々とした声は、ちょうど満ちてくる潮がせせらぎをかきけすように、弁護士のかぼそい口調をうちくだいた。

「まあ、ソフィア、なんて意外なんでしょ……なんてロマンチックなの……気まぐれなおじいちゃまがずるくて嘘つきだなんて、考えてもごらん、まるで年とった赤ちゃんみたい。だいたいお父さま、わたしたちを信じていなかったのね？　わたしたちがうまくいってないとお考えになってたのね？　お父さまって、わたしたちのだれよりもソフィアのことをよく思っていたなんて、素振りにも見せませんでしたわ。ああ、こんなドラマチックなことって、ほんとにあるかしら」

と言ったかと思うと、マグダはスッと立ち上がって、踊るようにしてソフィアに近づくと、裾をひいて宮廷風のすばらしく優雅なおじぎをした。

「これはこれは、マダム・ソフィア、あなたの文なしの、あわれな年老いた母親が、あなたに施しを乞うております」と、彼女の声は、ロンドン訛りの鼻声になって、「あたいたちに、銅貨一枚、恵んでおくれ、あなたの母ちゃん、映画が見たいって」

夫人の手は、まるで動物の爪のようにねじれて、なにか物乞いでもするかのようにピクピクうごめきながらソフィアのほうにのびていった。

フィリップは身動きもせずに、こわばった唇から言った。

「マグダ、茶番はやめておくれ」

「でもね、ロジャー」マグダは叫ぶと、突然ロジャーのほうへクルリと向きなおった。

「かわいそうなロジャー、お父さまは、あなたを助けようとしていたのに、なにもしないうちにお亡くなりになったのね。そして、いまとなったら、あなたは一ペニイだって貰えないのよ。ソフィア」そう言うと、夫人は横柄に向きなおって、「おまえ、ロジャー伯父さんをなんとかしなくちゃだめよ」

「いけませんわ」クレメンシイが口をひらいた。そういって彼女は一歩前に出た。彼女の表情には、人を人と思わぬところがあった。「結構です。なにもいりませんわ」

ロジャーは、大きくておとなしい熊のように、ヨロヨロとソフィアのそばにやってきた。

彼は愛情をこめてソフィアの手を握りしめて言った。

「ソフィア、ぼくは一ペニイだっていらないよ。この事件が終わり次第――あるいは迷宮入りになってしまったほうがいいようだね――クレメンシイとぼくは、西インド諸島に行って、静かに暮らすつもりなんだ。まあ、ほんとに困ったら家族のリーダーにお願いするけどね」ロジャーは愛想よく彼女に笑ってみせて、「だけど、そんなにならないうちは、一ペニイだっていらないよ。なにしろ、ぼくは単純な人間なんだからね、クレメンシイに聞いてごらん」

突然、思いがけない声がした。エディス・デ・ハヴィランドだ。

「たいへん結構だね、だけど、体面というものも多少は考えなくちゃなりませんよ。ロジャー、まあ、あなたがかりに破産したとしてだね、ソフィアに助けてもらわずに、そんな遠いところへコソコソ逃げ出してごらん。そりゃあひどい噂をたてられて、そうなったらソフィアにしたって、気持ちのいいものじゃありませんよ」

「世間の噂がなんだとおっしゃるんです？」クレメンシイが吐き出すように言った。

「あなたがたにはなんでもなくたってね」とエディス・デ・ハヴィランドは鋭く言って、「ソフィアは、その世間で暮らしているんですよ。この娘《こ》は、頭はいいし、気持ちもいいちゃんとした娘ですよ。レオニデスが、この娘に一家の財産をまかせたのも無理のないことだとわたしは思っている。まあ、イギリスの風習から見ればね、二人の息子がちゃんとあるのに孫に財産をやるなんて、ちょっとおかしいように思うけど――ソフィアがガツガツ欲張って、ロジャーが破産するのを黙って見てたなんて噂されたら、それこそ、なんといったって不幸せですよ」

ロジャーは伯母のほうへ歩みよっていった。そして、彼女を両腕で抱きしめた。

「伯母さん、あなたはじつにいい人だ――それにとっても頑固だよ。だけど、わかってもらえないんだな。クレメンシイとぼくは、自分たちがなにがほしいかよく知ってるんですよ――それから、ほしくないものもね」

クレメンシイは、やせた頬をパッと紅潮させると、みんなの前に正面きって立った。

「だれにもこのロジャーの気持ちがわからないのです。いままでだってそう、これからだってそうだわ！　さあ、行きましょう、ロジャー」

ゲイツキルが咳払いをしながら書類を片づけはじめると、二人は部屋から出て行ってしまった。彼の表情ときたら、まったくにがりきっていた。こんな騒ぎが、彼にはとてもたまらないのだ。そいつは明らかだ。

私は、はじめてソフィアのほうを見た。彼女は暖炉のそばに静かに立っている。顎をグッと上にあげて、その眼にはある落ち着きをたたえていた。いま、ソフィアは巨額の財産を相続したばかりなのだが、そのために彼女が突然どんなに孤独な人となったか、私はその想いでいっぱいだった。彼女と家族のあいだには、柵のようなものが作られてしまったのだ。そして、彼女は家族たちから孤立してしまったのだが、彼女はすでに、このことを予期していて、この事実を直視していたのではないかと、私は想像した。レオニデス老人は彼女の肩に重荷を負わせたのだ——老人には、それが並々ならぬものであることがよくわかっていたのだし、彼女自身もそれを覚悟していたのだ。レオニデスは、彼女の肩がそれに耐えるのに十分強いものと信じていたのだろうが、さてその場に立ちいたってみると、私にはソフィアがかわいそうでしかたがなかった。

それまで、彼女は一言だって口をひらかなかった。事実、彼女にはその機会もあたえられなかったが、やがて、口を開けなければならない羽目になるだろう。もうすでに、家族は表面いかにもにこやかにしてはいるものの、その底には目に見えない敵意を隠しているのが私にもよくわかる。あのマグダの優雅なお芝居じみた仕草の中にだって、陰険な悪意が感じられたではないか。それに、まだまだ表面には現われてこない、もっと不吉な暗い底流があるようだ。

ゲイツキルは咳払いをやめると、正確一点ばりのスピーチをはじめた。

「ソフィアさん、僭越ながら、一言お祝いの言葉をのべさせていただきます。いまや、あなたはきわめて裕福なるご婦人です。わたしはあなたに軽率な行為をおすすめする気は毛頭ございません。しかし、当座の費用として、ご入用のお金だけは、わたしといたしましても前渡しできるのです。今後のことでいろいろとご相談なさりたいようでしたら、わたしのできます範囲内で、極力ご助言申し上げたいと考えております。ご熟考を要しますさいには、法学院にて、わたしにお会いになっていただきたく存じます」

「だけど、ロジャーはね——」と、なおも頑強にエディス・デ・ハヴィランドが言いつづけようとすると、ゲイツキル氏はすかさずこれをさえぎって、

「ロジャー氏は自活なさらなければなりませんな。もう、なんと申しましても成人ですし、たしか五十四歳におなりでしたな。いや、たしかアリスタイド・レオニデス氏のお

説のとおり、ロジャー氏は実業家ではありません。今後とも、その点においては変わらないと思います」弁護士はソフィアのほうに頭を向けて、「かりにあなたがですな、チェーン・レストランを再建したとしてもですよ、ロジャー氏がそれをうまく切りまわせるなどと、かりそめにもお考えになってはなりません」

「会社を再建するなんて、夢にも思ってはおりませんわ」とソフィア。

これが、その場における彼女の第一声だった。その声はいかにもキビキビしていて、とても事務的だった。

「そんなことするなんて、愚の骨頂ですもの」とソフィアは言い足した。

ゲイツキルは眉の下からチラリと彼女に一瞥をあたえ、思わず微笑を浮かべた。それから、家族たちに挨拶すると、部屋から出て行った。

しばらくのあいだというもの、水を打ったような沈黙。それは、さあこれでいよいよ家族だけになったのだという実感となって、ひしひしと身にせまってくる。

フィリップがぎこちなく立ち上がった。

「書斎にもどらなくちゃならん。すっかり時間を無駄にしてしまった」

「ね、お父さま――」ソフィアがおぼつかなそうに言った。まるで嘆願しているかのようだった。

フィリップが冷たい敵意にみちた眼を向けると、彼女は思わず震えながら後ろにしりぞいたようだった。

「おまえにお祝いを言わなかったね。しかし、こんどのことは、わたしには思いがけないショックだった。父が、こんなにまでわたしを侮辱しようとは思わなかったね——わたしの生涯かけての献身、そう、わたしの献身に父がはなもかけなかったとはね」

ここではじめて、氷のような自制の殻を破って、赤裸々な人間の姿があらわれたのだ。

「ああ、わからん！」フィリップはつづけて、「わたしにこんな仕打ちをするなんて、父はいつだってわたしには不公平だったのだ——そう、いつだってだ」

「いいえ、ちがいますよ、フィリップ、それはあなたの考えちがいよ」エディス・デ・ハヴィランドが叫んだ。「あなたを度外視したなんて思っちゃいけない、そうじゃないんだよ。人間、年をとるとね、自然と若い人たちに頼りたくなるものなんです……ね、それだけのこと……それにアリスタイドは、損得にはとくに敏感な人だったから、ええ、わたしだってなんべんか、あの人が、二人に相続させると相続税がたくさんかかる、なんて言ってたのを聞かされたもんですよ——」

「わたしのことなんて、父は少しも考えてくれなかったのです」とフィリップが答えた。その声は低く、しわがれていた。「いつもロジャー、ロジャーだった、おまけに、あげくのはては――」と、不意に彼の美しい顔はそこしれぬ悪意で醜くゆがんだ。「ロジャーがばかで失敗者だと、父はみとめていたんだ。それで、ロジャーまで見捨ててしまったんだ」

「いったい、ぼくはどうなの?」とユースティスが訊いた。

そのときまで、私はほとんどユースティスに注意していなかったが、この少年が、なにかの激情にかられてからだをブルブル震わせているのに気がついた。顔は紅潮し、眼に涙があふれている。そして、少年の声は甲高くヒステリックな調子になって、うち震えているのだ。

「恥さらしだ!」とユースティスが叫んだ。「大恥だよ! おじいさん、よくも、よくもぼくにこんなことをしたね。ぼくはたったひとりの男の孫じゃないの。ぼくを無視してソフィアを選ぶなんて、ぜんぜん不公平だ。おじいさんなんか大嫌いだ、大嫌いだとも。死んだって、忘れるもんか。人でなしの暴君め! ぼくは前から、あんなじいさんなんか死ねばいいと思ってたんだ。こんな家なんかから、ぼくは出たかったんだ。自分で自分のことがしたかったんだよ。それが、こんどは、ソフィアなんかにいじめられ、こづきまわされ、ばかにされなければならないなんて、いっそ死んでしまいたいくらいだ……」

そう叫んだかと思うと、少年は脱兎のごとく部屋からとび出して行った。

エディス・デ・ハヴィランドは大げさに舌打ちすると、

「あの子ときたら、ほんとにブレーキがきかないんだからね」と呟いた。

「いいえ、あの子の気持ちはよくわかるわ」とマグダが叫ぶ。

「ええ、ええ、そうでしょうとも」エディス伯母の言葉には険があった。

「かわいそうな子！　さあ、行ってやらなくちゃ」とマグダ。

「お待ちったら、マグダ」エディスはあわてて彼女のあとを追った。

二人のわめく声が遠ざかっていった。ソフィアはフィリップをじっと眺めているままだった。彼女の眼差しには、なにか哀願するような光がただよっているように、私には感じられた。だが、かりにそうだとしても、それは無駄なことだった。父は、娘をただ冷ややかに見返すだけで、またもとのように冷然とおさまりかえってしまっていたのだ。

「ソフィア、おまえはうまくやったね」フィリップはそう言うと、部屋から出て行ってしまった。

「なんてひどいことを——ね、ソフィア」そう、思わず私は叫んでしまった。

彼女は私のほうに、両の手を差しのべた。私は彼女を抱きしめた。

「ほんとにひどすぎるね、ソフィア」

「みんなの気持ち、あたしにはよくわかるわ」

「きみのおじいさんが、こんなことをきみにしてくれなけりゃよかったのに」

彼女はシャンと身を起こした。

「おじいさまは、あたしならちゃんと引き受けられるって信じていたのよ。ええ、あたしにはできるわ。ただ、ユースティスさえ、なんとも思ってくれなければいいんだけど」

「なあに、そんなこと、あの子は忘れるよ」

「さあ、どうかしら？　あの子ときたらとにかくクヨクヨする性《たち》なんですもの。それに、父が気分を害するなんて、あたし、たまらないわ」

「お母さんは大丈夫だよ」

「母だって気にしているわ。第一、自分の娘のところへやってきて上演資金をねだるなんて、お母さまにしたらいやでしょうからね。もっとも、気がかわらないうちにと、エディス・トムスンの上演のことで、お母さま、あたしのところへ来るでしょうけど」

「で、きみはなんて言うつもりだい？　お母さんさえそれで幸せなら……」

ソフィアはスッと私の手から身をひくと、グッと頭をあげた。

「あたし、駄目って言うわ。つまらないお芝居だし、お母さまの役柄でもないんですもの。わざわざお金を捨てるようなものよ」

私は思わず笑ってしまった。

「どうなさったの?」ソフィアはけげんそうにたずねた。

「やっとわかったよ、おじいさんがきみにお金を遺した理由がね。ソフィア、きみはおじいさんそっくりなのさ」

21

ここのところいちばん残念なのは、ジョセフィンが入院していて、なんにも知らないということだ。彼女にしたって、こんどの件に居合わせたら十分愉しめたはずなのに。ジョセフィンの回復は早く、いつでも退院できる状態だったが、彼女は、もう一ついへんな出来事を見逃してしまったのだ。

ある朝のことだ。私がソフィアとブレンダと一緒に、ロック・ガーデンにいると、車が玄関にとまってタヴァナーとラム部長刑事が下りてきた。二人は階段をのぼって、家の中に入っていった。

ブレンダは車をじっと見つめながら、静かに立ちつくしている。

「あの人たちなのね」と彼女は言った。「またもどってきたんだわ。あたくし、あきらめたかと思っていたのに——もう、なにもかもすんだと思っていたのにね」

ブレンダは震えているらしかった。

彼女は私たちと、ほんの十分ばかり前から一緒になったのだ。チンチラのコートに身をつつんで、彼女は言ったものだ。「新鮮な空気を吸うか、なにか運動でもしなけりゃ、気が狂いそうですわ。門の外に出ると新聞記者が待ちかまえているし、まるで包囲されたみたい。いつまでも、こうなのかしら？」

ソフィアが、もうすぐ新聞記者のほうであきあきしてしまうと思うわ、と言った。

「車でしたら、出られるんじゃないかしら」と彼女はつけ加えた。

「あたくし、なにか運動がしたいと言っているのよ」

ブレンダはそう答えると、だしぬけにこんなことを言い出した。

「ソフィア、あなた、ローレンスを辞めさせたのね？　いったいなぜなんです？」

ソフィアは静かに答えた。

「ユースティスのためには、べつに考えてやっているところなの。それにジョセフィンはスイスに行くことになっていますわ」

「そう、でも、あなた、ローレンスの気持ちをめちゃめちゃにしてしまったのよ。あの人、あなたが自分を信用してくれないんだって思ってますわ」

ソフィアは答えなかった。タヴァナーの車がやって来たのは、ちょうどこのときだったのだ。

その場に立ちつくし、しめった秋の空気のなかで身を震わせながら、ブレンダは呟いた。「いったい、どうしようというのかしら、あの人たちは。なぜまた、やって来たんでしょう？」

私には、タヴァナーたちがなぜやって来たのかよくわかるような気がした。私はソフィアに、水槽のそばで見つけたあの手紙のことをなにも言わなかったけれど、彼らは公訴局長官のところへ行ったのにちがいないのだ。

ふたたび、タヴァナーが家から出てくると、芝生を横切って私たちのいるほうへ近づいて来た。ブレンダの震えはますますひどくなった。

「いったい、どうしようというのかしら？」彼女はおびえた声でくり返していた。「いったい、どうしようというのかしら？」

とうとう、タヴァナーは私たちのそばに立ち止まった。彼は事務的な口調でそっけなく言った。

「私はあなたの逮捕状を持っています。去る九月十九日、アリスタイド・レオニデスにエゼリンを服用させたかどにより、あなたを逮捕します。あなたの言ういかなることも、審理に際して証拠となるものとご承知ください」

ブレンダの顔が真っ青になっていった。彼女はしぼるような悲鳴をあげて、私にしがみつき、叫んだ。

「ちがう、ちがう、ちがいます。そんなこと、嘘！　ね、チャールズ、この人たちに嘘だと言って！　そんなことしやしない、あたし、なにも知りゃしないわ、みんな、つくりごとなんです。ねえ、あたしを連れて行かないで、嘘よ、嘘なのよ……ちがう、なにも、あたし、なにもしなかった……」

信じられないくらいとり乱した様子だった——私は彼女をなだめようとして、私の手にしっかりと絡みついている彼女の指をほどいた。すぐ弁護士を手配してあげましょう、そう私は言った——だから、気をおしずめなさい——弁護士はなにもかもやってくれますよ……

タヴァナーは静かに彼女の腕をとった。

「さ、行きましょう、レオニデス夫人」と警部は言って、「帽子をかぶるんでしょ？　え、いらないんですか？　かぶってからにしましょう」

彼女は身をひいて、大きな猫のように緑色に光る眼でじっとタヴァナーをにらんだ。

「ローレンスは？　ローレンスはどうしたんです？」

「ローレンス・ブラウン氏も逮捕されます」とタヴァナーが答えた。

夫人はそれを聞くと、急にガックリしてしまった。からだは、いまにもくずおれ、震えおののくかに見えた。涙がひとりでに彼女の頬をぬらしてゆく。彼女は静かにタヴァナーにひかれて、車のほうへ芝生を横切って行った。ローレンス・ブラウンとラム部長刑事が家から出て来るのが、私の眼に入った。彼らはみんな一緒に車に乗りこんだ……車は走り去ってしまった。

私は深い吐息をつきソフィアのほうへ向きなおった。彼女はひどく蒼ざめ、苦悩の色が頬をいろどっていた。

「なんて恐ろしいこと、チャールズ」と彼女は口をひらいた。「とても恐ろしいことだわ」

「そうだね」

「あなた、ほんとに一流の弁護士を彼女のために頼まなくちゃいけないわ——いちばんいい弁護士よ。あの女《ひと》には——あの人には、できるだけ手をつくしてあげたいのよ」

「こんなことになるなんて——」私は呟いた。「だれも思ってもみなかったのにな、ぼくははじめて見たよ、人が逮捕されるところなんて」

「そうね、だれだってこんなふうになるとは思わなかったわ」

私たちは二人とも黙りこんでしまった。私は、ブレンダの顔にあらわれたあの絶望的な表情を思い浮かべていた。あの表情をたしかどこかで私は見たような気がする。そうだ、突然、私にはそのわけがわかった。私がこのねじれた家をはじめて訪れた日、マグダ・レオニデスがエディス・トムスンの芝居のことを話したときの、あのマグダの表情だった。

「ごくさりげなく、無邪気に、そう最後まで見せかける、そして恐ろしさだけが……」とマグダは言ったっけ。

恐ろしさ――それがブレンダの顔にありありとあらわれていたのだ。ブレンダは気力のある女じゃない。私は、彼女に人が殺せるだけの神経の太さがあろうとはどうしても思えなかった。たぶん、あの女がやったのではないだろう。やったとすれば、あのローレンス・ブラウンだ。被害妄想にかられ、まどいやすい性格から、小瓶の中味をほかの小瓶に移したのだ――なんでもない、やさしい仕事さ――それだけで、自分の愛している女を自由にできるのだからな。

「とにかく、これでおしまいね」とソフィアが言った。

彼女は深い溜め息をつくとこうたずねた。

「でも、どうして二人を今逮捕できて？　証拠は不十分だと思うけど」

「証拠がある程度あがったのさ。手紙なんだ」

「あの人たちのラヴ・レターのこと？」

「そんなもの大事にとっておくなんて、ほんとに大ばかだわ！」

「そうだよ」

そう、まったくばかだ。いわゆる他人の経験によって学ぶことのできない愚かさというやつだ。毎日、新聞さえひらけば、こんな愚かしい行為の見本がいくらでもころがっているじゃないか——書きとめられた言葉、書きのこされた愛のあかしを大切にしまっておこうとするあの情熱。

「まったくいやらしい話さ、ソフィア」と私は言って、「しかし、こんなことでクヨクヨしたってはじまらないじゃないか。結局、ぼくたちがこうなるだろうと思っていたとおりになったんだ。ね、そうじゃない？　きみがマリオの店で最初の晩に言ったとおりにさ。『わけのある人が殺した以上は』って言ったね。ブレンダが、そのわけのある人なのさ。ちがうかい？　ブレンダ、それともローレンス？」

「チャールズ、やめて、あなた、お願いだからあたしを恐がらせないで」

「でもね、ぼくたちはここのところをよく理解しなくちゃいけないんだよ。もうぼくたちは結婚できるんだ、ソフィア。これ以上、きみはぼくを待たせるわけにはいかないんだ。レオニデス一家は殺人に関係がなかったんだからね」

彼女はじっと私を見つめた。私はいままで、ソフィアの瞳がこんなにもいきいきとした青さをたたえているとは気がつかなかった。

「そうね」と彼女は言った。「あたしたち、これで青天白日の身になったんだわ。ね、そうでしょう、あなた？」

「ねえ、きみ、きみたちには、動機のひとかけらもなかったんだよ」

すると、彼女の顔からスッと血の気がひいた。

「あたしを除いてはね、チャールズ、あたしには動機がある」

「そりゃ、むろん――」と言ってから、私はハッとして、「いや、冗談じゃないよ。きみは遺言書のことなんか、少しも知らなかったんじゃないか」

「ところが、あたしは知ってたのよ」彼女は低くささやいた。

「なんだって？」私は彼女の顔をじっと見つめた。不意に冷たいものが、私の背筋を走った。

「おじいさまがあたしにお金を遺してくれたこと、ずっと知っていたのよ」

「でも、どうして？」

「おじいさまが教えてくれたの。亡くなる二週間ほど前だったかしら、急にあたしにこう言ったの。『わたしの財産は、全部おまえに残すことにしたよ、ソフィア。わたしが死んだら、あとの家族の面倒をよくみておあげ』って」

私はじっとにらんだ。

「きみはそんなこと、ただの一度だってぼくに話さなかった」

「そうね、でもみんなが遺言書のことや祖父が署名したことなど話してたとき、きっと、おじいさま、思いちがいをしたんだろうと、あたし、思ったのよ――わたしに遺産を遺したものと、祖父はひとりで思いこんでいたんじゃないかしら。それとも、祖父がわたしに遺産を遺すように遺言書を作ったのだけれど、きっと、それが紛失してしまって、もう出てこないだろうと、あたし思ったからなの。あたし、その遺言書が見つからないようにって思ったわ――とても恐かったから」

「恐いって、なぜ？」

「きっと、殺人事件のせいね」

私はブレンダの顔に浮かんだあの恐怖の表情を思い起こした――はげしい、いわれのない心の破綻を。また、マグダが殺人者を演じようとしてよそおってみせたあの心の破綻そのもののような恐怖の表情も、私の頭に浮かんできた。べつに、ソフィアの心をかきみだすいわれなき恐怖というものはなかったはずだ。しかし、彼女は現実主義者なのだ。祖父の遺言によって自分に嫌疑がかけられることを十分承知していたのにちがいない。これで、私は前よりもよくわかった（あるいはわかったような気がする）。彼女が私となぜ婚約しようとしなかったかが。そして、私にどうか真実を見出してほしいと彼女が言ったその理由が。真実だけが、と彼女は言ったっけ、彼女にとってなにものにもまさるのだと。私はありありと思い出した、彼女がそう言ったときのあの情熱と烈しさを。

私たちは家のほうへ、からだの向きをかえて歩きだした。と、不意に、ハッと彼女のある言葉を思い出したのだ。

「あたしだって、だれかを殺すことぐらいできると思うわ」そう言ったじゃないか、それから、こうつけ加えたんだ。「でも、ほんとに殺しがいがなくちゃ！」

22

ロック・ガーデンを一まわりしたところで、ロジャーとクレメンシイが元気よく私たちのほうへ近づいてきた。ゆるやかなツイードは、外出着よりもロジャーにずっとよく似合う。ロジャーのほうは、ひどく熱っぽくなにかに興奮しているように見えたが、クレメンシイのほうはどことなく不機嫌だった。

「やあ、ご両人」とロジャーが声をかけた。「とうとうやりましたな。警察の連中ときたら、あの胸くそ悪い女を捕まえる気は毛頭ないのじゃないかと、ぼくは思っていたんですがね。いったい、なにをぐずぐずしてたんだか、さっぱりわからん。ま、とにかく、やっとあの女をとっつかまえたわけだ。それから、あのおかわいそうなボーイ・フレンドもね——ぼくは、連中があの二人の首を絞めちまってくれればいいと思っているんですよ」

クレメンシイが顔をひどくしかめて言った。

「そんな野蛮なこと、おっしゃらないで、ロジャー」

「野蛮だって？　チェッ！　心から信頼しているあの無力な老人を毒殺した冷血なやり方を考えてごらんよ——だから、あの人殺しどもは捕まって当然の報いを受けるんだ。それをぼくがよろこんだからって、おまえは野蛮だなんて言うのかい！　断っておくがね、ぼくは自分自身で、あの女の首を絞めてやりたいくらいなんだよ」

なおも彼はつづけて言った。

「警察があの女を捕まえに来たとき、あなたがたは一緒にいたんでしょう？　あの女、どうでした？」

「見てるのもおそろしいくらい」とソフィアが低い声で答えた。「すっかりとり乱してしまって、おびえきっていましたわ」

「自業自得さ」

「そんなに執念深くするものじゃありませんわ」とクレメンシイがたしなめた。

「ああ、わかっているさ、おまえ、しかし、おまえにはこの気持ちがわかるまいね。殺されたのはおまえのお父さんじゃないんだからな。ぼくはおやじがとても好きだったんだ。わからんかね！　ぼくは大好きだったんだ！」

「わたくしだって、いまはわからなくちゃならない立場ですのよ」とクレメンシイ。

「だいたい、おまえには想像力がなさすぎるんだよ、クレメンシイ。ね、いいかい、毒殺されたのがぼくだったというふうに考えてごらんよ――？」とロジャーが冗談半分に言った。

私は、彼女が思わず目蓋を閉じ、両の手をぐっと握りあわせたのを見た。そして、鋭い声で、「冗談にせよ、そんなことをおっしゃるものではありません」

「気にするんじゃないよ、ね、じきに、ぼくたちはこんなことから解放されるんだ」

私たちは家のほうへ向かった。ロジャーとソフィアが先に立ち、クレメンシイと私があとからついていった。彼女が口をひらいて言った。

「これでもう――わたくしたち、ここから出て行けるでしょうね？」

「そんなに行きたいのですか」

「わたくし、すっかり疲れきってしまいました」

私は驚いて彼女を見た。彼女は私の視線に出合うと、かすかにやるせないほほえみを見せてうなずいた。

「チャールズさん、わたくしが、終始戦ってまいりましたこと、あなたにわかっていただけないかしら？　わたくしの幸福のために、そう、ロジャーのためにですよ。わたくし、家族たちが彼をイギリスに引き留めようとして説き伏せやしないかと、そればかりが心配でなりませんでした。そんなことにでもなったら、わたくしたち、あの人たちのあいだにはさまれてがんじがらめになってしまい、家族という手枷足枷で窒息してしまいますもの。それから、ソフィアが彼に収入を保証することになって、わたくしがずっと楽になるという理由から、ロジャーがこのイギリスに留まるということがないように、それればかり、わたくし、気にしておりましたの。だいたい、他人の言うことを聞こうとしないのがロジャーの欠点なのですよ。たしかに、主人はなにか、自分で考えつくのです。でも、それがちゃんとしたものだったためしはないんですの。あの人には、なんにもならないんですよ。そのうえ、あの人ときたら、女というものは安楽とお金とは切っても切れないものだというレオニデス式の考え方をいやというほど持っているんですからね。でも、わたくしは、自分の幸福のために戦ってみせますわ——そうですとも。とにかくわたくしはあの人を連れ出して、あの人にピッタリしたなんのひけ目も感じないですむような生活をさせたいのですよ。あの人が家族から離れて、ほんとにわたくしのものになることを願っているのです」

彼女は低い声で早口に喋った。その声には、なにか突きつめたきびしい調子があって、私をびっくりさせた。彼女がこんなにも心配しているとは、私には思いもよらなかったことだった。また、ロジャーに対する彼女の想いが、こんなにまで突きつめた独占欲の激しいものであろうとは。

私は、エディス・デ・ハヴィランドが言ったある言葉が、心によみがえるのを覚えた。彼女は、いかにもわざとらしい口調でこう言ったものだ。〝盲目的な愛〟、ひょっとしたら、あれはクレメンシイのことを言ったのかもしれないな。

ロジャーは、いくら自分の妻に惚れこんでいたにしても、この世でいちばん愛していたのは父親じゃなかったか。私ははじめて、ロジャーを自分自身のものにしたいというクレメンシイの欲望がいかに激しいものであるかがわかった。ロジャーを愛することが、彼女の生活のすべてだったのだ。ロジャーは、彼女の恋人であり、夫であるばかりか、その子供でもあったのだ。

一台の車が玄関の前にとまった。

「やあ」と私は声をあげた。「ジョセフィンのご帰館だ」

ジョセフィンとマグダが車から下りた。ジョセフィンは頭を包帯でグルグル巻かれていたものの、ほかのところは非常に調子がよさそうだった。

車から下りると、少女はすぐ言った。

「あたし、金魚を見に行こうっと」私たちのほうへやって来るかとみるまに、池のほうへ走って行った。

「まあ、おまえ」とマグダが声をあげて、「家へ入って、すこし休んだほうがいいよ。それから少し栄養スープでもおあがり」

「そうガミガミ言わないで、お母さま」とジョセフィンは言って、「あたし大丈夫よ。それに栄養スープなんか大嫌いだわ」

マグダは、なにかためらっている様子だった。ジョセフィンがもう何日も前から退院していい状態になっていたことは、私も知っていた。彼女が病院にとめおかれていたのは、タヴァナーの助言があったからなのだ。警部には、容疑者たちが逮捕されるまで、ジョセフィンの身の安全が期しがたかったからなのだ。

私はマグダに言った。

「新鮮な空気はあの子のからだにいいと思いますよ。ぼくがそばにいて、よく気をつけていますからね」

私はジョセフィンが池にたどりつく前に追いついた。

「きみがいないあいだに、ものすごくいろんなことがあったんだぜ」と私は呼びかけた。

ジョセフィンは何にも言わなかった。彼女は近視の眼で、池の中をじっとのぞきこんでいた。

「フェルディナンドが見えないわ」

「フェルディナンドって、どんなの？」

「しっぽが四つあるのがそうよ」

「そいつはおもしろいね。ぼくはあのキラキラした金色のやつが好きだな」

「そんなの、ありふれているわ」

「あのシミがくった白いやつはあんまり感心しないな」

ジョセフィンは軽蔑したような顔で私を見た。

「あれはシーブンキンよ。金魚なんかよりずっと高いんだから」

「いままでのこと、聞きたくないのかい、ジョセフィン？」

「だいたいのことはわかってるわ」

「それじゃきみは、もう一つの遺言書が見つかって、おじいさまがソフィアにみんなお金を遺したんだってこと、知ってたのかい？」

ジョセフィンはさも退屈しきった表情でうなずいた。

「お母さまが教えてくれたわ。でも、その前に知ってたもの」

「と言うのは、病院でそのことを聞いたってことかい？」

「ううん、あたしはおじいさまがソフィアにお金をみんな遺したってこと、前から知ってたのよ。おじいさまがソフィアにそう言ってたの、聞いたんだもの」

「また立ち聞きしたのかい？」

「そうよ。大好き」

「そんなことするのは下品なんだよ。だいいち、立ち聞きする人間にろくなことはないってこと、覚えておくんだよ」

ジョセフィンは奇妙な眼で私をにらんだ。

「ええそうよ。あたしはおじいさまがソフィアに喋っているのを聞いたんだわ」それからつけ足して、「ばあやは、あたしが立ち聞きしてるのを見つけると、ものすごく怒るわ。そんなことは、レディーのすることじゃないって言うの」

「そうさ」

「嘘よ」とジョセフィンは言って、「いまどき、レディーなんているもんですか。《ブレーンズ・トラスト》（放送聴取者から寄せる質問に即座に答える専門家の一団）がそう答えていたわ。そんなものはすたれたんですって」ジョセフィンは、すたれたという言葉を妙に注意深く発音してみせた。

私は話題を変えた。

「大事件を見るには、ちょっとお帰りがおそすぎたな。タヴァナー警部が、ブレンダとローレンスを逮捕したんだよ」

私は、ジョセフィンが小探偵気取りでいるからには、この情報にとびついてくるだろうとにらんでいた。ところが、さも聞きあきたといった様子で、

「そんなこと、知ってるわ」

「そんなはずないよ。いまあったばかりなんだから」

「道で車がすれちがったとき、タヴァナー警部とスエード靴の刑事の横に、ブレンダとローレンスが乗っているのが見えたのよ。だからあたし、ああ、捕まったんだなと思ったの。あたし、タヴァナー警部にあの二人を丁重に扱ってもらいたいと思うわ。そうしなくちゃいけないわね」

私は、タヴァナーがエチケットに反することは何一つしなかったと、彼女に保証した。

「ぼくは、あの手紙のことをどうしても警部に言わなくちゃならなかったんだ」私は弁解めいた口調で言った。「水槽のかげにあるのを、ぼくが見つけたんだよ。つまり、そのことできみが頭を殴られたんだと、警部に言ってやりたかっただけなのさ」

ジョセフィンは、そっと自分の頭に手をやった。

「あたし、殺されるところだったのね」といかにも満足そうに言って、「あたし、そろそろ第二の殺人が起こっていいって、あなたに言ったでしょ。水槽に手紙なんかを隠すなんて、ほんとにばかね。いつかローレンスがそこから出てくるのを見て、あたし、ピ

ンときたの。というのはね、あの人、水槽のコックやパイプ、それからヒューズ、そういったものを直したりするような器用な人じゃないんですもの。それであたし、なにか隠したな、ってにらんだの」

「しかしだね――ぼくは――」そのとき、エディス・デ・ハヴィランドのあのいかめしい声がひびいてきたので、私は言葉を打ちきってしまった。

「ジョセフィン、ジョセフィンや、すぐおいで」

ジョセフィンはホッと溜め息をついた。

「頭に来ちゃうわ、でも行ったほうがよさそうね。エディス伯母さんが呼ぶんなら、あなたも行かなくちゃ」

彼女は芝生を横切って走っていった。私はあとからゆっくりそれについていった。

二言、三言、なにか言うと、ジョセフィンは家の中へ入っていった。私はテラスでエディス・デ・ハヴィランドと一緒になった。

今朝は、彼女も年相応に見える。私は、彼女の顔に走っている疲労と苦悩のしわを見てびっくりした。なにかすっかり疲れきって、いかにもがっくりしている様子だった。私の表情から心配の色を読みとったのか、彼女はしいて微笑をつくろうとした。

「あの子は、あんなひどい目にあっているわりに、ぜんぜん平気のようね。これからは、もっと気をつけてやらなくちゃね。だけど、もうそんな心配はいらないのかもしれないけど」

エディスは、ホッと息をついて、また言葉をつづけた。

「すっかり片がついて、ほんとに安心しましたよ。でも、なんてこってしょうね。いやしくも殺人罪で逮捕されるくらいなら、もう少しは威厳を持たなくちゃいけませんよ。すっかりとり乱しちゃってキイキイ言うブレンダみたいな女は、あたしゃ、もうがまんができないね。まるっきり勇気ってものがないんだから。あのローレンス・ブラウンときたら、まるで追いつめられた兎みたいでしたよ」

どういうわけか、私の胸には、あの二人に対する憐憫の情がわいてくるのだった。

「かわいそうな人たちですね」と私は言った。

「ほんとうにそうだよ。自分の始末をつける才覚はあるんでしょうね、つまり、弁護士のことや——その他いろいろなこと」

そいつはおかしいじゃないかと、私は思った。この一族の人たちは、みんなブレンダを嫌っていたはずなのだ。それなのに、彼女の弁護に有利なように心から心配してやるなんて。

エディス・デ・ハヴィランドはつづけて、

「どのくらいかかるでしょうかね、すっかり解決するまでには？」

私にもはっきりわからないと、私は答えた。二人は刑事裁判所にまわされて、それから、たぶん起訴されることになるだろう。三ヵ月か四ヵ月ぐらいかかると、私は見積った——そして、有罪ということになれば、控訴することになるだろう、そう答えた。

「あの二人が有罪になると、あなた、思うかい？」

「さあ、わかりませんな。警察がどの程度証拠をにぎっているか、ぼくにははっきりわからないんですよ。手紙があるんですがね」

「ラヴ・レターのこと？　すると、あの人たちは恋人だったんだね？」

「そうだったんです」

エディスの顔が、もっときびしいものになって、

「こんなことって、わたしはほんとに後味が悪いね。わたしはブレンダが嫌いですよ。前には、もっともっと嫌いだった。そりゃあ、ずいぶん思い切ったことも言ってやりましたよ。だけどね、いまは——わたしは、あの女《ひと》にできるだけのことをしてやりたいと思ってます——どんなことでも、できるだけのことはね。アリスタイドだって、きっとそう望んでいるでしょうからね——ブレンダに公正な裁きを受けさせるのが、わたしの義務だと思ってますよ」

「じゃ、ローレンスは？」

「ああ、ローレンス！」彼女はイライラしながら、肩をすくめてみせた。

「男ってものはね、自分のことは自分で片をつけなくちゃね。でもアリスタイドは、わたしたちを決して許しちゃくれないでしょうよ、もし――」彼女は、みんな言い終わらないうちに言葉を切ってしまった。それから、

「おや、もうお昼よ。中へ入ったほうがよさそうね」

私はこれからロンドンへ行くつもりだからと言った。

「あなたの車で？」

「そうです」

「ふうん、わたしを一緒に連れて行ってもらえないかね。わたしたちはもう出て行ったっていいと思うんだけど」

「よろこんで、お連れしますけど、たしかマグダとソフィアは、昼食がすんでから行くはずですよ。ぼくの二人乗りのやつより、あの人たちと一緒のほうが楽ですよ」

「あれたちとは行きたくないね。どうか、連れてっておくれ、そう言わないでね」

私はちょっと驚いたが、とにかく、言うなりに連れて行くことにした。ロンドンへ行くまで、私たちはほとんどなにも喋らなかった。私は、どこで下ろしたらいいのかとた

ずねた。

「ハーリイ・ストリート」

なにか、かすかな気懸りみたいなものがあったが、あえて言う気にはならなかった。

彼女は言葉をつづけて、

「おや、ちょっと時間が早すぎるようね。デベナムズで下ろしてくださいな。そこでお昼をいただいてから、ハーリイ・ストリートに行くことにしましょうよ」

「ぼくは、こう思うんですけど――」と言いかけて、私はやめてしまった。

「わたしがなぜマグダと一緒に来たがらないかというとね、あれはなんでもお芝居がかってしまって愚にもつかない大騒ぎばかり」

「どうも、たいへんですね」

「そんなことはありませんよ。わたしはちゃんとした愉しい生活を送ってきましたからね。ほんとに愉しい生涯なんですよ」彼女は不意に歯を見せてニヤッと笑うと、「それにまだまだ終わっていませんからね」

23

私は、ここ数日というもの、すっかり父にご無沙汰してしまった。父がレオニデス事件よりもほかの事件のことで忙しいということがわかったので、私はタヴァナーを探しにいった。

タヴァナーは、ちょっと息が抜けるのをよろこんで私と一杯のみに出てきてくれた。私は事件の落着を祝し、警部はそのお祝いをうけたものの、彼の様子には、なにか歓びからほど遠いものがあるように思われた。

「まあね、終わりましたよ」と彼は言った。「とにかく起訴までもっていきましたからね。われわれが起訴することを、だれだって否認できませんからな」

「有罪にできると思う？」

「なんとも言えませんね。まあ証拠が状況的なものですし——もっとも殺人事件ではしょっちゅうそうですがね。だいたいそうなってしまうのです。二人が陪審員にどういう印象をあたえるかで大勢は決まってしまうでしょう」

「あの手紙は、どのくらいものを言うでしょうね？」

「一見したところでは、のっぴきならない証拠ですよ。たしか手紙の中に、レオニデスが死んでからの二人の結婚生活のことが言及されていましたね。たとえば、〝もうすぐ、あたしたち、いつも一緒に暮らせるようになるわね〟といった文章ね。しかしですね、弁護側は、それをべつの方向にもっていこうとしますよ——故人はきわめて高齢だったのだから、被告が故人の死を予期していたのは当然ではないか、まあ、こういった具合にね。それに実際に毒殺の話は手紙にないのです。それらしくとれる箇所は見当たりますがね。まあ、判事如何ですな。あの老カーベリイ判事なら手きびしいでしょうな。彼ときたら、不義の色恋沙汰には厳正をきわめますからな。弁護人には、きっとイーグルズかハンフリー・カーですよ。こんな事件ですと、ハンフリー・カーはなかなか鮮やかな手腕を見せます。しかし、彼の本領を発揮できるようななにか立派な軍歴のようなものが被告にあれば、彼にはもってこいなんでしょうけど、被告が良心的参戦拒否者となると、彼のような人には駄目ですな。問題は陪審が二人の被告に好感を持つかどうかにかかっているんじゃないですかな？　陪審員と喋るわけにはいかないけど、あの二人はどう見たって同情に価する性格じゃありませんよ。なにしろお金目当てに老人と結婚した美人と、ノイローゼ気味の良心的参戦拒否者ですからね。こんな犯罪はありふれたものですよ。とにかくお決まりの筋なんですから、二人が下手人でないなんてとうてい信じられるものじゃありません。むろん陪審員は、男が手を下したんで、女はなにも知らなかったというふうに判定するかもしれない――あるいは、それとは反対に、女がやったとして、男はなにも知らなかったとするかもしれない。それとも二人の共犯によるものと評決するかもしれませんがね」

「ところで、警部はどう考えているんです？」と私がたずねた。

彼はなんの表情もしめさずに、私を見つめた。

「どうとも思っていませんな。ただ事実を探りだし、二人を公訴局に送りこんだだけですよ。そして起訴されることになったのです。ただそれだけのことですよ。私は自分の義務を果たしただけで、あとのことには関係がない。わかりましたね、チャールズ？」

けれども、私にはわからなかった。私はタヴァナーが、なにかわけがあって浮かぬ顔をしているのだと見てとったのだ。

私がすっかり自分の気持ちを父に打ち明けたのは、それから三日とたたないうちだった。父自身、この事件のことにふれようとはしないのだ。父と私のあいだには、なにか、お互いに口に出すまいとつとめているところがあった――私はその理由をうすうす知っていた――で、私はその障害をうち破らなければならないと考えたのだ。

「お父さん、ぼくたちはこの事件をなんとかしなくちゃなりませんね。タヴァナーにしろ、またお父さんにしろ、下手人があの二人だということには、心から満足してないのじゃありませんか」

父は頭を振った。そして、父もまた、タヴァナーと同じようなことを言った。「もう事件はわれわれの手を離れたんだよ。あとは審理があるだけだ。もう、そのことは考えっこなしだよ」

「でもあなたは、いやタヴァナーだって、二人が有罪とは考えていないんでしょう？」

「それは陪審員が評決することとさ」

「ね、お願いですから、ぼくを専門語であしらわないでくださいよ。あなたがたお二人は、いったいどう思っているんです、個人的には？」

「わたしの個人的意見は、おまえのとそう変わりがないと思うよ、チャールズ」

「そうだとしても、お父さんには経験がある」

「では、正直に言おう。わたしには――わからない！」

「二人は有罪になるでしょうか」

「なるだろうね」

「でも、お父さんには、あの二人がやったのだという確信なんかないのじゃありませんか」

父は肩をすくめた。

「確信なんて、いったいだれに持てる?」

「そんなふうに逃げないでくださいよ、お父さん。ほかの事件の場合には、確信を持っていたじゃありませんか、そうでしょう? おれの眼に一分の狂いもないって、お父さん、そう思っていたじゃないですか」

「ああ、時にはね、だが、いつもそうだとはかぎらんよ」

「こんどの事件でも、ひとつ確信を持ってくださいよ」

「わたしもそう願ってはいるさ」

私たちは黙ってしまった。私は、夕闇につつまれた庭のほうから、そっと通り過ぎていった二つの人影を思い浮かべた。見はなされ、追いつめられ、そして、なにかにおびえている二つの影。二人は、はじめからおびえていたのだ。それは罪の意識に悩まされていたからじゃないだろうか?

しかし、私は、自分自身に答えた。「必ずしも、そうじゃないんだ」ブレンダにしろ、またローレンスにしろ、あの人たちは人生におびえていたのだ。二人には自信というものがないのだ。危険と敗北を避けられるというおのれの才覚に、自信が持てなかったのだ。つまり、道ならぬ恋というものは、いつ巻きぞえにするかもしれぬ殺人事件に、自分たちを押し流して行くものだということが、彼らの眼にはあまりにもはっきりと見えていたのだ。

父が口をひらいた。その声は静かで、なにか心にしみるような調子を持っていた。

「いいかい、チャールズ、ひとつ考えてみようよ。おまえはまだ、レオニデスの家族のうちの一人が真犯人だと思っているのだね、そうだろう？」

「確信があるわけじゃありませんけど、ただぼくはそうじゃないかと――」

「おまえはそう思っているのさ。間違っているかもしれない、しかし、おまえはそう考えているのだよ」

「そうです」と私は答えた。

「で、どういうわけなんだね？」

「それはですね――」そう言って、私は考えこんだ。はっきりと自分の考えをまとめあげるために、私の頭脳を精一杯ふりしぼって――「そのわけはですね――」（そう、こいつだ）、「そのわけは、あの連中が自分自身でもそう考えているからなんです」

「なんだって？　そいつはおもしろいな。いや、非常におもしろいぞ。つまり、おまえの言う意味はだね、家族がお互いに疑りあっているというのか、それとも、実際にそれをやったものを知っているというのかね？」

「そこのところは、どうもはっきりしないのですよ」と私は言った。「なにかがとてもこんがらがってて、ちょっとつかみどころのないといった感じなんですけど。ぼくの考えというのは――つまり――全体的に見ますとね、あの家族たちは、自分たちの知っているあることをなにか隠そうとしている、そういうところがあるのですよ」

父はうなずいた。

「だけどロジャーはちがいます」私はつづけた。「ロジャーは、心底から犯人はブレンダだと信じていますし、彼女が死刑になるのを待望しているのですよ。なんといっても、それだけがロジャーの気晴らしになるのですからね。そういう意味じゃ、ロジャーは単純で、やろうと思えばなんでもやってしまうような人ですよ。まあ、どんなことでも隠しだてのできるたちじゃないんですね。

だけど、ほかの連中はなかなか一筋縄じゃいきませんからね。どうかブレンダが一流の弁護士を頼むようにって、ぼくに言い張るんですよ――できるだけの保護がブレンダにあたえられるべきだと――いったい、なぜなんでしょうね？」

父は答えた。

「それはね、ブレンダが有罪だとはっきり思いこめないからだよ……そう、そうなんだ」

それから、彼は静かにたずねた。

「だれがやったのかな？　おまえは、家族のものと一人残らず話してみたんだろ？　だれが一番くさいと思う？」

「さあ、それがわからないんですよ、考えれば考えるほどわからなくなってくるんです。みんな、お父さんが言われた〝殺人者の定義〟にあてはまらなくなるんです。それなのに、ぼくはまだ――どうしても――あの連中の一人が人殺しにちがいないと思っているんですよ」

「ソフィアはどうだ？」

「とんでもない、ちがいますとも！」

「しかし、その可能性はあると、おまえは心のどこかで思っているのだよ、チャールズ。どうだ、否定はできまい。おまえがそう思いたくないと思えば、なおさらな。ほかの連中はどうかな？　フィリップは？」

「いちばん風変わりな動機を持っていますね」

「風変わりだって、動機にはちがいないさ――あるいはばかげていると思われるほどどかすかなものでもね。で、動機というのはなんだ？」

「彼はひどくロジャーを嫉いているんです――もう長いこと、ずっと嫉妬しつづけているんですよ。老人がロジャーばかり、ひいきするので、フィリップをそんなふうにしてしまったのです。ロジャーの会社は二進《にっち》も三進《さっち》もいかなくなりそうでした。そこで老人がそれを聞きつけて、もう一度ロジャーに再建させてやろうとしたんです。フィリップはそのことを知ってたと思いますね。もし老人があの晩死んでしまったら、ロジャーを助けるものはいなくなるんです。ロジャーは破産し、失脚してしまう。ああ！　そんな考えはばかげたことだと思うんですが――」

「うむ――いや、ばかげちゃいないよ。異常ではあるが、あり得ることだ。人間にはありがちなことなんだね。マグダはどうだね？」

「彼女ときたら、まるで、子供みたいなところがあるんですよ。そうですね、調和のセンスがまるっきりないんですからね。しかしですね、もし彼女がジョセフィンをスイスの学校に送ってしまおうなどと急に思いつかなけりゃ、ぼくだって二度と彼女に注意しようなどとは思わなかったでしょうね。つまり、ジョセフィンがなにか知っていてそれを喋りゃしないかと、マグダがビクビクしているような気がしてしようがないのです」

「で、ジョセフィンが頭を殴られたというのかね？」

「さあ、母親がそんなことをやるはずはありませんよ！」

「どうして、やらないと言える？」

「だって、お父さん、母親がまさかそんな――」

「チャールズ、いいかね、おまえは三面記事を読んだことはないのか？　母親が自分の子供のひとりを憎んだ例がたくさん出ているじゃないか。たったひとりだけを憎むのだ――ほかの子供たちは目に入れるほど可愛がってもな。それはなにかの連想、理由がちゃんとあるのだが、それがなんなのか理解するのはむずかしいのだよ。そして、いったんそうとなると、いわれのない嫌悪でいっぱいになり、想像のできないほどはげしいものになるのだ」

「マグダはジョセフィンをとりかえっ子だって言ってたのです」と私は不承不承みとめてしまった。

「その子は、それを気にしてたのかね？」

「そうは思えませんが」

「あとほかにだれがいる？　ロジャーは？」

「ロジャーは、父親を殺しっこありませんよ。それはうけあいますよ」

「それでは、ロジャーを一応のぞくとして、その細君――なんと言ったかな――クレメンシイだったかな？」

「そうです」と私は答えた。「もし彼女が老レオニデスを殺したんだとしたら、全然変わった理由からですよ」

私はクレメンシイとの会話を父に話した。私は、彼女がロジャーをイギリスから連れ去ろうと情熱をもやしたあまり、わざと老人を毒殺したのじゃないかと思うと言った。

「彼女は父親に黙って行ってしまおうとロジャーにすすめていました。ところが老人は気づいて、チェーン・レストランを援助しようとしたのです。クレメンシイの希望も計画も、これですっかりくずされてしまったというわけです。そして彼女は、ただなすすべもなくロジャーのことを気にかけていたのです――それは盲目的な愛だったのです」

「おまえは、エディス・デ・ハヴィランドの言ったことばかりくり返すね！」

「そうですね、だけど、エディスという女はぼくのマークしている一人なんですよ。どうしてだかそれはわからないのですが、ただなんとなく、自分に立派な理由さえあれば、法の手をわずらわさずにさっさと自分で制裁ぐらいしかねませんからね。あのひとは、そんな感じの人間なんですよ」

「それで彼女は、ブレンダがちゃんと弁護されるべきだと心をくだいているわけか」

「そうなんです。そんなことからみても、良心の呵責にせめられているんだと、ぼく、

思うんです。もしエディスがやったとしたら、彼女が二人に罪を着せようとしているん

だなんてぼくにはぜったいに考えられませんよ」

「うん、たぶんそうだろうな。しかしだね、エディスが子供のジョセフィンまで殺そう

とするだろうか？」

「そりゃ、しないでしょうね」と私はゆっくり言って、「そんなことは信じられません。

そう言われると、ジョセフィンがしきりにぼくにやかましく言ってたことがあるんです

が、どうも、そいつがどんなことだったかよく思い出せないんですよ。つい、うっかり

しちゃって。でも、こう、なにかちぐはぐな印象をうけたのですがね、ああ、そいつが

思い出せたらなあ——」

「まあいいさ。そのうちに思い出せるよ。ほかにこれと思うものは？」

「そうですね」と私は言った。「たくさんありますよ。小児麻痺について、お父さん、

どのくらいご存じなんです？　その病気が、人間の性格にどんな影響をあたえるのか、

まあ、そういう意味ですけど」

「ユースティスのことだね」

「そうです、ぼくは、そのことを考えれば考えるほど、ユースティスがくさいと思われ

てならないんです。この子の、祖父に対する嫌悪と怨恨。あの奇妙な性質やむっつりし

た態度。あれはノーマルな子供じゃありませんよ。ジョセフィンを冷然と打ち倒しそうに思える人間は、あの家族の中ではユースティスだけですよ、かりにジョセフィンがこの子のことでなにか知ってたとしたら——いや、彼女だったらなにかきっと知ってたでしょうよ。それに、あのジョセフィンときたら、なにもかも知ってましたからね。彼女は小さなノートにそれを書きとめているんです——

——」

そこまで言って、私は言葉をとめた。それから、

「そうだ！　なんてばかなんだろう、ぼくは」と私。

「いったい、どうしたんだ？」

「いや、考えちがいをしていたことが、いまになってわかったんですよ。ぼくたち、タヴァナーとぼくは、ジョセフィンの部屋がめちゃめちゃにかきまわされているのを見て、これは手紙を探すためだとばかり思っていたんですよ。ぼくは、ジョセフィンが手紙をずっとにぎっていて、水槽室に隠しておいたと考えたのです。ところが、こないだジョセフィンと喋っていたときに、その水槽室に手紙を隠したのはローレンスだとはっきり言ったのです。彼女は、ローレンスが、その部屋から出て来るのを目撃して、そのあたりを探しまわり、手紙を見つけたんですよ。言うまでもなくそれを読んだでしょうね。

絶対そうです。しかし、隠してあったところに、またおいてきたんだ」

「で？」

「おわかりになりませんか？　ですから、だれかがジョセフィンの部屋を探しまわったのは、手紙ではなかったということなんです。なにかほかのものを探していたのにちがいありません」

「ほかのものと言うと——？」

「つまり、彼女が探偵の記録を書きとめておいた小さな黒いノートだったんです。それこそ、だれかが探しまわったものなんだ！　だけど、それがだれだろうと、そいつはノートを見つけられなかったんだとぼくは思います。ジョセフィンはまだ持ってますよ。いや、待ってください、そうだとすれば——」

私は椅子から腰を浮かせた。

「そうだとすれば——」父は言った。「ジョセフィンはまだ安全とは言えない、おまえはそう言いたいんだね？」

「そのとおりなんです。ほんとにスイスへ行ってしまうまでは、危険じゃないと言えません。家族のものは、あの子をスイスへやろうとしているんですからね」

「ジョセフィンも行きたがっているのかね？」

私はちょっと考えてみてから、

「そうじゃないでしょうね」

「それじゃ、たぶん行かないだろうな」と父はそっけなく言った。「だが、ジョセフィンが危険だということは私も同感だ。おまえはあそこに行ってやったほうがいいな」

「犯人はユースティス？」私は血相をかえて叫んだ。「それともクレメンシイですか」

父は静かに言った。

「さまざまな事実は、明らかにただ一つのことを指しているとわたしは思うよ……まあおまえには、まだわからないだろうな。わたしは……」

グラヴァーがドアを開けた。

「失礼します、チャールズさん、スウィンリ・ディーンのレオニデスのお嬢さんからお電話です。大至急です」

ああ、ジョセフィンがやられたときとそっくりじゃないか。また、あの子がやられたのか。しかし、こんどこそ、殺人者は成功したのじゃないだろうか……？

私は電話にとびついた。

「ソフィアかい？　ああ、チャールズだ」

ソフィアの声が、なにかひどく絶望的な調子でひびいてきた。「チャールズ、まだ終わってないのよ。人殺しがここにいるのよ」

「いったい、なんのことを言っているんだ、きみは？　どうしたの？　なにかジョセフィンに？」

「ジョセフィンじゃないの。ばあやよ」

「ばあやだって？」

「そうなの。ココアなの――ジョセフィンのココア。あの子、それを飲まないでテーブルの上に置いといたのよ。ばあやが捨てちゃもったいないと思ってそれを飲んだの」

「かわいそうに、で、重態なの？」

ソフィアの声が乱れた。

「死んだわ」

24

また、私たちは悪夢の中にもどった。

タヴァナーと二人でロンドンから車をとばしているとき、私はそう思った。ジョセフィンがやられて、スウィンリ・ディーンに二人で車をとばしたときとまるで同じ状況じゃないか。

ときどき、思い出したようにタヴァナーが毒づいた。

私は私で、とめどもなく、まるでばかみたいにくり返していた。「ブレンダとローレンスじゃなかった。ブレンダとローレンスじゃなかった」

心底から、この二人が犯人だと、一度なりとも考えたことがあっただろうか？　それを考えると私は嬉しかった。べつの、もっと悪意にみちた可能性からまぬがれただけでも嬉しかった……

二人は恋仲になった。罪のないセンチメンタルなラヴ・レターをやりとりした。ブレンダの老夫が安らかに、心おきなく、いまにもこの世から去ることを、二人は夢見てはいた——といって、レオニデスの死を本気になってのぞんでいたとは、私にはちょっと思えなかったのだ。この二人にとっては、ありきたりな夫婦生活よりも、むしろ失望とあこがれにみちた、みのることなき恋愛のほうがピッタリくるのじゃないかとさえ、私には感じられたものだ。ブレンダが本気になって熱をあげたとは、私には思えない。だいたい彼女には血の気がなさすぎるし、あっさりしすぎている。彼女のほしかったものは、ロマンスだけなのだ。そして、ローレンスにしても、はっきりした肉欲の満足を味わうよりも、失意と、うっとりとただ未来の幸せを夢みるといったタイプじゃなかったか。

二人は罠にかかってしまったのだ。そして、ただ驚きおののいているばかりで、罠から抜け出せるだけの才覚を持っていなかったのだ。まったくばかな話だが、このローレンスときたら、ブレンダの手紙を破きさえしないんだからな。まあ、ブレンダのほうは、ローレンスの手紙を捨てたと見ていい。だから、その手紙は見つからなかったのだ。洗濯小屋のドアの上に大理石のあおり止めを仕掛けたのも、ローレンスじゃなかった。そいつは、依然としてマスクの下に顔を隠している人間だ。

私たちは、車を玄関の前にとめた。タヴァナーが下り、私がそれにつづいた。ホールには、私の知らない私服の刑事がいた。彼はタヴァナーに敬礼すると、タヴァナーは刑事を連れて行った。

私の眼は、ホールに積まれている荷物の山にひきつけられた。荷札がつけられ、いまにも出発できるようになっていた。と、そのとき、クレメンシイが階段から下りてくると、下の開いているドアから入ってきた。例の暗赤色の服に、ツイードのコートを羽織り、赤いフェルト帽をかぶっていた。

「まあ、ちょうどお別れのご挨拶に間にあいましたわ」

「お発《た》ちですか」

「今晩、ロンドンへまいります。明朝早く、わたくしたち、飛行機で行きますの」

彼女は、もの静かに微笑をたたえていたが、その眼には、なにか警戒しているような色が浮かんでいるように、私には思えた。

「ですけど、いま、お発ちになれないでしょう？」

「また、なぜですの？」彼女の声がこわばった。

「また事件が――」

「ばあやが死んだところで、わたくしたちとなんの関係もございませんわ」

「まあ、そうでしょうけど、でも――」

「〝まあ、そうでしょうけど〟って、それはどういう意味なんですの？　わたくしたちには、なんの関係もないんですのよ。ロジャーとわたくしは、ずっと二階で荷造りをしてたんですからね。あのココアがホールのテーブルにあるあいだというもの、一度だって下にはおりてまいりませんのよ」

「それは証明ができるんですか」

「ロジャーのことはわたくしが証明いたします。わたくしのことはロジャーが」

「だって、あなたがたはご夫婦の間柄じゃないですか」

彼女は怒りを爆発させた。

「まあなんて失礼なことを！　ロジャーとわたくしは、二人だけで暮らすためにここから出て行こうとしているんですよ。いったい、なんの恨みもない実直なばあやを、なぜわたくしたちが毒殺しようなんて考えるんです？」

「いや、毒殺しようとしたのは、ばあやじゃなかったかもしれないんですよ」

「子供だったら、なおさら理由なんかありませんわ」

「しかし、子供にもよりけりですよ。そうでしょう？」

「なんのことなんです、それは？」

「ジョセフィンは、そこいらにいるような子供じゃありませんからね。あの子は、他人のことをずいぶん知ってますよ、それに――」

私はそこまで言って口をつぐんだ。ちょうどそのとき、ジョセフィンが、客間に通じるドアから姿をあらわしたからだ。例の大きなリンゴをかじっていた。そして、そのリンゴのかげからとび出している少女の眼には、なにか残忍な歓びといったものがきらめいていた。

「ばあやは毒殺されたのよ、おじいさまそっくり。だんぜんすごいじゃないの、ね？」

「きみは、ぜんぜんびっくりしてないのかい？」私はピシッと言ってやった。「きみはばあやが大好きだったじゃないか」

「そうでもないわ。いつも、あたしのこと、叱ってばかりいたもの。なんかといっちゃ、うるさいのよ」

「いったい、ジョセフィンに好きな人がいて？」とクレメンシイが訊いた。

ジョセフィンは残忍な眼をクレメンシイに向けた。

「エディス伯母さんよ。あたし、エディス伯母さん、大好き。ユースティスだって好きになれないことはないけど、いつもあたしをいじめるでしょ。それに、こんどの事件だって、犯人はだれかおもしろがって探さないんですもの」

「そんなことはやめたほうがいいよ、ジョセフィン」と私は言った。「とっても危ないことだからね」

「これ以上、もう知る必要はないわ」とジョセフィンは言った。

「あたし、知ってるんだもの」

ちょっとした沈黙。いやにまじめくさったジョセフィンの眼は、またたきもせずに、クレメンシイをじっと見つめたままだった。長い溜め息、そんな気配が私の耳に入った。私はさっと振り向いた。エディス・デ・ハヴィランドが階段の途中に立っていた――しかし、いまの溜め息は、エディスのじゃないと私は思った。それは、ちょうどジョセフィンが入ってきたドアの向こう側から聞こえてきたのだ。

私はとっさに部屋を横切ると、ドアをパッと開けた。だれもいない。

しかし、私の胸は不安に波うった。だれかが、そのドアのかげに立って、ジョセフィンのいまの言葉を聞いていたのだ。私はドアからとって返すと、ジョセフィンの腕をとった。彼女はまだリンゴをかじりながら、クレメンシイをかたくなにまじまじと見つめたままだ。その、きまじめな表情の裏には、どこか憎らしげな、それ見たことかといった感じが隠されているようだ。

「こっちへおいで、ジョセフィン」と私は言った。「ちょっと話そうよ」

この子がさからうかとも思ったが、ぼんやりしているときじゃない。私は彼女をせきたてるようにして、ジョセフィンの住まいのほうへ連れて行った。ちょうど、だれも使っていないちいさなモーニング・ルームがあった。ここならだれにも邪魔される心配はあるまい。私は彼女をその部屋に連れこむと、しっかりドアを閉め、椅子に坐らせた。私は、べつの椅子をひっぱってきて、ジョセフィンの真向かいに腰を下ろした。「さあ、いいかい」と私は言った。「ぼくたちは二人っきりになったんだ。いったいどんなことを、きみは正確に知っているんだい？」

「いろんなことよ」

「そりゃそうだろうな。きっときみの頭は、玉石混淆の知識ではちきれそうなんだろうね。だけど、ぼくの言う意味、わかるね？」

「モチ、わかってよ。あたし、おばかさんじゃないもの」

この〝おばかさん〟という言葉が、私にあてつけたものか警察にあびせたものか、私にはわからないが、そんなことにかまわずに私は言葉をつづけた。

「じゃ、だれがきみのココアになにか入れたのか知ってるね？」

ジョセフィンはうなずいてみせた。

「それでは、だれがおじいさまを毒殺したか、それも知ってるね？」

ジョセフィンは、またうなずいた。

「だれがきみの頭を打ったか、それもね？」

これにも、ジョセフィンはうなずいた。

「よし、こんどは、きみの知っていることを話す番だよ。さあ、すっかり話してごらん」

「いやよ」

「駄目だ。きみの知ってること、探り出したこと、みんな、ひとつ残らず警察に言わなければいけないんだ」

「警察になんか、一言だって言うもんですか。警察ってほんとにおばかさんよ。ブレンダがやったなんて考えるんだから――あるいはローレンスがね。あたし、警察みたいにおばかさんじゃないわ。二人が犯人じゃないってこと、あたし、よーく知ってたのよ。はじめっから、だれが犯人か頭の中で考えてたの。でね、ちょっとしたテストをやってみたら――やっぱり、あたしが正しかったってわかったのよ」

ジョセフィンは、いかにも勝ちほこった口調で言葉を切った。

ここが我慢のしどころと、やっとの思いで私は言葉をつづけた。

「ねえ、ジョセフィン、きみはほんとにお利口さんだよ」彼女はいかにも満足したような顔だ。

「だけどね、そんな秘密が愉しみたいばかりに、生きていられないようにでもなったら、それこそ愚の骨頂というもんなんだよ。こんなばかげたやり方で秘密を守りつづけているかぎり、きみはしじゅう危ない目にさらされているなんてことが、わからないのかい？」

いかにもそうだと言わんばかりに、彼女はうなずいた。「ほんとにそうよ」

「もうきみは、二度も危ない目にあったじゃないの。最初のは、危うく死んでしまうところだった。こんどのやつは、他人の命までうばってしまったんだ。家の中を歩きまわっちゃ、声のかぎり、人殺しを知ってるわってふれてまわっていたら、これからもきみの命は狙われるんだよ――そしてきみが死ぬか、さもなきゃ、きみのおかげでほかの人が死んでしまうのだ、こんなことがわからないのか？」

「探偵小説じゃね、つぎからつぎへと人が殺されていくのよ」ジョセフィンは得意になって言った。

「でも最後には犯人がわかってしまうわ。だって、おしまいまで生き残った人がそうなんですもの」

「だけど、きみ、これは探偵小説じゃないんだ。スウィンリ・ディーンのスリー・ゲイブルズで、ほんとに起こったことなんだよ。きみなんか、探偵小説をわけもなく読みすぎた子供にすぎないんだ。さあ、力ずくでもきみが知っていることを言わせるぞ」

「ほんとのことを言わないでごまかすことだって、あたしにはできてよ」

「そりゃあできるだろうよ、でもね、きみはそんなことをしないよ。いったい、きみはなにを待ってるんだい？」

「あなたにはわからないの。きっとあたし、あなたにお話ししないわ。ねえ、あたし、その人が好きになったらしいのよ」

いかにも意味ありげに、少女は言葉を切って、それから言った。

「もしお話しするんだったら、堂々とやるわ。ひとりのこらずあたしのまわりに集めて、はじめから謎ときにかかるの。それから突然、指名するの。『犯人はおまえだ！』」

少女がドラマチックに人差指を突き出したとたん、エディス・デ・ハヴィランドが部屋に入ってきた。

「おやおや、リンゴのシンは屑籠に捨てるんだよ」とエディスが言った。「おまえ、ハンカチを持っているかい？　指がベトベトだよ。さあ、これからおまえを車で連れて行くんだから」いかにも意味ありげに彼女の眼と私の眼がかちあった。「ここ二、三時間、外にいるほうがこの子には安全ですからねえ」ジョセフィンが不服そうな顔をしたので、エディスは言葉をかさねて、「ロングブリッジへ行って、クリーム・ソーダを飲むからね」

「二つよ」ジョセフィンが目を輝かせて言った。

「そうね」とエディスは言って、「帽子とオーバー、それからあのダーク・ブルーのマフラーをつけておいで。今日は、外は寒いよ。ねえ、チャールズさん、あの子が仕度をするあいだ、一緒に行ってやったほうがいいですよ。離れないでね。わたし、手紙を二通書きますから」

エディスは机に向かって腰かけた。私はジョセフィンを連れて部屋から出た。エディスが言わないまでも、私はヒルみたいにジョセフィンから離れないつもりだった。

この子の身辺には危険がひそんでいるのだ、そう肝に銘じていたからだ。

ちょうどジョセフィンの仕度をみ終わったとき、ソフィアが入ってきた。私がいたので、ちょっと驚いたようだ。

「まあ、チャールズ、いつの間にあなた、乳母になったの。まさか、ここにいらっしゃるなんて、あたし、思わなかったわ」

「あたし、エディス伯母さんとロングブリッジに行ってくるわ」ジョセフィンがもったいぶって言った。「アイス・クリームを食べるのよ」

「へー、こんな寒い日に？」

「クリーム・ソーダなら、いつだって大好き。おなかの中が冷たくなると、外側があったかくなるわ」

ソフィアは眉をしかめた。ほんとに悩んでいるようだ。そして、その蒼白の顔と眼の下のくまに、私は思わず心を痛めた。

私たちは、さっきのモーニング・ルームにもどった。エディスは二通の封筒に吸取紙をあてているところだった。彼女は勢いよく立ち上がると、

「さあ、出かけるんだよ。エヴァンズにフォードをまわすように言っておいたんだけど」

彼女はさっさとホールのほうへ出て行った。私たちもそれについていった。

私の眼はまた、旅行鞄と青色の荷札にすいよせられた。どうしてだか、それを見るとわけもなく心が立ち騒ぐのだ。

「ほんとに、いいお天気だよ」エディス・デ・ハヴィランドは手袋をはめながら、空を見あげて言った。フォード10が家の正面で待っていた。「寒いけど気持ちがひきしまりますよ。これがほんとのイギリスの小春日和だわ。裸の枝を空に突き出している木々、まあ、なんてきれいなんだろうね――それに黄色くなったばかりの葉が二、三枚、まだ枝に残っていて……」

エディスはしばらく沈黙していたが、ソフィアのほうに振り向くとキスをした。

「じゃあ、行ってきますよ、ソフィア。あんまり、心配するんじゃないこと。いいね、直視して耐えなけりゃならないことだってあるんだよ」

それから、「さあ、おいで、ジョセフィン」と声をかけて、車の中に入った。ジョセフィンもよじのぼるようにして、エディスの隣りに腰かけた。

車が走り出すと、二人は手を振った。

「エディスの考えるとおりだとぼくも思うな。ちょっと、ジョセフィンをこの家から遠ざけておくほうが賢明だよ。だけどね、ソフィア、あの子の知ってることをなんとかして話させなければならないな」

「あの子、きっとなんにも知らないわ。ただ知ったかぶりをしてみせているだけ。自分をさも偉そうに見せるのが、あの子好きなのよ」

「いや、それだけじゃないよ。ココアにどんな毒薬が入っていたか、警察では知ってるのかな？」

「ジギタリンと見ているの。エディス伯母さん、心臓が弱いのでジギタリンを飲んでいるのよ。伯母さんの部屋には、小粒の錠剤のいっぱいはいっている瓶がおいてあったけど、それが空《から》になってしまって」

「そういうものには鍵をかけておくべきだったたね」

「伯母さん、そうしておいたのよ。でも、ある人にとっちゃ、その鍵を探し出すなんてそう難しいことじゃないと思うわ」

「ある人？　ね、だれのこと？」私はまた、積みあげられている荷物の山に目をやった。私は思わず大声で言った。

「あの二人は行っちゃいけないんだ。そんなことが許されるものか」

ソフィアはびっくりして、

「ロジャーとクレメンシイのことなの？　チャールズ、あなた、まさか——」

「じゃ、きみはどう思うの？」

ソフィアは絶望的に両の手を前にひろげた。

「あたしにはわからないわ、チャールズ」ささやくようにソフィアは言って、「また逆もどり——そう、また、もとの悪夢の中に逆もどり——それだけしか、あたしにはわからない」

「そうだよ。タヴァナーと一緒に車で来たとき、ぼくもいまの言葉をそっくりつかったんだ」

「これこそほんとに悪夢よ。よく知っている人たちの中を歩きまわり、その人たちの顔を見る――と、突然、顔が変わってしまうの――もうそれは、知ってる人じゃない――見知らぬ人、それは残忍な見知らぬ人なのよ……」

彼女は声をはりあげて叫んだ。

「ね、外へ出て、チャールズ、外へ出て、外のほうが安全よ……あたし、この家の中になんかとてもいられない……」

25

私たちは、長いあいだ庭にいた。暗黙の了解、まあ、そういったもので、この二人の上におおいかぶさっている恐怖について、一言も私たちはふれなかった。そのかわりに、ソフィアは死んだばあやのことをいかにもなつかしそうに話すのだった。一緒にやったこと、子供のとき、みんなとばあやが遊んでくれたゲームのこと、それからロジャーや父のフィリップ、そのほかの兄弟姉妹について、ばあやがよく喋っていたことなど、彼女は話してくれた。

「あたしたち、まるで実の子供のようだったわ。戦争中、ばあやはお手伝いにもどってきたの。まだジョセフィンが赤ちゃん、ユースティスがほんの坊やのころ」

この思い出には、たしかにソフィアをなぐさめるものがあったので、私はできるだけその話をつづけさせるようにつとめた。

タヴァナーは、いったいなにをしているんだろう？　きっと、家族の者たちの訊問にとりかかっているんだろうな。警察の写真係と二人の男が乗った車が出て行った。それといれかわりに、救急車が入ってきた。

ソフィアは、思わずからだを震わせた。救急車はすぐ出て行ったが、ばあやを解剖するために運んで行くんだな、ということが私たちにもわかっていた。

それからも私たちは、まだ庭にいて、腰を下ろしたり歩きまわったりして語りあったのだ――そして、だんだん、私たちの言葉は、いまほんとに心の中で考えているものから離れてゆくのだった。

とうとう、ソフィアが身を震わせて言った。

「すっかりおそくなってしまって、もう暗いわ。さあ、中に入らなくちゃ。エディス伯母さんとジョセフィンはまだ帰らないわね……もう帰ってもいい時分だけど」

私は、なんとなく不安になってきた。なにかあったんだろうか。エディスは、ほんとうに思慮深い配慮から、あの子をこのねじれた家から遠ざけているのだろうか？

私たちは家に入った。ソフィアはカーテンをすっかり閉めた。暖炉に火をつけた。その大きな客間は、古《いにしえ》の栄耀栄華のはかない名残りといった言葉がピッタリあてはまる、そんな感じだ。青銅製の菊の大鉢が、いくつもテーブルにおいてあった。

ソフィアがベルを鳴らした。以前、二階で会ったことのあるメイドがお茶を持ってきた。眼を真っ赤に泣きはらし、しきりに鼻をすすりあげて泣いていた。彼女はなにかにおびえて、肩越しにチラッチラッと後ろを見るくせがあるようだ。

マグダがお茶に加わった。フィリップのお茶は書斎に運ばれた。いま演じているマグダの役は、身じろぎひとつしない、あの凍りついた悲しみの姿だった。彼女はほとんど喋らない。そして、ただ一言だけ言った。

「エディスとジョセフィンはどこ？　ずいぶんおそいこと」

マグダは、なにかほかのことを考えているかのような言い方だ。

といって、私自身、だんだん不安になってきたのだ。タヴァナーはまだいるかと、私は聞いてみた。マグダがそうでしょうと答える。私は彼を探しに部屋を出た。私は彼をつかまえると、デ・ハヴィランドとジョセフィンが気になってならないと話してみたのだ。

警部はすぐさま電話口に出ると、あれこれさかんに指示をあたえてくれた。

「情報が入ったら、お知らせしますよ」と警部。

私はお礼を言ってから、また客間にもどった。ソフィアはユースティスと一緒にいた。マグダはもういなかった。

「情報が入り次第、警部が知らせてくれるよ」とソフィアに言った。

彼女は低い声で、ささやくように言った。

「ねえ、チャールズ、なにかあったんだわ、きっと」

「大丈夫だよ、まだそんなに遅くないんだから」

「なに、心配してるの？」とユースティスが訊いた。「映画を見に行ったのかもしれないよ」

少年は足をひきずるようにして、部屋から出て行った。私はソフィアに言った。「エディス伯母さんはね、ジョセフィンをホテルに連れて行ったのかもしれないよ。それともロンドンかな。ジョセフィンが危ないってこと、伯母さんはきっと肝に銘じていたんだよ。おそらくぼくたちよりずっとね」

ソフィアはいったいどうしたんだ、じつに暗い顔をして。

「伯母さん、あたしにお別れのキスをしたわ……」

前後の関係もなく、突然こんなことを言い出すなんて、ソフィアの言葉の意味が私には全然のみこめなかった。マグダも心配しているのか、私はそうたずねてみた。

「母？　いいえ、ちっとも。だいたい時間の観念がないのよ。いまね、お母さま、『成敗する女』というババソール・ジョーンズの新作劇を読んでいるのよ。『毒薬と老嬢』を剽窃《ひょうせつ》した、ちょっとした殺人ものなの。主人公は女の青ひげ。だけど未亡人願望マニアといった善良な女の役柄なのよ」

私は、もうなにも言わなかった。私たちは、なにか本を読むようなふりをして坐っていた。

六時半になって、タヴァナーが入ってきた。彼の表情を見ただけで、これは容易ならぬことだと、私たちはとっさに思った。

ソフィアが椅子から立ち上がった。

「それで?」と彼女。

「残念ですが、悪いお知らせなんです。私は車を探すように、緊急手配を指令したのです。白バイが、フラックスパー・ヒースで本道からそれて森の中を走って行ったそれらしいフォードを見たと、報告してきたのです」

「フラックスパー石切場へ行く道じゃないかしら?」

「そうです、レオニデスさん」警部は、そこで言葉を切ってから、「車は発見されたのですが、中の二人は死んでいたんです。即死したということがせめてもの慰めでした」

「ジョセフィン!」その声は、戸口に立っていたマグダだった。彼女は泣き叫んだ。「ジョセフィン!……あの子が……」

ソフィアはそばへよっていって、夫人をそっと抱きしめた。私が言った。「ちょっと待って」

私は思い出したのだ！　エディス・デ・ハヴィランドは机で手紙を二通書き、それを持ってホールへ出て行ったじゃないか。

しかし、車に乗るときには、もう持っていなかったのだ。

私はホールにかけこむと、長い樫の箱のところへ行った。手紙があった——真鍮製の茶壺の後ろに、そっと押しこめられて。

上のほうの手紙は、タヴァナー主任警部に宛てたものだった。

一緒について来たタヴァナーに、私はその手紙を渡した。警部は開封した。私は彼のそばに立って、その簡単な文面を読んだ。

この手紙は、私の死後に開封されることと思います。私はことこまかく説明したくはありませんが、義弟アリスタイド・レオニデスとジャネット・ロウ（ばあやのこと）の死について、私は全責任をとるものです。これによって、ブレンダとローレンスが、アリスタイド・レオニデス殺害事件には無関係で、青天白日の身であることを、私はおごそかに宣言いたします。ハーリイ・ストリート七八三番地のマイケル・シャベス博士にご照会になれば、私の寿命があと数カ月しかないことがおわかりになるでしょう。こうすることによって、無実の殺人罪の宣告を受けるという地獄の苦しみから、ほんとに潔白な二人を救い出したいと、私は心から思っております。私の意識はまったく健全で、ここに書いた文章のすべてに責任を持つものです。

エディス・エルフリーダ・デ・ハヴィランド

これを読み終わったとき、すぐそばにソフィアがいるのに私は気がついた。彼女もまた読んでしまったのだ――タヴァナーの許しを受けたかどうかはわからなかったけれど。

「エディス伯母さん……」と彼女は口の中で言った。

私はエディス・デ・ハヴィランドが情け容赦もなく、つる草を踏みにじったのを思い出した。そして、エディスにはじめて抱いたあの漠然とした疑惑も思い出した――しかし、またなぜ？

私が自分の思っていることをはっきりつかむ前に、ソフィアが口をひらいた。

「でも、いったいジョセフィンをなんのために、なんのためにあの子を連れて行ったのでしょう？」

「なぜ彼女がやったんだ？」と私は強く言った。「彼女の動機はなんだったんだ？」

そう言っているうちに、私には真相がわかってきた、はっきりとすべてがわかったのだ。私はもう一通の手紙をまだにぎっているのに気がついた。私は目を落とした、手紙には私の名前が書いてあった。

前の手紙よりも厚く、ずっしりと重かった。開けてみなくても、私には中味がよくわかった。私は縦に封をさいた。ジョセフィンの小さな黒表紙のノートが下に落ちた。私は開いてみた。第一ページの第一行に目をやった……

なにか遠くのほうからひびいてくるようなソフィアの声を私は聞いた。はっきりと落ち着いた彼女の声を。

「あたしたち、すっかり間違っていたのね、エディスがやったのじゃないんだわ」

「そうなんだ」と私は言った。

ソフィアが私に身をよせてきて——ささやいた。

「ジョセフィンなのね？　そう、ジョセフィンだったのね」

私たちは一緒にノートの第一ページをのぞきこんだ。たどたどしい子供の筆跡で、

〝今日、おじいさまを殺した〟

26

I

どうしてこうまで盲目だったのかと、私はあとになってからも、自分を疑わざるを得なかった。真相ははじめから終わりにいたるまで、ありありと表面にあらわれていたではないか。ジョセフィンだけが殺人者に欠くことのできない条件をそなえていたのだ。虚栄心、たえず自己を主張すること、喋りたがること、自分がどんなに賢いか、警察がどんなにおばかさんか、しじゅうくり返していたじゃないか——

子供だったので、私は一度もジョセフィンを疑ってみなかったのだ。しかし、子供が人を殺したばかりでなく、この特殊な事件は、子供の力ではじめてできることなのだ。祖父自身の口から精密な殺人方法を教えたようなものじゃないか——事実、アリスタイドはジョセフィンに殺人計画書を手渡したのだ。ジョセフィンはただ指紋を残さなければよかったのだ。探偵小説をちょっとでも読んでいれば、こんなことはなんでもない。なにからなにまで、これまでに読んだ探偵小説から思いつくままに寄せあつめたものにすぎないのだ。ノート、探偵ごっこ、あの子がしてみせたあの見せかけの疑惑、確信するまで喋りたがらないという、彼女の強情なやり口……最後には自分自身を襲ってみせたのもそれだ。へたをすればあっけなく自分自身を殺してしまったかもしれないと考えると、とうてい想像もつかないやり方だ。しかし、やっぱり子供だけあって、そんなことになるとは思わなかったのだ。彼女はヒロインだった。ヒロインというものは殺されない。だが、手がかりはあったのだ――古びた洗濯小屋の椅子には、土のあとがあったじゃないか、ドアの上に例の大理石を仕掛けるために、椅子にのぼらなければならないのはジョセフィンだけだ。明らかに、何回やってみても自分のあたまにあたらなかったのだ(床のへこみを見たらわかる)。それであの子は指紋を残さないように、マフラーで大理石をあつかいながら、根気よく椅子にのぼってはそれをとりつけたのだ。そして、とうとう命中したんだ――危なく死ぬところだったけど。

あの子がみんなにあたえようとした印象は、じつに見事に仕組まれていたのだ！　ジョセフィンはなにか知っており、そのために危険にさらされている！　そしてなにものかに襲われる！

いかに巧妙に、あの子は私の注意をひいたものか。彼女が水槽室に入りこんでいたことにだ。ジョセフィンは、洗濯小屋に出かける前に、自分の部屋を見事にちらかしておいたのだ。

あの子が退院して、ブレンダとローレンスの逮捕を知ると、すっかりつまらなくなってしまったのにちがいない。事件は解決し、またもとのように、ジョセフィンはみんなの注目からはずされてしまったからだ。

だから、あの子はエディスの部屋からジギタリンを盗むと自分のココアに入れ、それを飲まずにホールのテーブルにおいておいたのだ。

ばあやが飲むということを知っていたのだろうか？　おそらく知っていたと思う。その日の朝の、あのジョセフィンの口ぶりからもわかるように、あの子はばあやのおせっかいな小言に腹を立てていたじゃないか。生涯子供たちと一緒に暮らしたばあやの経験で、彼女は子供のことならなんでもわかっていたのじゃなかろうか、そう、ばあやはジョセフィンだとにらんでいたのじゃないか？　彼女は、ジョセフィンが普通の子供じゃないってことは知っていた、そうだ、たえずそう思っていたんだと、私は思う。ジョセフィンは早熟なかわりに、道徳観念の発達がおくれていたのだ。その上、おそらくいろいろな遺伝の要素が——ソフィアの言う、あの一族の〝残酷さ〟がジョセフィンの中に集中されていたのにちがいない。

祖母の血統にあるあの傲慢な残酷さと、自分の立場からしかものを見ようとしない、あのマグダの残忍なエゴイズムを受け継いだのだ。きっと、フィリップのように感受性が強かったので、醜い子供——とりかえっ子——とみんなから見られていたことにも悩んだことだろう。とくに、故レオニデスの天邪鬼な血をそっくり受け継いでいたのだ。頭のいいこともずるいこともそっくりだった。しかし、故レオニデスの愛情は外部に、家族や友人たちに向けられたのだが、ジョセフィンの場合は、それが逆に自分自身にだけ向けられていったのだ。

死んだレオニデスは、ジョセフィンが、他人にとっても彼女自身にとっても危険のもとになるかもしれないという、家族のうちだれひとり気づかなかったことを、彼だけは見抜いていたのではないかと私は思う。彼がジョセフィンを学校にあげなかったのは、あの子がなにをしでかすかわからなかったからだ。レオニデスはあの子をかばって、家の中に閉じこめておいたのだ。いまになって、レオニデスがソフィアに、ジョセフィンの面倒をみるようにくれぐれもたのんだのが、私にはわかるのだ。

マグダが突然、ジョセフィンをスイスにやろうとしたのはなぜだろう？——それも、あの子のために、なにか恐怖を感じとったからだろうか。たぶん、はっきりとした恐怖ではなかったまでも、漠然とした母親の本能からだったのだろう。

そしてエディス・デ・ハヴィランドは？　はじめに疑いを抱いたのは彼女なのか、それから、しだいに恐怖にとりつかれ、とうとう真相を知るにいたったのだろうか？

私は、にぎりしめている手紙に眼を落とした。

チャールズさん、これはあなたにだけ打ち明けるのですよ。あなたがいいとお思いになったら、ソフィアにも伝えてください。どうしても、だれかが真相を知っておかなければなりませんもの。裏戸の外にある古い犬小屋から、私は同封のものを見つけたのです。そこに隠してあったんですよ。それを読んで、前から疑っていたことが真実なんだ、そうわかったのです。これから私のすることが、いいことなのか、悪いことなのか、私にはわかりません。でも、私の寿命といえば、もう終わりに近づいているのです。私には、あの子が苦しむのをとても見ていられないんですよ。ジョセフィンが自分のしたことに対してこの世の責任を問われたら、さぞかしあの子は苦しむでしょうからね。

〝全然正しくない〟子供だって、よくあるものですよ。

私のすることが間違っているようでしたら、神さま、どうか私をお許しくださいまし。でも、愛するがゆえに、私はするのです。あなたがたお二人の幸せを心からお祈りしていますよ。

エディス・デ・ハヴィランド

私はちょっとためらったものの、手紙をソフィアに手渡した。もう一度、私はジョセフィンの黒いノートを開いてみた。

今日、おじいさまを殺した。

私たちはページをめくっていった。これは、じつに目を見はらせるような作品だった。心理学者にとったら、非常に興味ある資料となるだろう。ひねくれたエゴイズムの烈しさで、それは書かれていた。かわいそうなくらい子供らしく、またとんちんかんな犯罪の動機も説明してあった。

おじいさまが、あたしにバレーをゆるしてくれないので、殺すことにした。そうしたら、あたしたち、ロンドンに行って住めるし、ママは、あたしがバレーをならってもなんにも言わないでしょう。

私は、ここに二、三の個所だけを紹介しておく。みんな重要なところばかりだ。

スイスなんか行きたくない――行くもんか。ママがむりに行かせるなら、ママも殺してしまおう――ただ毒薬を手に入れることができない。きっとユーベリーでつくれるだろう。有毒だと本に書いてある。

ユースティスは、今日、あたしをとってもおこらした。あたしがただの女の子で、能なしだって言った。そして、あたしの探偵なんてバカバカしいって。あたしが殺したってわかったら、そうは思わなくなるわ。

チャールズは好きよ。でもあの人は少しおばかさん。まだ、だれが殺したことにするかは決めていない。ブレンダとローレンスにしようかしら。頭がどうかしてるってあたしに言ったから、ブレンダは嫌い。でもローレンスは好き。シャーロット・コーデイの話をあたしにしてくれたもの。シャーロットは、あの人のお風呂でだれかを殺したんだって。これは、あんまり利口なやり方じゃないわ。

最後のノートは、すべてを明らかにしてくれる。

ばあやなんか大嫌い、大嫌いよ。あたしをただの女の子だって言うんだもの。あたしが見せびらかすなんて言うし。ママに言って、あたしをスイスに行かせようとしている……だからばあやも殺すつもり。エディス伯母さんの薬なら大丈夫だと思う。もう一回殺人が起こると警察がきてくれるし、前みたいにおもしろくなるわ。

ばあやが死んだ。うれしい。薬瓶をどこへ隠すかまだ決めていない。クレメンシイ伯母さんかユースティスの部屋にしよう。あたし、年をとって死ぬときに、このノートを署長に残しておいてやろう。そしたら、みんな、あたしがとっても偉い犯罪者だってわかるわ。

私はノートを閉じた。ソフィアの目から涙がとめどもなく流れた。

「チャールズ、ねえ、チャールズ、ほんとにおそろしい。あの子って、ちいさな悪魔だったのね。それにしても、あんまりいたいたしくって——」

私も同じ気持ちだった。

　ジョセフィンが好きだった。いまになっても、まだ、どことなく、あの子が好きなのだ。自分の好きな者が結核とか、なにかほかの致命的な病気を持っているからといって、その気持ちが変わるということはない。ジョセフィンはソフィアの言うように、たしかにちいさな悪魔だったけど、いたいたしい悪魔だったのだ。あの子は、生まれつきの依怙地だった——ちいさなねじれた家のねじれた子供。

　ソフィアが私にたずねた。

「かりにあの子が生きていたら、どうなったでしょうね？」

「感化院か特殊学校に送られると思うな。まあ、釈放されるか——あるいは精神病者だと医者に証明されたあとでね。ぼくにはよくわからないけど」

　ソフィアはぞっと身を震わせた。

「それでも、その方がいいわ。だけど、エディス伯母さんは——伯母さんが罪を着せられることを考えると、あたし、たまらない」

「伯母さんは、自分からその道をえらんだのさ。まあ、それが公開されるようなことはないと思うね。ブレンダとローレンスは、裁判になったら、不起訴ということになって釈放されるとぼくは思うよ。それはそうとね、ソフィア」ここで私は語調をかえると、彼女の両の手をにぎりしめて、「ぼくと結婚してくれるね。ちょうど、ペルシャに行くようう辞令を受けたんだ。二人で一緒に行こう。きみはこのちいさなねじれた家をすっかり忘れるんだ。お母さんはお芝居、お父さんはもっと本を買い、ユースティスは大学へ行く。もう、あの人たちのことは心配することはないんだ。ね、ぼくのことを考えてくれないか」

ソフィアは私の目をまっすぐに見つめた。

「チャールズ、あなた、あたしと結婚するの、恐くなくって？」

「なぜだい？　かわいそうに、家族の悪いところがジョセフィンだけに集中してしまったんだよ。ね、ソフィア、きみには、レオニデス家の勇敢さやすぐれたものが、ひとつのこらず伝わっているんだ。きみのおじいさんは、きみをとっても高く買っていたじゃないか。おじいさんの眼なら、まず間違いはないよ。さあ、自信を持って。未来はぼくたちのものなんだよ」

「ええ、チャールズ、あなたを愛してるわ。あたし、結婚して、あなたを幸せにするわ」彼女はノートに目をやった。「かわいそうなジョセフィン」と言った。

「ほんとにそうだね」私もそう言った。

II

「チャールズ、真相はどうなんだね？」と父がたずねた。

私は、父だけには嘘をついたことがない。

「エディス・デ・ハヴィランドじゃなかったのです。ジョセフィンですよ」

父は静かにうなずいた。

「そうか、わたしも一時はそう思ったがね。ほんとうにかわいそうな子だ……」

解説

評論家　末國　善己

「本格ミステリ」という言葉には、どのようなイメージがあるだろうか？　怪しげな館、そこに集まった（集められた）いわくありげな人物、突然の天候悪化で孤立する館、そして始まる連続殺人、死体には謎の装飾が施され、しかも現場は何人も出入りできない不可能状況にあった。多分にステレオタイプだが、「本格ミステリ」の最大公約数的なイメージは、これで網羅できたといっても過言ではあるまい。

アガサ・クリスティーの『ねじれた家』は、「マザー・グースの『ねじれた男』に出てくるような『ねじれた家』に住んでいる大富豪が毒殺された。家庭教師と関係を持っているらしい若き後妻、事業に失敗した長男など、遺産を狙っている家族が疑心暗鬼に陥るなか、第二の殺人が起こる」と要約できる。しかしこの梗概を読んで、奇妙な館で起こるマザー・グース見立て殺人といったオーソドックスな本格を期待すると、それは見事なまでに裏切られることになるだろう。確かに「ねじれた家」は登場するし、マザー・グースの引用もなされている。ただ『そして誰もいなくなった』や『ポケットにライ麦を』のように、殺人事件がマザー・グースに沿って起こることはない。館やマザー・グースは、あくまで被害者の大富豪アリスタイド・レオニデスとその一族の、残虐さや性格の悪さの比喩に過ぎないのだ。

本格ミステリらしいガジェットを多用しながらも、それを正面切って使うのではなく、少し斜に構えながら用いる手法は、作品の構成にも活かされている。

ミステリ小説で殺人事件が起これば、事件現場の描写や容疑者のアリバイ調査、さらに誰が被害者を殺す動機があるのかが延々と記述されることになる。これは読者が共に事件を推理するための手掛かりにもなるのだが、『ねじれた家』では第二の殺人が起こる後半まで、こうしたミステリらしい描写が積み重ねられることはない。そもそもアリスタイド・レオニデス殺しは、インシュリンの壜に目薬のエゼリンを入れておき、糖尿病でインシュリンを常用しているアリスタイドが誤ってエゼリンを注射したことで発生する。インシュリンは家族なら誰もが保管場所を知っていて、そこに入るのも自由自在。しかも毒殺といっても、使われたのは入手が簡単な目薬なので、その線から容疑者を絞るのも難しい。事件の背景には遺産相続をめぐる確執も置かれているが、二人の息子はアリスタイドの生前に、十分な財産が与えられていて、事前に一族を集めて読み上げられた遺言書にも、財産を「公平かつ合理的」に分配することが記されていた。一族全員に動機があるとはいえるのだろうが、それは『白昼の悪魔』のように、容疑者全員が被疑者に殺意を持っていたというレベルとは決定的に異なっているのだ。

そのため『ねじれた家』は、冒頭に殺人事件が描かれているにも関わらず、まったくミステリらしくない展開が続く。だが非ミステリ的な部分も、決して退屈ではない。それはミステリ的な趣向の代わりに、レオニデス一族のスキャンダルが、物語を牽引していくからである。

殺された当主のアリスタイドは、ギリシア移民から身を起こし一代で財を築いた立志伝中の人物。しかしギリシアでは人を刺したこともあるほど直情型で、その経営手法も法律の限界すれすれの強引なものが多く、敵も少なくない。アリスタイドの若き後妻ブレンダは、一見すると老夫につくしているが、実は家庭教師のローレンス・ブラウンと密会していると噂されている。このローレンスは、人を殺せないという理由で、徴兵の代わりに重労働を選んだ軟弱な男。長男のロジャーは経営する会社が破綻寸前で、エキセントリックな舞台女優の妻クレメンシイは、義父の金を湯水のように舞台制作に注ぎ込んでいるという。次男のフィリップは温厚な人物だが、空想癖が強く現実逃避型。その妻マグダは科学者で「冷血動物みたいに残酷」と評されているのだ。フィリップの次女ジョセフィンは、少女探偵を気取り、あちこちに顔を出しては事態を混乱させるトラブルメーカー。そして探偵役を務めるチャールズ・ヘイワードも、事件を早く解決してフィリップの長女ソフィアと結婚するという、考えてみると卑近な目的のために事件に関わっていくのである。

日本でワイドショーや昼メロが高い人気を得ているのは、隠されている〈他人の家の秘密〉が暴露されるところに、快楽が生まれるからだろう。これは日本だけでなく、クリスティーの母国イギリスでも同様で、タブロイド紙やソープ・オペラは大衆娯楽の王道という。クリスティーの晩年の作品は、余分な情景描写を排し、登場人物の会話を中心にした作品が少なくない。『ねじれた家』も、この系譜に属する作品で、数多くの登場人物が、他人の悪口やスキャンダルをテンポよく、しかも（ブラック）ユーモアに乗せて語ってくれるので、知らず知らずのうちに、作品世界に引き込まれてしまう。クリスティーの筆力もさることながら、誰もが秘かに求めている「他人の不幸は蜜の味」を堪能させてくれるからこそ、ミステリらしくない前半部も、楽しんで読み進めることができるのである。

だからといって、謎解きが軽視されているわけではない。一見すると謎解きには無関係に思えるエピソードが、ラストで重要な役割を担ってくるので、一読目よりも、再読した方が、クリスティーの仕掛けた周到な〈罠〉が実感できるはずだ。その意味では（トリックは違うが）『アクロイド殺し』に近いテイストといえるだろう。中でも、チャールズ・ヘイワードの父でロンドン警視庁の副総監が、一般的な犯罪者を「捕まるのが恐いくせに、空威張りしたり自慢したり、自分は捕まるようなばかではないとたかをくくっていたりするのだ。それからもう一つ。犯人はお喋りだということだ」と分析したことが、実は最も重要な事件のヒントだったと分かる場面は圧巻である。

『ねじれた家』は、ミステリ的な道具立てを使わず、証拠や証言を積み重ねるという展開もあえて遠ざけながらも、最後まで読むと完全無欠のミステリになっている不思議な作品である。ミステリ史に残る大トリックを数多く創出したクリスティーが、晩年に到達したのが、こうした枯淡な味わいの世界だと思うと、感慨深いものがある。

『ねじれた家』は、作者自身が選ぶベスト10にも名を列ねているだけに、長篇だけでも七〇作を越えるクリスティー作品の中でも、確実に上位にランクされる作品である。一方で、多くの人がクリスティー作品から思い浮かべるイメージとはかけ離れている要素も多いため、（正直な話をすれば）クリスティーに初めて接する人は避けた方が無難とも考えている。だが『オリエント急行の殺人』『ABC殺人事件』、あるいは『パディントン発4時50分』といった代表作の後に、『ねじれた家』を読めば、作中にちりばめられたセルフ・パロディも理解でき、その面白さが堪能できるはずだ。

ミステリはその伝統や約束事を知れば知るほど、楽しめるジャンルである。『ねじれた家』は、こうしたミステリ本来の姿を改めて教えてくれる作品なのである。

訳者略歴　1923年生，1943年明治大学文芸科卒，1998年没，英米文学翻訳家　訳書『あなたに似た人』ダール，『夜明けのヴァンパイア』ライス，『牧師館の殺人』クリスティー（以上早川書房刊）他

ねじれた家《いえ》

〈クリスティー文庫87〉

二〇〇四年六月十五日　発行
二〇一一年一月三十一日　三刷

（定価はカバーに表示してあります）

著者　アガサ・クリスティー
訳者　田《た》村《むら》隆《りゅう》一《いち》
発行者　早川浩
発行所　株式会社　早川書房

郵便番号一〇一－〇〇四六
東京都千代田区神田多町二ノ二
電話　〇三－三二五二－三一一一（大代表）
振替　〇〇一六〇－三－四七七九九
http://www.hayakawa-online.co.jp

乱丁・落丁本は小社制作部宛お送り下さい。
送料小社負担にてお取りかえいたします。

印刷・精文堂印刷株式会社　製本・株式会社明光社
Printed and bound in Japan
ISBN978-4-15-130087-5 C0197

＊本書は活字が大きく読みやすい〈トールサイズ〉です